그가 나에게로 왔다

그가 나에게로 왔다

초판 1쇄 인쇄 · 2023년 10월 14일
초판 1쇄 발행 · 2023년 10월 23일

지은이 · 이덕화
펴낸이 · 한봉숙
펴낸곳 · 푸른사상사

주간 · 맹문재 | 편집 · 지순이 | 교정 · 김수란, 노현정 | 마케팅 · 한정규
등록 · 1999년 7월 8일 제2-2876호
주소 · 경기도 파주시 회동길 337-16 푸른사상사
대표전화 · 031) 955-9111(2) | 팩시밀리 · 031) 955-9114
이메일 · prun21c@hanmail.net
홈페이지 · http://www.prun21c.com

ISBN 979-11-308-2094-1 03810
값 17,900원

52
푸른사상
소설선

그가 나에게로 왔다

이 덕 화 소 설 집

푸른사상
PRUNSASANG

유대인이었던 탓에 기구한 인생을 살다 1952년에 죽은, 카프카가 마지막으로 사랑했던 여인 도라. 카프카와 도라와 함께 지내던 에피소드이다.

카프카가 동네 공원을 산책하다가 어린 소녀가 슬피 우는 모습을 보았다. 소녀가 아끼던 인형을 잃은 것이다. 카프카가 그 소녀의 울음을 그치게 하기 위해 말했다.

"네 인형은 말이야, 그냥 여행을 떠난 거란다."

놀란 소녀가 쳐다보았다.

"나한테 편지를 보내서 그렇게 말했어."

"정말요? 편지는 어디 있죠?"

"편지는 집에 있단다. 내일 여기 다시 오면 내가 가져다줄게."

그날 밤 카프카는 소녀에게 갖다줄 인형의 편지를 썼다. 다음 날 소녀에게 편지를 읽어주었다. 3주일 동안 편지를 쓰고 읽어주는 일이 계속되었다. 인형이 사랑에 빠지고, 약혼을 하고 결혼식을 하고 소녀에게서 떠날 수밖에 없게 된 시점에서 이야기가 마무리되었다. 카프카와 도라는 그사이에 사랑이 싹트고 사랑하는 사이가 되었다.

이 짧은 이야기의 감동은 어린 소녀의 감성을 울린 것이다. 셰헤라자데의 이야기에서도 이야기를 만들어내는 것은 서사의 기본 원리인 호기심과 기다림이었다. 그 에피소드가 진실이냐 아니냐는 상관이 없다. 서사는 독자에게 호기심을 유발하고 기다림과 감동을 주어야 한다. 아주 간단한 원리임에도 그동안 그렇게 작품을 써왔는가는 필자조차 회의가 든다. 자기 독백이나 세상에 대한 자기 토로에 그치지 않았나 하는 반성을 하게 된다.

자기반성보다는 세상을 탓하고 그것을 원리로 사람을 선동하고 부추기는 험한 세상이다. 그보다 드러나지 않게 스스로 빛을 밝히는 아름다운 주위 사람들이 많이 있다. 그들의 삶을 통하여 마음속의 촛불을 스스로 불태우며 그 온기로 따뜻한 이웃과 함께 더불어 사는 이야기를 쓰고 싶다. 그런 사람들의 에피소드를 통해서 작은 빛들이 모여 세상을 환히 밝히는 그때가 오기를 염원해본다.

항상 작품집이 나오기까지 작품을 함께 읽어주고 조언을 아끼지 않았던 작가 동지들에게 감사드린다. 또 이 책의 출판을 허락한 한봉숙 대표와 편집진에도 무한 감사드린다.

2023년 9월
이덕화

차례

그가 나에게로 왔다

그가 나에게로 왔다

거의 손님이 끊어진 시각이었다. 24시간 편의점 불빛을 밝음에서 희미한 새벽의 여명으로 바꾸어둘 시각이었다. 전기를 아끼기 위해서 편의점 주인이 고안한 장치였다. 바꾸기 전에 할 일이 있다. 종수는 그동안 손님들이 이리저리 흩어놓은 물건들을 우선 가지런하게 제 위치에 놓는다. 또 우유, 도시락, 요구르트 등 신선식품이 진열되어 있는 냉장고로 간다. 일일이 날짜를 확인하고 폐기될 물건은 바코드를 찍었다.

좀 전에 같은 학과 여자 친구 지혜가 왔다 간 여운이 머릿속을 떠나지 않았다. 대학 다닐 때도 학과 수석을 놓치지 않은, 매사에 적극적인 친구였다. 손질하지 않은 머리와 윤기가 빠진 푸석한 얼굴로 저녁으로 내놓은 김밥도 한 입을 겨우 먹었다. 그 친구는 졸업하자 전공과는 거리가 먼, 그림을 그리겠다고 선언했었다.

저녁 먹으면서 던진 말이, 2년 동안 죽자고 그려온 그림을 포기할까 한다고 했다. 한류미술대전에 응모했는데 연락이 없다는 것이다.

"거기서 입상이나 특선을 하면 화가가 돼?"

"인정받는 미술 단체에서 입상하거나 대상을 받으면 경력이 쌓여 활동하기가 편하지."

"어떤 활동?"

"아트 페어 같은데 신청해서 전시도 할 수 있고, 작품을 판매해주 겠다는 갤러리 섭외를 받을 수도 있지. 전시할 때도 좀 더 여건이 좋 은 전시장을 찾을 수 있고. 어디든지 학연, 시연 등이 거미줄처럼 엮 여 있어. 나처럼 미술대학 출신 아닌 사람은 맨땅에 헤딩하는 격이지."

"너 혼자만의 독창적 화법을 개발하면?"

"독창적 화법 개발이라는 게 쉽지 않지만, 그게 마스터베이션으로 끝나는 경우가 많거든. 방법은 메타버스 갤러리를 열어 플랫폼을 만 드는 거야. 거기서 대박이 나면 꽤 유명한 갤러리에서도 찾아오기도 한다네. 이것 좀 볼래? 일단 내 그림을 모아서 영상으로 선배가 메타 버스 플랫폼에 넣어줬어."

지혜가 핸드폰을 내밀었다. 어둠이 내려앉은 마을에 손 아래 잡힐 듯한 수많은 별들이 도란도란 이야기하듯 반짝이고 있었다. 그림이 영상으로 비치니 움직이는 현장 같았다. 특히 지혜 그림은 빛과 어 둠의 대비로 이루어진 그림이라 영상 효과가 뛰어났다. 한밤중 교교 한 달빛만이 가득한 마당에서 뒹구는 들고양이들과 그 그림자들이 이루어내는 영상미는 달빛 샤워의 극적인 효과를 보여주었다.

종수는 지혜가 간 다음 한숨이 나왔다. 자신이 편의점에서 아르바이트를 하면서 토익 준비를 하고 있는 동안 세상은 저 멀리 가 있는 것 같았다. 종수가 이런저런 생각에 젖어 바코드에 찍혀 폐기될 것들을 플라스틱 바구니에 담을 때였다. 차말은 그날따라 축 처진 어깨로 얼굴도 들지 않고 들어왔다. '안녕' 하고는 플라스틱 바구니에서 자신이 먹고 싶은 것을 골랐다. 그날도 도시락과 우유를 들고 여느 때처럼 냉장고 앞바닥에 퍼져 앉았다. 손님이 들어올까 봐 초조했다. 종수의 표정을 살피며 '잠시' 하면서 손가락으로 하트 모양을 한다. 그럴 때면 종수는 가슴이 찡하다. 틈만 있으면 종수 옆에 있으려고 한다. 차말과 같이 살지만 편의점에서 잠시 보는 것뿐이다.

오전 아르바이트생과 교대하고 원룸에 들어가면 제일 먼저 눈에 띄는 것은 바닥에 온통 널려 있는 구겨진 휴지와 스케치북이다. 그때까지 차말은 밤새 그림을 그린 것이다. 스케치북을 주워 넘기다 차말을 껴안았다. 너 속에 스리랑카가 있어! 정말? 두 번씩이나 정말이냐 하고 물었다. 차말을 보고 있으면 자기 자신의 안쓰러운 모습이 보인다. 꼭 유학에 목숨을 건 것처럼, 악착같이 일을 하는 모습이 자신의 몸에 맞지 않는 옷을 입으려고 안간힘을 쓰는 것 같다. 고향을 떠나온 이후, 돈에 출세에 목을 맨 친구들, 비트코인을 안 하면 마치 세상 끝날 것처럼 비트코인 정보를 따라 이리저리 휩쓸려 다니며 편의점에 들락거리던 몇몇 손님들, 그들을 통해 자신이 끊임없이 흔들리고 있음을. 차말을 만난 이후 자신의 모습이 보였다. 차말은 스리랑카에서 경험했던 맑고 편안한 느낌을 상기시켜주었다. 끊임없이 흔들리는 자신 속에 자신은 어디에도 없었다. 기상의 다양한 변수를 깊이 이해하고 연구하기 위해 유학을 꿈꾸는 것인지 박사 학위가 필요한 것인지조차 알 수 없었다. 대학에 온 이후 자신을 채찍질하는 것은 자신이 아니라 정체 모르는 불안이었다. 졸업하자마자 국립기상연구소에 추천을 해주겠다는 학과 주임교수를 찾아봐야겠다. 또 정체불명의 불안부터 알아야겠다. 실제 기상의 변화를 체험하면서 유학이 필요한지 생각을 다시 해보기로 했다.

잠은 좀 잤어? 자면 자꾸 꿈을 꿔! 아버지를 따라 깊은 숲을 한없이 걷는 거야. 갈수록 싶어지는 밀림 속으로 발밑에는 물소리가 저벅저벅! 자꾸 빠져들어가는 꿈을! 종수는 차말을 가볍게 안았다. 몸이 왜소해서 아기를 안는 것 같다. 불안해하지 마. 마음 편히 먹어! 억지로라도 자야 해. 그렇지 않으면 깁스가 붙지 않아! 그리고 나면 피가 빠져나가는 것 같애. 그래서 밤새 그림만 그리고 싶어. 그림을 그리면? 부처님을 만나는 것 같애! 부처님? 그림 속에서는 편안한 내가 보이거든. 그럼 넌 지금 무언가 마음이 고착되어 있는 거야! 그것 때문에 불안한 거야, 잠도 못 자고. 차말은 휴지를 꺼내어 코를 풀며, 내 마음은 아닌데, 자꾸 악몽을 꾸는 것 보면 그런 것 같애. 차말의 불안에 종수까지 흔들렸다. 모래 속으로 빠져들어가는 꿈을 계속 꾸었다. 자신의 매일 매일 쌓아올리는 일상이 모래성에 지나지 않나? 저 멀리 허우적대며 모래를 헤치며 빠져나오려는 자신이 보인다.

종수는 어떤 때 취객 손님 때문에 전혀 잠을 못 잘 때가 있다. 그럴 때는 원룸에서 한숨 자고 도서관으로 간다. 일어나서 보면 세 시간 이상 식탁에 서서 차말은 스케치북에 계속 그림을 그리고 있다. 그림을 그리지 않을 때는 넋이 나가서 기가 빠져나간 사람 같다. 종수가 불러도 못 듣는다. 목발을 잡고도 몸의 균형을 잡지 못해 비실비실 그린다. 잠을 자라는 말도 많이 먹어야 된다는 말도 귀에 들어오지 않는 것 같다. 애처롭게 쳐다볼 수밖에 없다.

차말이 먹는 모습을 물끄러미 쳐다보니 차말이 한 말들이 생각난다. 냄새 난다고 편의점 안에서 못 먹게 했다. 그러자 손님이 없는 늦은 시간에 온다. 떼쓰는 동생 같다. 종수는 차말을 그대로 두고 제자리로 돌아왔다. 다시 한번 매장을 눈으로 훑어본다. 각자 자리에서 손님들이 찾아주기를 기다리는 물건들이 반짝반짝 빛나는 것 같다. 반면 플라스틱 바구니에 담겨 있는 폐기 물건이 축 처져 있는 것 같다. 정리를 끝내고 나면 큰일을 한 것 같다. 큰 하품이 몰려온다. 자주색 불빛에 잠겨, 자고 싶다.

오늘따라 손님이 많았다. 35도 이상의 폭서였다. 손님들은 주로 맥주, 아이스크림, 주스 등을 사면서 장시간 머물렀다. 편의점 내에서 먹는 것은 원칙상 금지되어 있었다. 바깥 테이블로 나가라고 해도 막무가내였다. 밖으로 쫓기에는 살인적인 무더위였다. 심지어 냉장고 앞에서 술자리판까지 벌이는 팀도 있었다. 경찰을 부르지 않고는 막을 수가 없었다. 주인은 절대 손님하고 다툼만은 하지 말라고 신신당부했다. 다른 손님을 위해서 조용히만 해주라고 사정을 했다.

언제 잠이 들었는지 모른다.

말보로 레드 있어요? 종수는 화들짝 일어났다. 그사이 잠이, 죄송합니다. 머리를 긁적이며 담배 진열장으로 갔다. 담배 한 갑을 카운터 위에 올려놓았다. 자주 담배를 사러 오는 손님이다. 가끔 직장 생활을 하소연한다. 한 보루 주셔요! 잠까지 깨웠으니 한 보루는 사야겠네요. 미안해서요. 아니요. 괜찮습니다. 농담이에요. 제가 필요해서 그러니 한 보루 주셔요. 그제야 종수는 손님을 쳐다보았다. 술을 꽤 많이 마셨는지 옷의 모양새가 엉망이다. 혀 꼬부라진 채 중얼거리듯, 불안해서요! 담배가 떨어질까 무서워요. 집에 가도 잠은 안 오고 별생각 다 나거든요. 그러다 보면 불안해지니까 자연 담배에 손이 가더라고요. 멀쩡한 직장이 있는데 뭐가 불안해요? 종수가 한마디 한다. 파리 목숨 같은 직장, 아무 소용 없어요. 형씨처럼 꿈이 있을 때가 좋죠. 그렇죠. 꿈이 있을 때가. 저도 그때는 뭐가 될 것 같았는데, 갈수록 불안해지는 이유를……. 종수는 피곤이 덜 풀렸는지 하품이 나온다. 입을 손으로 막으며 계산 다 되었는데요, 비닐봉지 50원인데 필요하셔요? 아니요, 형씨 제 이야기가 재미없어요? 죄송합니다. 제가 오늘 좀 피곤해서. 종수는 맞은편 벽에 걸려 있는 벽시계를 보았다. 벌써 2시 20분이 넘었다.

순간 차말이 생각났다. 냉장고 돌아가는 소리가 횡 하고 지나갔다. 종수는 식료품 코너가 있는 칸으로 갔다. 목발은 냉장고 옆에 세워져 있다. 신발을 신은 채로 깁스한 오른쪽은 뻗정다리를 하고 그 위에 왼쪽 다리를 올려놓고 무릎팍에 얼굴을 대고 동그랗게 자고 있다. 잠을 못 잔다며 가끔 저렇게 소나기 잠을 잔다. 휴지가 여기저기 흩어져 있다. 한국의 나쁜 공기 때문에 비염으로 고생하고 있다. 한국 공기 정말 정말 나빠요. 콧물과 기침이 반복해서 나오면 변명하듯 한마디 한다. 차말은 사람 가까이 있고 싶어 하는 강아지 같다. 어떡하든 종수와 같이 있으려고 한다. 차말의 가슴에 귀를 대어보았다. 차말을 깨우려고 손을 뻗다 망설인다. 노동하기에는 차말은 몸도 마음도 너무 여리다. 휴지를 줍고 물품 담았던 빈 상자를 펴서 두 겹으로 깔고 그 위에 눕혔다. 그동안 못 잤던 잠을 몰아 자는지, 몸을 몇 번 뒤집어도 그대로 잔다.

차말이 오른쪽 다리에 깁스를 하고 편의점에 처음 나타난 것은 몇 달 전이었다. 올 때마다 컵라면에 정수기에서 나오는 뜨거운 물을 부어 편의점 앞에 있는 테이블에서 먹었다. 오고 가는 사람들을 쳐다보고 몇 시간을 머물렀다. 한 달 이상 아침저녁으로 왔다. 갈수록 왜소한 몸이 더 말라갔다. 종수는 저러다 몸이 사라져버리는 게 아닌가 이상한 상상을 했다. 어느 날 저녁 폐기하기 바로 전, 김밥 상자를 하나 주었다. 김밥은 몇 시간 만에 폐기해야 한다. 당일만은 먹어도 괜찮았다.

"그렇게 라면만 먹으면 몸 망가져요. 이것 하나 드셔요!"

차말은 말을 더듬으며

"나 돈 없 없 어 요!" 했다.

"이것 돈 안 받아요. 걱정 말고 먹어요."

종수를 빤히 쳐다보았다. 종수는 김밥을 두고 안으로 들어가버렸다. 그 이후 저녁마다 김밥을 주었다. 한 달쯤 지난 다음 물었다.

"어디에서 왔어요?"

"쓰 스 리랑카!"

"아, 스리랑카!"

정수의 머릿속이 순간 환하게 불이 켜졌다. 대학 3학년 마지막 학기였다. 아르바이트에 학점 관리까지 해야 하는 숨 가쁜 학기를 끝내고, 돼지감자탕으로 식사 겸 술을 같이하는 자리였다. 돼지감자탕이 순식간에 바닥이 났다. 다시 파전을 시켜 소주를 일곱 병째 마셨다. 빈 안주 접시와 술잔이 뒤엉켜 테이블은 엉망이 되었다. 다들 일어서려는 순간, 한 명이 이번 방학에 아르바이트를 그만하겠다고 선언했다. 다들 일어서려다 멈칫 그 친구를 쳐다보았다. 남인도와 스리랑카를 간다는 것이다. 멍한 채 모두 그를 쳐다보았다. 새꺄 로또 맞았냐? 인생 끝날 것처럼 살지 않기로 했어! 뭐? 뭔 말이야. 엉거주춤한 상태에서 다시 자리에 앉았다. 나도 그 길만이 길인 줄 알았지, 근데 그게 아니라는 생각이 문득 들었어. 다 같이 목적도 모르는 골을 향해 달려가는 것 같애. 출세가 목적인 것처럼, 왜 돈을 벌어야 하고 출세를 해야 돼? 그 길 외에는 방법이 없어? 우선 난 나에게 일어나기 시작하는 질문을 해결해야 하는 것이 우선인 것 같애. 무조건 달리지만 말고. 한 학기 꿇더라도 이번 방학에는 여행을 가려고 해. 잠시 멈추고 어떻게 살 것인가를 처음부터 생각해보려고. 너도나도 한마디씩 끼어들었다. 끝나던 술판에 다시 불이 붙었다. 소주와 맥주를 또 시켰다. 여행 떠나기 전의 전야제같이 들떠 있었다. 그렇게 시작된 여행이었다. 종수도 대학 생활의 마지막이자 첫 여행. 결국

한 친구만 못 가고 세 명이 떠났다. 대학 생활에서 처음 추억을 만든 여행이었다.

스리랑카라는 말이 귀에 박히자, 스리랑카의 소박한 전원적인 풍경들이 종수의 머릿속을 파노라마처럼 훑고 지나갔다. 스리랑카는 시간이 서울과 반대 방향으로 흐르는 것 같았다. 가는 곳마다 모든 공간이 세포들 속으로 스며들었다. 야자수가 우거진 깨끗한 거리와 말을 거는 듯 나지막한 건물들. 하얀 솜사탕처럼 낮게 드리워져 있는 뭉게구름 사이로 보이는 실론티 밭과 고무나무들. 어스름 저녁, 캔디 근처 호수 길 위에서 만났던 반딧불이 행렬! 특히 리조트 방까지 생수를 가져다준 소녀의 겁먹은 듯한 유난히도 까맣고 깊은 눈동자는 평생 잊을 수가 없을 것 같았다. 그 이후 지나가는 모든 소녀를 보면 그 소녀가 떠오른다. 종수는 차말이 자신에게 온 것은 우연이지만 어떤 필연적인 운명이 개입되지 않았나 하는 생각이 들었다.

차말은 옛 수도였던 콜롬보에서 멀지 않은, 무역항이 있는 네곰보에서 왔다고 했다. 차말은 종수가 스리랑카에 갔었다는 말을 듣자마치 자신의 고향 사람을 만난 듯 반가워했다. 스리랑카 다녀온 사람을 처음 만났다고 했다. 차말의 기뻐하는 눈동자가 그때 리조트에서 만났던 소녀의 눈망울을 보는 듯했다. 스리랑카의 기억과 함께 차말을 볼 때마다 가슴에 벅찬 감동의 물결이 일었다. 그와 함께 있을 때마다 자신이 사는 모습을 돌아보게 되었다. 오지 않은 날은 하루 종일 기다려졌다. 매일 그를 기다리는 기대가 새로운 일과처럼 되었다.

차말이 약골인 줄 안 작업반장이 거의 완성된 건물 바닥의 도기다시를 시켰다. 어느 날 계단 쪽인 줄 모르고 열성적으로 도기다시 작업을 하다 계단으로 굴러떨어져 오른쪽 다리가 골절되었다. 산재 처리를 요청했지만 자신의 부주의로 인한 것이라며 보상도 못 받았다. 몇 달 이상 깁스를 풀 때까지 월급도 못 받으니 월세가 밀렸다. 살던 고시원에서도 쫓겨나, 같이 일하던 인도네시아 친구 고시원에 기숙하고 있다는 것이다.

종수는 당장 차말의 짐을 자신의 원룸으로 옮겼다. 짐이라고 해봐야 옷 몇 점과 스케치북 두 권이었다. 종수는 편의점 아르바이트가 끝나면 샤워만 하고 바로 도서관으로 간다. 방은 거의 비어 있었다. 차말이 와도 불편한 것이 없었다. 차말은 구름 한 점 없는 하늘을 볼 때마다 자기 고향의 바다 같다고 했다. 차말이 넋 없이 하늘을 쳐다보고 있을 때는 고향 생각이 날 때였다. 그럴 때마다 종수도 고향 바다가 생각났다.

여자 친구 지혜가 도서관으로 찾아왔다. 점심을 먹으러 근처 잔치국수집으로 갔다. 종수는 잔치국수를, 지혜는 비빔국수를 먹었다. 소고기 뼈 국물로 만든 국수에 야채가 듬뿍 들어 있어서 구수하고 영양가가 높다. 종수가 자주 오는 집이다. 지혜는 비빔국수가 매운지 호호 입맛을 다셔가면서도 맛있다고 했다. 지난번 만날 때보다 얼굴이 밝아졌다. 오늘은 얼굴에 반짝반짝 윤이 나네. 종수가 김치를 젓가락으로 집으며 말했다. 고등학교 선배가 멋진 제안을 했어. 좀 알려진 화가인데 이번 자신이 메타버스 갤러리 작품전을 하는데

내 작품도 몇 점 같이 내보내주겠다고 해. 결국 학연을 이용할 수밖에 없게 되어 기분이 별로지만. 지혜의 눈빛이 순간 빛이 났다. 그분도 너 그림을 보고 제의한 것이겠지. 후배라고 함부로 해주겠어? 하긴 마음속에 꿈이 없으면 그릴 수 없는 그림이라고 몇 번씩 칭찬을 했어! 그림이 선택되었다는 것은 바로 계속 내가 하고 싶은 일을 할 수 있다는 이야기면서 내 꿈을 이룰 수 있는 계기가 된 것이지. 지혜의 표정 속에 어떤 긍지가 보였다.

지혜는 강원도 평창의 계촌리라는 마을에서 태어났다. 날씨가 맑을 때면 밤 열두 시 넘어 집 마당에서 보이는 별들이 휘황찬란해 꿈속에서도 별 꿈을 꾸며 자랐다고 한다. 겨울이면 눈 속에 갇히는 마을이라고 한다. 별을 좀 더 공부하고 싶은 마음으로 천문기상학과를 택했다. 우주에는 은하계가 수억 개 있고 또 각각의 은하계 안에는 수억 개만큼의 태양계가 있다는 등의 학문적인 접근은 별에 대한 환상을 깨뜨린다고 했다. 별자리 신화와 관련된 스토리텔링이 재미있다고, 그것을 바탕으로 차츰 별을 소재로 한 환상 세계를 그림으로 그리겠다고 회화로 돌렸다. 그리스 신화부터 우리나라 별과 관련된 전설 책을 열심히 읽고 있다. 또 별과 관련된 환상 동화를 그림으로 그려보고 싶어 한다. 우선 화가로 인정받기 위해 자신의 고향을 배경으로 그림을 그리고 있다.

그런 과정은 종수와 정반대였다. 아버지는 배 한 척으로 조업을 했다. 아버지는 바다를 읽을 줄 알았다. 낮과 밤에 따라 달라지는 고기압과 저기압, 그에 따른 바람의 세기와 방향을 판단했다. 어느 시각에 어느 정도 가면 조기 떼를 만날 수 있고 갈치 떼를 만날 수 있는 줄 알았다. 어떤 땐 새벽 서너 시에 나가 아침이면 돌아오기도 했다. 아무리 쾌청해도 바람 세기와 멀리서 몰려오는 구름 떼를 보고 조업을 쉬었다. 항상 아버지는 천기를 제대로 읽을 수 있어야 훌륭한 어부가 될 수 있다고 말했다. 아버지는 어부에 대한 직업의식이 강했다. 아버지를 따라 바다를 나갈 때마다 종수는 당연히 어부가 되는 것으로 생각했다. 시간이 지남에 따라 자신도 바람이 어느 쪽에서 부는지, 구름이 어느 방향으로 흘러가는지를 보게 되었다. 언젠가는 자신도 날씨를 척척 읽을 수 있을 것이라 생각했다. 아버지가 감으로 척척 읽어내는 날씨를 전문성을 갖추고 거기에 대해 더 깊은 이해를 하고 싶었다.

차말이 집으로 온 이후, 종수는 하루 종일 바깥에 나가 있을 때도 어딘가 훈훈한 바람이 불어오듯 마음이 따뜻했다. 그동안 동생이 있었으면 하는 바람은 있었지만, 마음뿐이었다. 그런데 막상 차말을 자신의 집에 받아들였을 때 자신이 얼마나 동생을 절실히 바랐는지를 알게 되었다. 자신에게보다 더 차말에게 집중하는 자신에 놀라고 있었다. 차말에게로 흐르는 마음을 멈출 수가 없다.

집에 한 사람이 있다는 것이 이렇게 가슴이 벅찬 일이었구나. 집에 와보면 고무통에 따뜻한 물이 채워져 있곤 했다. 차말이 불편한 몸으로 옥상에서 통을 가져다가 채워놓은 것이다. 밤새 잠을 못 자고 일했으니 따뜻한 물에 몸을 담그고 잠시라도 눈을 붙이라는 차말의 마음 씀씀이였다. 종수는 어쩔 수 없이 고무통에 들어가 따뜻한 물에 반쯤 몸을 담그고 눈을 감는다. 몸이 서서히 풀어지면서 의식이 혼몽해진다. 한 시간가량을 그러고 있다 나오면 마치 잠을 자고 일어난 것처럼 개운했다. 피곤이 확 풀린다. 욕탕에서 나오면 스리랑카식으로 양파, 양배추, 고추, 당근 등을 카레에 넣어 걸쭉하게 만들어 밥과 함께 내어놓는다. 그것을 김치와 먹으면 환상적이다. 차말이 온 이후 종수는 스리랑카 요리에 푹 빠졌다. 도서관에 앉아 있으면 충일한 마음에 아무것도 하지 않고 있어도 마음이 푸근하다. 그러나 차말로 인해 가끔 우울하다. 차말은 골다공증까지 겹쳐 깁스를 6개월이 지나도 풀 수 있을지 모르겠다고 의사는 말했다. 차말의 말대로 피가 빠져나가는지 몸이 휘청할 정도로 말라갔다. 꿩하니 눈만 보였다. 밤에는 제대로 안 자고 고양이 잠처럼 잠시 눈을 붙일 뿐이다.

야, 나 왔어! 넋 놓고 무슨 생각을 하고 있어? 지혜가 요즘 자신의 작품이 끝나 여유가 있는지 자주 종수 쪽으로 온다. 차말이 깁스 때문에 일을 못 하고 있거든. 가족에게 돈을 못 부치고 있어! 사정이 딱해. 엄마 입원비와 할머니, 할아버지 생활비. 왜소한 몸에 너무 짐이 무거워. 불쌍해! 잠자면 악몽이 반복되고 피도 빠져나가는 것 같다나. 그림을 그리면 마음이 좀 안정되나 봐. 종수는 식품 코너로 가며 말했다. 지혜야, 너 새로운 도시락 나온 것 먹어볼래? 좋지. 지혜는 음식에 까다롭지 않아 좋다. 도시락을 들고 밖으로 나왔다. 차말이 그런 몸으로 그림을 그린다는 것은 몸의 소리에 귀를 기울이는 것이네. 뭐, 몸의 소리? 악몽이 반복되니까 불안이 가중되고 그 불안감을 야기하는 몸의 소리에 젖어들고 그것을 해소하기 위해 그림을 그리는 것 같은데. 지혜가 도시락 뚜껑을 열면서 말했다. 종수는 입으로 '몸의 소리' 하고 반복해보았다. 지혜도 그림을 그리니까 차말을 더 잘 이해하는 것인가. 종수는 컵라면에 물을 붓고 자신의 도시락 뚜껑을 열었다.

지혜는 당분간 언니의 부탁으로 감성 아줌마 마켓 기획을 도와주게 되었다고 했다. 지난번 선배 메타버스 갤러리 전시에 찬조 출연한다더니 어떻게 되었어? 아, 그것, 다섯 작품 중에서 두 작품을 어떤 갤러리에서 계약해줬어. 그 갤러리에서, 그림 그리면 그쪽 갤러리로 가져와 보라고 하더라고. 이제 좀 쉬면서 새로운 생각이 날 때까지 이것저것 해보려고. 종수는 자신의 장래를 위해 한 발 한 발 걸어가고 있는 지혜가 부러웠다.

감성 아줌마 마켓 기획은 뭐냐? 응, 그것. 언니는 패션 디자이너로 있다가 출산으로 몇 년 쉬었다 다시 일을 시작하려니 경력 단절로 복직이 쉽지 않았어. 몇 년의 고심 끝에 임신, 출산, 육아로 인한 경력 단절 주부 친구들 몇 명을 모아 일요일 초등학교 운동장에서 프리마켓을 열었어. 자신들이 만든 그림, 어린이 옷, 아토피 어린이를 위한 천연 비누, 또 더 이상 자녀들이 안 보는 동화책 등을 가지고 나와 시작한 프리마켓이었어.* 처음에는 알려지지 않아 준비한 것의 3분

---

* 이 감성 아줌마 프리마켓은 소마 감성 아줌마 프리마켓을 운영하고 있는 오지아 대표의 아이디어를 모델로 한 것이다. 오지아 대표는 인터넷에 프리마켓 운영을 자유롭게 올리고 있다.

의 1 정도 팔리고 서로서로 필요한 것 사주는 것으로 끝났대. 시간이 갈수록 입소문이 나서 합류하겠다는 젊은 주부가 늘어나면서 물품의 종류도 다양해지고 물건이 모자라 못 팔 정도가 되었대. 보조 기획자가 필요하자, 언니가 나에게 좀 도와줄 수 없냐고 제안했어. 지혜가 밥 한 젓가락 입에 넣으면서 다시 말을 시작했다.

근데 의외로 재미있어. 이제는 아줌마들이 자신들이 만드는 제품뿐만 아니라 자신들에게 필요한 제품을 개척하고 있어. 어린이들한테 해로운 색소가 없는 원목을 깎아서 어린이 장난감을 만들어 제품화하고 그것이 인기를 얻고, 요즈음은 어린이 책상, 의자, 침대까지도 전문가 도움을 받아 만들고 있어! 그것 때문에 일부러 신체 공학을 공부한 엄마도 있어.

아 참, 이야기하다 보니 생각났다. 주부들 중에 그림을 그리다 그만둔 사람들이 모여서 전시회를 열고 그것을 이야기와 함께 메타버스 갤러리와 연결하기로 했어. 선배 작가들 몇이 신인 작가들의 작품 활동을 어렵게 하는 대표적인 장벽으로 공간 비용을 꼽으면서, 직접 고객과 만날 수 있는 메타버스 갤러리를 만들어 중간 평론가를 거치지 않은 새로운 혁신 작업을 시도해서 성공했대. 감성 아줌마 그룹은 모두 아마추어 작가로 직접 메타버스 갤러리로 영상을 제작해 고객과 직접 부딪치게 하려고 해. 평론가들이나 기존 대가들의 입김에 의해서 좌우되지 않게 작업할 거야. 주부들의 남편 중에 IT 회사에서 메타버스에 관한 일을 하는 사람이 있는데, 그분이 플랫폼을 만드는 것을 도와주기로 했어. 그때 차말도 함께 하면 어때? 팔리면 후원금을 조금씩 내기로 했는데, 차말의 경우, 의논해봐야겠지만 사정을 이야기해서 그의 그림이 팔리면 이익금을 그에게 전부 다 주는 걸로. 종수는 갑자기 벼락을 맞은 듯 정신이 번쩍 들었다. 차말의 그림을? 그러면서 차츰 머리가 밝아졌다. 그런 방법이 있구나. 생각지도 못한 일이네! 그런데 구매자는 누가 돼? 도시락을 먹으며 종수가 물었다. 갤러리에서도 구매하고 이 단체의 다른 주부들도 관심이 있으면 메타버스 갤러리로 들어오면 되니까. 의외로 아마추어 그림이 잘 팔려. 가격이 전문 화가보다 월등히 싸고 투자 목적이 아니라면 구태여 비싼 작품을 살 필요가 없다고. 그 남편분하고 만나서 플랫폼을 만들기로 했으니 다 되면 연락할게. 그때까지 차말한테 메타버스 갤러리로 내보낼 그림을 선택해놓으라고 해. 지혜는 메타버스 갤러리 이야기 하느라 밥도 제대로 먹지 못하고 서둘러서 나갔다.

지혜가 가고 나자 차말 생각이 뭉게구름 피어나듯 뭉게뭉게 솟아올랐다. 얼마 전에 차말에게 하고 싶은 것이 있으면 말하라고 했다. 느닷없이 낚시를 하고 싶다고 했다. 스케치북을 들고 나오면서 그린 그림을 보여주었다. 펼친 그림에는 파란색과 오렌지색, 붉은색이 혼합된 지평선에서 막 모습을 보이기 시작한 눈썹처럼 떠오르는 태양, 거기 붉은 기운을 뒤로 하고 떠 있는 배 바깥으로 드리워진 빈 낚싯대였다. 빈 낚싯대? 종수는 의아해서 차말을 쳐다보았다. 차말이 그림 제일 위쪽에 부처의 그림을 손가락으로 가리켰다. 부처님이야? 우리 아버지. 아버지가 부처님이야? 아버지는 항상 바다로 나가 배에 빈 낚싯대를 던져놓고 부처님을 만나고 싶어 했어. 어떻게 바다에서 부처를 만나? 종수가 물었다. 빈 낚싯대를 드리우고 몇 시간씩 가만히 있으면 세상 고민과 불안이 없어지고 부처를 만난다고. 어느 날은 바다에서 밤을 새우기도 한다고. 가끔 차말을 데리고 가기도 했다. 차말은 꼼짝없이 한 자리에 앉아 있어야 하는 낚시가 지루하기만 했다고. 나이가 들면서 낚싯대를 드리우고 물의 흐름을 보고 있으면 마음을 읽을 수 있다는 것을 알게 되었다. 어느 날 친구랑 싸운 후 아버지랑 가서 친구 마음과 자신의 마음을 차례대로 읽으면서 물이 흐르는 대로 그대로 있으니 어느덧 마음이 잔잔해지며 싸운 기억도 사라지더라고요. 차말이 그 말을 할 때 깊고 그윽한 눈동자가 빛을 품는 듯 형형하게 빛났다. 짙은 그리움의 눈동자였다. 종수도 함께 심장이 뛰었다. 차말을 데리고 고향 바다에서 낚시를 할 기쁨에 가슴이 따뜻해졌다.

차말은 그날 편의점에 저녁을 먹으러 오지 않았다. 전화도 받지 않았다. 새벽에 들어갔을 때 차말은 쓰러져 있었다. 종수가 들어가 흔들어도 깨어나는 기척이 없다. 종수는 귀를 가슴에 대보기도 입에 손을 대어보기도 했다. 자는 것인지 의식이 없는지 알 수가 없다. 스케치북이 바닥에 떨어져 있고 휴지가 여기저기 널려 있었다. 작업하다 잠이 들었나. 샤워를 하고 나왔다. 또다시 차말을 흔들었다. 무슨 소리인지 모르는 헛소리를 한다. 다시 흐느낀다. 보고 있자니 악몽에 시달리는 차말이 안쓰럽다. 지혜가 말한 몸의 소리라는 말이 생각났다. 종수는 도서관 갈 시간을 미루고 차말의 의식이 돌아오기를 기다린다. 차말이 온 이후 자신이 가야 한다는 유학의 길에 회의가

들기 시작했다. 꼭 유학을 가지 않더라도 세계 굴지의 학자들의 강의를 인터넷으로 청강할 수 있었다. 좀 더 그런 강의를 들으면서 국립기상연구소에서 기회가 되면 근무도 하고 싶다. 차말이 마치 물에 빠진 사람처럼 허우적거린다. 또다시 차말을 흔들었다. 그제서야 눈을 번쩍 뜬다. 그렇지만 여전히 정신을 차리지 못하고 두리번거린다. 그리고 종수를 빤히 쳐다본다. 낯선 사람처럼. 한참 동안 의식이 돌아오지 않았다. 종수는 끝까지 의식이 돌아오지 않을까 걱정되었다. 물을 입으로 품어 얼굴에 뿌렸다. 그래도 성신이 돌아오는 기척이 없다. 불면과 소나기처럼 쏟아지는 졸음이 반복되고 있다. 그리고 한동안 잠에서 깨도 의식이 없다.

차말은 점심때가 되어서야 의식이 돌아왔다. 야채 볶음밥을 해주었으나, 차말은 몇 숟갈 뜨지도 않았다. 메타버스 갤러리 영상 이야기를 해줬다. 처음에 종수의 이야기를 듣고도 멍하게 앉아 있었다. 한참 후에야 자신이 화가도 아닌데, 그게 가능하냐고 몇 번씩 되물었다. 전문 미술대전에 나가는 것이 아니기 때문에 상관없다, 관객이 그림을 좋아해서 사주면 되는 거라고 걱정할 것 없다고 했다. 아무래도 차말의 정신을 안정시키는 게 우선이라는 생각에 그 주말에 종수는 차말을 데리고 고향, 포항으로 갔다.

기차 속에서 아버지 이야기를 털어놓았다. 차말 어머니가 폐암으로 입원한 지 한 달도 되지 않아, 아버지가 심장마비로 돌아가신 것이다. 차말은 그런 아버지가 너무나 원망스러웠다고. 그때 차말은 대학 입시 준비생이었다고. 대학도 포기해야 했다. 자신에게 맡기고 간 짐이 너무 무거워 매 순간 피가 마르는 것 같았다고 한다.

종수는 오랜만에 집에 왔다. 자신의 집 근처 동네에 들어서자 마치 그동안 숨을 못 쉰 것처럼 크게 숨을 쉬었다. 집에는 아무도 없었다. 아버지는 여전히 간조 시간에 맞춰 배를 타러 나갔을 것이다. 가방을 내려놓고 해변가로 갔다. 어머니는 동네 아줌마들과 생선을 건조시키고 있었다. 둑 위에 자리를 깔아 생선을 죽 늘어놓고 있었다. 종수와 차말을 보자 달려온 엄마가 종수를 끌어안으며 "마 하나밖에 없는 아들 서울놈 다 된 줄 알았다 아이가. 어찌 그리 안 내려왔노." 했다. 엄마 옷에서 나는 생선 비린내가 확 풍겼다. 차말은 아랑곳없이 한참 끌어안고 있었다. 종수가 억지로 엄마에게서 떨어졌다.

"스리랑카에 온 친구다, 엄마."

"어찌 스리랑 친구도 있었노? 야야, 잘 왔다. 어찌 니 말을 자주 하는지, 마 동생 한 명 없이 외롭게 컸는데, 잘됐다 마, 종수 동생 해라 이."

그러면서 차말의 머리를 쓰다듬는다.

"스리랑이 아니고 스리랑카, 나 여행 갔다 온 곳."

"아, 거기서 어찌 친구도 사겼노?"

차말은 고개만 약간 숙이고 종수 손을 잡았다. 차말은 얼굴을 가렸다.

옆에는 멍게 해삼 굴 등 조개류를 조금 조금씩 담아 손님들을 호객하고 있었다. 인사할 때의 수줍어하던 모습과는 달리 차말의 호기심 찬 눈빛이 여기저기를 바쁘게 움직였다. 깁스 한 발을 절룩거리면서도 지팡이를 겨드랑이에 끼고 계속 핸드폰으로 사진 찍느라 여념이 없었다.

차말이 자기 아버지와 낚시를 즐겼던 경험을 되살려보기 위해 밤에 바닷가로 나갔다. 낚싯대만 가지고 작은 통통배를 빌려 먼 곳으로 나갔다. 그날따라 보름이 가까웠는지 낚싯대가 은물결 달빛 속에 잔잔히 흔들렸다. 배를 멈추었다. 흐르는 빛의 잔상을 바라보며 몇 시간씩 그대로 있었다. 물결을 바라보며 침잠해 있자니 지난 일들이 솟았다가 사라지기를 반복했다.

종수와 차말은 스리랑카 차말 집에 있었다. 차말 아버지의 장례식이었다. 향으로 자욱한 방에 가족들은 모두 근엄한 표정으로 영정 사진 앞에 있었다. 멀리서 들려오는 듯한 염불 소리가 아득하게 울려온다. 차말의 어머니가 흐느끼고 있었다. 차말도 옆에서 흐느끼고 있었다. 종수는 그 가족들이 흐느끼며 속삭이는 소리도 다 들렸다. 스리랑카 말을 다 알아들었다. 이럴 때 니네 형이 있었으면, 어머니가 차말에게 속삭였다. 차말은 더 소리 높여 흐느꼈다. 차말의 흐느낌이 마치 종수 자신이 우는 것처럼 느껴졌다.

물고기가 낚싯대 위로 금방 솟아오르는 퍼덕거리는 소리에 눈을 떴다. 종수는 의식이 돌아와도 그게 꿈인지 생시인지 혼몽 속에 있었다. 그런 꿈을! 차말의 아픔이 자신에게도 전이된 것인가. 의식이 돌아오다 다시 사라지고 또 다른 의식이 새롭게 떠오르는 것이 반복되었다. 그러나 차말의 집 풍경은 뚜렷이 머릿속에서 지워지지 않았다. 종수는 차말을 쳐다보았다. 꼼짝하지 않고 몰입해 있다. 두 시간이 지난 시각이었다. 순간적으로 고래가 튀어오르는 것 같았다. 바닷물 솟구치는 소리가 났다. 종수가 머리를 흔들었다. 차말은 정말 꼼짝하지 않았다. 새벽 어슴푸레 해가 바다 위로 떠오르는지 수평선 부근이 색의 파노라마를 펼치고 있었다. 긴 하품을 내뿜으며 둘은 빛 화살을 거느리고 휘황하게 떠오르는 태양을 맞이했다.

다음 날 아침 종수와 차말이 서울로 향하려 기차역으로 가려는 순간이었다. 스리랑카 차말 엄마가 입원한 병원에서 전화가 왔다. 어머님이 돌아가셨다고. 차말의 몸이 스르르 땅으로 가라앉듯 내려앉았다. 목발은 길거리에 그대로 나뒹굴었다. 종수가 흔들었으나 의식이 없었다. 그 길로 차말을 병원 응급실로 옮겼다. 만성 불면증과 영양 부족으로 몸의 균형이 깨어져 공황장애 상태라고 했다. 전날까지 멀쩡했는데요. 종수가 말했다. 정신적 쇼크가 오면 잠재되어 있다 드러난다고 했다. 의사가 비행기는 당분간 못 탄다고 했다. 결국 차말은 스리랑카로 돌아가지 못했다. 병원에서 퇴원 후 다음 날 차말을 돌보도록 어머니에게 부탁하고 종수는 서울로 올라왔다. 올라오는 기차에서 종수는 차말의 어깨 위에 내려앉은 끝없는 슬픔을 떠올리며 가슴의 통증이 사라지지 않았다. 종수는 스케치북 몇 권, 수채화 물감과 붓 등을 구해서 차말에게 보내주었다. 이제 거기서 열흘 정도 아무 생각 말고 그림만 그리라고 했다.

메타버스 갤러리 플랫폼이 만들어지고 다른 품목은 이미 영상이 다 완성되었다. 한 장씩 화면이 바뀌면서 다양한 배경 속에 배치된 차말의 그림이 펼쳐진다. 차말의 그림들은 시간을 반대 방향으로 돌리고 있는 것 같았다. 따뜻한 햇살이 드리운 푸른 언덕에 책으로 얼굴을 가리고 누워 있는 모습, 물안개가 피어오르는 바다, 금모래를 뿌려놓은 듯한 흔들리는 물결, 어둠이 내린 차밭에 나란히 대열을 이루어 날고 있는 반딧불이, 바닷가 모래밭에 떼 지어 놀고 있는 물오리, 모래사장에 황혼 속에 빛을 받으며 수평선을 바라보고 앉아 있는 한 쌍의 커플. 그림 속에는 위 혹은 아래, 꼭 작은 부처가 그려져 있었다. 관객들은 그림 앞에 서면 떠나지를 않았다. 스리랑카의 국가 파산 상태가 뉴스로 한창 방영되는 시점 덕분인지 차말의 그림 판매는 시너지 효과로 거의 매진되었다.

차말을 데려오기 위해 종수는 포항으로 갔다. 도착한 날 밤에 배를 타고 나갔다. 버스나 다른 탈것은 공황장애 증세로 힘들었다. 혹 배에서 증세가 나타나지 않을까 가까운 곳으로 나갔다. 그러나 배의 흔들림에도 증세는 나타나지 않았다. 종수는 가지고 온 바구니에서 와인잔과 와인을 꺼냈다. 오징어를 찢었다. 몇 가지 과일도 깎았다. 통통배 데크 위에 가지고 온 보자기를 씌우고 그 위에 차렸다. 와인 한 잔씩을 따라 들었다.

차말의 화려한 부활을 위해! 부라보! 종수가 잔을 들었다. 차말이 어설프게 잔을 들면서 뭐 부왈? 그게 무슨 말이야? 물었다. 이제 너가 다시 태어났다고 화가로, 무무슨 화가? 차말은 당황하면 말을 더듬는다. 이젠 너는 명실공히 화가야. 명시공이? 그게 뭐야? 진짜 화가가 됐다고. 조금 기다려봐!

종수가 핸드폰을 꺼냈다. 핸드폰 열고 바닷가를 배경으로 한 어떤 앱이 열리자 기러기 몇 마리가 바다 위를 부유한다. 제법 큰 배가 서서히 바다 중심을 향한다. 뱃머리에서 어린 꼬마가 양팔을 벌리고 기러기를 쫓아갈 듯 나는 흉내를 내고 있다. 핸드폰 화면을 보다 "애, 나잖아?" 차말이 놀란다.

아이는 하늘을 향해 날아갈 것 같다. 배 안에서 여자의 날카로운 소리가 바다 위로 흩어진다. 아이는 흘깃 돌아보다 다시 똑같은 몸짓을 한다. 그때 한 마리 큰 독수리가 날아와 아이를 등에 태운다. 아이는 독수리를 타고 바다 위를 난다. 배 속에서 남자와 여자가 뛰어나와 '차말, 차말' 부르짖는다. 엄마, 아빠 잘 다녀올게요. 마치 외출하듯 떠난다. 기러기 떼와 함께 하늘과 바다를 선회한다. 구름 속으로 사라졌다, 다시 하늘을 선회한다. 산을 넘기도 한다. 배에서 여전히 날카로운 차말을 부르는 소리가 울린다.

다음 장면은 차말의 집 안방이다. 한쪽 벽에 기대어 차말 아버지는 텔레비전 뉴스를 보고 있다. 어린 차말이 바닥에 여기저기 종이를 흩어놓고 그림을 그리고 있다. 엄마가 부엌에서 방으로 들어온다. 방바닥에 여기저기 흩어진 그림 중에 한 장을 집는다. 텔레비전을 보는 아버지에게 그림을 가져간다.

여보, 차말 그림을 좀 보셔요. 다람쥐가 뱅글뱅글 도는 모습을 그린 그림을. 아버지가 한참 들여다본다. 어린아이들은 움직이는 모습을 잘 못 그리는데 잘 그렸네. 기특하게, 흐뭇한 웃음이 입가에 퍼진다. 이것도 봐요, 나뭇잎이 팽그르르 떨어지는 모습을, 어쩌면 이렇게 표현을!

차말은 흥분한다.

"이 이것 어떻게 된 거야?"

너의 어머님이 돌아가셨다고 했더니 메타버스 갤러리 팀에서 애도의 선물로 사진의 엄마, 아빠를 복원해서 너의 행복했던 시절을 영상으로 재구성한 거야. 영상은 그림을 소개할 때까지 이어졌다. 영상이 끝나자 차말은 엄마, 아버지를 생각하는지 와인은 입에만 조금 대고 조용해졌다.

둘은 낚시를 드리우고 침묵 속에서 거의 밤을 지새웠다. 옅은 분홍색이 겹겹이 쌓여 다시 붉은 기운이 온 천지를 삼킬 것 같은 새벽, 둘은 동시에 눈이 부신 듯 눈을 비볐다. 바다와 하늘의 경계가 사라졌다. 망망대해에 둘만 오롯이 존재한다는 실존의 고독과 으스스한 찬 기운에 시선을 교환했다. 비실비실 차말이 종수에게로 왔다. 이제 잘 살 수 있을 것 같아, 네가 있기 때문에. 차말의 눈시울이 붉어지며 말했다. 마음속에 네가 흐르고 있어. 넌 나의 죽은 형이야. 종수가 깜짝 놀랐다. 그럼 정말 형이 있었구나. 차말은 손으로 사랑 표시를 했다. 둘은 서로의 몸을 의지했다. 영원히 떨어지지 않을 것처럼 몇 시간을 그러고 있었다.

메타버스 홈

메타버스 홈

소령이가 어릴 때 살던 집 정원이었다. 어린 딸 소령이, 소령이 친구 미진이, 지금 사위가 된 어릴 때의 성우가 과일나무들이 우거진 정원 속에서 숨바꼭질을 하고 있었다. 두 아이들은 숨었고 소령은 두 아이들을 찾느라 뱅글뱅글 정원 속에서 맴을 돌았다. 계속 뱅글뱅글 맴을 돌았다. 결국 소령이 정원에 퍼질러 앉아 울었다. 소령의 울음소리에 진주는 잠이 깼다. 진주의 온몸이 식은땀으로 젖어 있다. 얇은 인조견 잠옷이 차갑다. 진주는 샤워장으로 갔다. 샤워를 하고 옷을 갈아입었다. 부엌으로 가 물을 마시고 진주는 채 걷히지 않은 어둠 속에 멍하니 앉아 있었다. 요즘 소령의 꿈을 자주 꾼다. 그런 날은 하루 종일 기분이 초조해지고 우울해진다. 그날도 소령이 퍼질러 우는 모습이 머릿속을 떠나지 않았다. 점심을 하고 나서 소령의 집에 잠시 들러야겠다.

있는 반찬으로 점심을 간단히 먹고 소령의 집으로 갔다. 벨을 눌

렀지만 기적이 없다. 좀처럼 외출을 하지 않는 딸인데, 진주는 고개를 갸웃거린다. 한참을 기다려도 여전히 조용하다. 진주는 커피숍을 찾아서 큰길로 나섰다. 지난 비에 떨어지고 남은 벚꽃들이 바람이 불 때마다 우수수 흩날린다. 길거리에 내려앉은 벚꽃들이 발자국에 짓뭉겨 지저분하다. 그 위에 다시 벚꽃들이 켜켜이 쌓인다. 벚꽃무덤 위로 걷고 있다는 이상한 생각이 불쑥 올라온다. 벚꽃 무덤이라……. 친구 중에 자기는 봄에 죽고 싶다고 한 친구가 있다. 자기의 무덤 위에 벚꽃을 잔뜩 뿌려달라면서. 그때는 젊은 시절이어서, 이구동성으로 멋진 아이디어라고 공감했다. 벚꽃 무덤! 친구는 그 선언을 하고 나니 죽음이 그렇게 두려운 공포의 대상으로 느껴지지 않았다고 했다. 장미의 계절에는 장미로, 국화의 계절에는 국화로, 겨울에는 동백꽃잎을 올리면 되려나? 그러면 그 친구처럼 죽음을 좀더 담담하게 받아들일 수 있을까? 다정한 사람들을 남겨두고 혼자가는 길은 역시 외롭고 무섭겠지.

진주는 길거리에 나와서도 소령의 아파트 쪽으로 눈이 간다. 아파트는 벚나무들에 가려서 보이지 않는다. 처음 집을 사서 입주할 때였다. 소령이 1층 정원을 손질하지 않아도 멋진 정원을 2층에서 마음대로 볼 수 있다고 좋아했다. 소령의 아파트 1층 정원은 마치 잘 가꾸어놓은 부잣집 정원 같다. 다양한 과일나무와 갖가지 야생화가 철마다 시시때때 꽃을 피운다. 어릴 때 정원 있는 집에서 자라서 그런지 소령은 나무나 야생화 등 자연의 품에 안겨 있을 때 편안해한다.

길 코너에 아담한 커피숍이 보인다. 커피집의 아기자기한 분위기가 마치 동화 속의 풍경 같다. 특히 자신이 좋아하는 모차르트 〈피아노 협주곡 21번〉 2악장까지 흐르고 있다. 제일 안쪽에 소령이 즐겨 입던 옷이 언뜻 눈에 들어왔다. 진주는 고개를 내밀고 그쪽을 주의 깊게 살폈다. 분명 소령이었다. 진주는 반가워 다가가려다가 잠시 멈칫했다. 맞은편 아파트 주차장 쪽을 소령이 눈이 뚫어져라 주시하고 있다. 진주도 한참 그쪽을 바라보았지만 어떤 것도 감지할 수 없었다. 진주는 우선 카푸치노를 주문하고서 소령이와는 반대쪽에 자리를 잡았다. 소령이와 진주 사이에는 네 명의 40대 여자들이 한참 수다 중이었다. 잔잔히 흐르는 모차르트의 안단테 칸타빌레가 그녀들의 수다 소리에 묻혀버렸다. 그녀들의 소리만이 가득하다. 커피잔도 영국의 1년 열두 달 꽃을 그린 로얄 알버트이다. 옅은 라일락 톤의 은은함이 좋다. 소령이 이 커피숍을 선호하는 것도 다 이유가 있을 것이다. 소령은 어릴 때부터 예쁜 것을 유독 좋아했다. 은은한 계피 향에 커피의 맛과 향을 그대로 간직한 카푸치노는 소령도 즐겨 마신다. 소령은 여전히 커피잔은 건드리지도 않고 그쪽에만 눈을 꽂고 있다. 진주도 다시 눈을 그쪽으로 돌렸다. 그 주차장은 소령의 아파트와 가까운 다른 상호의 아파트 주차장이다. 오직 차밖에 없는 주차장에서 소령이 뭘 저렇게 주시하고 있는지 알 수 없다. 창 너머에서 따뜻한 햇볕이 들어와 찻잔에 굴절된다. 진주는 찻잔 위에 오른쪽 손바닥을 펴본다. 햇빛이 손바닥의 오글오글한 주름 위에서 논다. 서투른 칼질을 하다 벤 자국들이 손금과 어긋나게 여기저기 누워 있다. 몇십 년을 버텨온 손이다. 햇볕의 따뜻한 기운이 온몸을 땅

속으로 끌어당기는 것 같다. 이럴 때는 아무것도 하기 싫다. 집에 돌아가 침대에 몸을 누이고 싶다.

잠깐 한눈을 판 사이에 소령이 사라졌다. 진주는 얼른 밖으로 나가 소령이 주시하던 주차장으로 달려갔다. 소령은 온데간데없다. 진주는 다시 커피숍으로 되돌아와서 카운터에 있는 여자에게 물었다. 여자는 어깨만 으쓱할 뿐이다. 진주는 매일 소령이 여기를 오느냐고 물으려다가 말았다. 다시 소령이 집으로 가면서 휴대폰의 단축번호를 눌렀다. 바로 메시지를 남기라는 음성으로 넘어간다. 최근 와서 거의 전화를 안 받는다. 집에도 없는지 아무리 벨을 눌러도 기척이 없다. 얼마 전까지만 해도 전화를 할 때마다 집에 있었다.

소령은 S대학 전자공학 박사과정을 다니다 느닷없이 그만두겠다고 했다. 이유도 말하지 않고 무조건 그만두겠다고만 했다. 자신은 주부가 적성에 맞는다고 살림만 열심히 하겠다는 거였다. 손자를 본 상태였다. 손자가 초등학교에 입학하려면 아직 몇 년이 남았다. 진주는 소령이 그사이 학위를 끝내면 되겠다고 생각하고 있었다. 프로그래밍 때문에 팀 미팅을 자주 해야 하는 학과의 특성상 주부로서의 한계에 이른 것인가. 가슴이 쓰렸다. 컴퓨터를 어릴 때부터 좋아했고 나름대로의 꿈도 있었다. 자신만의 프로그램을 개발하고 싶어 했다.

소령은 어릴 때 한 가지 좋은 것이 생기면 다른 것은 돌아보지도 않고 거기에만 집중했다. 그래서 그만두는 것도 겁났다. 친구도 한 친구밖에 사귈 줄 모르는 아이였다. 초등학교 때 친구 미진이와 컴퓨터 게임을 몇 번 해보더니 거기에만 빠져 컴퓨터에서 떨어지지 않았다. 그래서 제대로 가르치자는 생각에 전자공학 전공 대학원생을 붙여 과외를 시켰다. 미진이와 같이 시작했는데 정작 제대로 된 프로그램으로 들어가자 미진이는 재미없다며 떨어져 나갔다. 나중 사위가 된 성우가 함께했다. 세 명은 같은 초등학교에 다니는 동네 친구들이었다. 성우만 1년 위였다. 그 후 미진이는 일본에서 대학을 졸업했다. 미진이와는 계속 연락을 했지만 성우는 쭉 연락이 끊겼다, 대학교 같은 과 선후배로 다시 만났다. 성우랑 결혼하기 전까지는 미진이만을 친구로 생각했다. 오직 한길밖에 모르는 소령이었다.

박사학위를 그만두고 언젠가 후회하지 않을까? 진주는 걱정이 앞섰다. 그러나 소령은 후회하지 않는다는 것을 시위라도 하듯 열심히 살림을 살았다. 소령은 새 아파트를 분양받아 이사한 후에는 집 안을 무슨 예술관처럼 꾸몄다. 아들과 남편을 위해 매일 슈퍼에서 싱싱한 재료를 구입하기에 바빴다. 가끔씩 들를 때마다 온 집 안이 반짝반짝 빛을 내고 있었다. 마치 고급 호텔에 온 기분이었다. 어느 날 진주가 무심코 냉장고를 열어보았다. 냉장고 안은 텅 빈 채 내용물이라곤 우유 한 팩 정도였다. 옆에 서 있던 소령이 생글생글 웃었다. 그날그날 시장을 보니 냉장고가 필요 없더라고요. 김치는? 김치냉장고에 잘 있죠.

살림을 잘한다는 것에 별로 가치를 두지 않던 진주지만, 약간 충격을 받았다. 소령은 이런저런 음악을 들으며 읽고 싶은 책을 마음껏 읽고 텔레비전으로 영화를 보았다. 덕분에 진주의 삶도 윤택해졌다. 모든 인문학 자료를 섭렵하여 진주에게 추천했다. 아무튼 자신의 삶이 행복하면 그것으로 되었지. 그 이후 더 이상 소령의 삶에 관여하고 싶지 않았다.

그즈음 진주는 항상 소령이 집을 다녀오면 자신의 삶을 되돌아보는 것도 버릇이 생겼다. 소령이 자신 때문에 전업주부로서의 삶을 선택하지 않았을까 하는 자책 때문이기도 했다. 그동안 진주는 연구에 몰두하느라 밥도 한꺼번에 냉동시켜놓고 하나씩 전자레인지로 돌려 먹었다. 반찬만 좀 신경을 썼다. 균형 영양에 따라 골고루 갖춰 식사 준비를 했다. 그것은 자신이 선택한 결혼에 대한 최소한의 책임이라 생각했기 때문이다. 진주는 소령이 중학생이 된 후 단호하게 선전포고를 했다. 앞으로 우리 가족 세 사람 각자 스스로 자신의 삶을 책임지자고 아예 못을 박았다. 소령에 대해 최소한의 학원 과외를 선택하는 도움 이외는 무관심으로 일관했다. 시행착오를 거쳐가면서 사는 것이 삶이라고 생각했다. 중간고사, 학기말 고사 때는 소령이 공부하는 옆에서 같이 책을 보는 것으로 엄마 노릇을 했다.

대체로 소령이 원하는 것은 다 들어주었다. 비둘기를 베란다에서 기르자고 할 때도 반대하지 않았다. 비둘기 먹이를 충분히 준비해주었다. 비둘기들이 떼를 지어 와 베란다에 똥을 여기저기 싸질러놓아도 아무 말을 안 했다. 또 어느 날, 미진이 아버지가 도쿄의 은행 지사로 발령이 났다며 방학 때 놀러 가고 싶다고 했다. 일본행 모든 수속을 스스로 마치고서 친구 집까지 찾아갈 수 있으면 좋다고 허락했다. 실은 썩 내키지 않아 한 말이었으나, 소령이 그때부터 일어 공부를 독학으로 할 줄은 몰랐다. 일 년을 숙제 외에는 일어 공부만 하는 것 같았다. 마치 일어 시험 치는 것처럼 계속하더니 웬만한 일어책을 읽고 회화도 술술 했다. 실제로 비자까지 받아놓고 비행기 표만 요구했다. 생각 밖의 야무진 처사에 비행기 표에 꽤 넉넉한 용돈까지 얹어주었다.

미진이 엄마로부터 국제전화가 왔다. 소령이 절대로 비행장에 마중 나오실 필요 없다며 혼자 집까지 찾아오겠는데, 어떡하느냐고 걱정을 늘어놓았다. 아직 어리니, 자신들이 마중을 나가겠다고 했다. 진주는 '본인이 자신 있어 하니 괜찮을 겁니다. 아무튼 신세 지게 되어 죄송하고 감사합니다.' 하고 전화를 끊었다. 출발한 뒤에는 도착했다는 전화가 올 때까지 그 불안은 말로 다 할 수 없었지만, 불안을 참고 자식들을 지켜보는 것이 최고의 교육이라고 생각하고 꾹 참았다. 소령은 무사히 잘 다녀왔다. 대견스럽기 짝이 없었다. 그 이후 소령의 자신감은 하늘을 찌르는 듯했다. 무엇이든 무조건 혼자 할 수 있다며 독립적인 태도를 보였다.

소령이 박사과정을 그만두면서 자신의 가정 외에는 도통 관심이 없었다. 숫제 친구들도 만나지 않고 가정이라는 울타리에만 갇혀 지내는 것이 안타까웠다. 박사과정 중에 도대체 무슨 일이 있었는지 궁금하고 속상했다. 혼자만의 세계에 빠져 있던 소령이 손주가 중학교에 입학하면서부터 변화를 보였다. 손주가 엄마의 시선이 벗어난 곳에 살고 싶다고 미국 유학을 준비하면서였다. 소령은 아들이 유학을 떠나자 차츰 집 가꾸는 것도 시들해져갔다. 소령의 남편 역시 게임 프로그램 개발로 밤늦게 들어오는 적이 많았다.

소령의 성이 시나브로 무너지기 시작한 것이다. 저러다 '혹 우울증이 오면 어떻게 하지?'라는 생각이 들곤 했다. 진주는 소령을 부추겼다. 요즘은 기러기 아빠가 대세이기도 하니, 아들이 대학 들어갈 때까지 아들 곁에 있으면 어떻겠느냐고 했다. 사위도 의외로 소령의 미국행을 바랐다. 자신만 기다리고 있는 소령이 부담스럽다고, 특히나 사위는 한창 일할 때인 40대였다. 소령은 아들이 기숙사가 있는 사립학교를 선택했기 때문에 같이 갈 필요가 없다고 딱 잘랐다. 진주가 방학을 맞아 여행을 같이 가자고 해도 응하지 않았다.

다음 날, 진주는 점심 약속을 마치고 늦은 오후에 소령의 집으로 다시 갔다. 역시 소령은 없었다. 자연스레 전날 갔던 커피숍으로 발길이 향했다. 소령이 거기에 있었다. 전날처럼 같은 자세로 주차장 쪽으로 고개를 돌리고 있었다. 이번에는 가서 자신의 존재를 드러낼까 망설였다. 미동도 없이 그쪽에 눈길을 꽂고 있는 소령을 쳐다보니 발걸음이 떨어지지 않았다. 할 수 없이 전날의 자리에 앉았다. 이번에는 아메리카노를 시켜놓고 그저 입술만 적셨다. 에티오피아계 커피인지 신맛이 느껴진다. 갑자기 소령이 후다닥 뛰어나간다. 진주도 재바르게 백을 챙겨 들고 소령의 뒤를 따랐다. 주차장에 들어서자 시동이 걸리는 소리와 함께 금세 어떤 차가 부르릉 출발한다. 소령이 그 차 가까이 가기도 전에 차는 달아났다. 눈에 많이 익은 차다. 그러고 보니 사위 차 같다. 사위 차가 왜 거기서 나와? 진주는 머리를 갸웃거리며 어떻게 해야 할지 방향을 잡지 못하고 멍하니 서 있었다. '엄마' 하는 소리에 정신을 차렸다. 소령이 바로 옆에 와 있었다.

엄마가 여기 어떻게? 진주는 말없이 소령의 손을 잡고 주차장을 빠져나와 소령의 집으로 발길을 돌렸다. 소령은 집에 가지 않겠다는 듯이 엉덩이를 뒤로 뺐다. 그사이 얼마나 말랐는지 잡힌 손목에 뼈만 느껴진다. 엄마, 저녁 먹으러 가까운 식당으로 가요. 아니, 난 니네 집에 가고 싶어. 너에게 무슨 일이 있는지 꼭 알아야겠어. 엄마, 난 괜찮아. 근데 왜 전화도 안 받고 또 권 서방 차는 왜 이 주차장에서 나가? 엄마 봤어? 긴가민가했지만 네가 며칠째 지켜보고 있는 차라면 권 서방 차지 누구 차겠니? 소령의 집에 도착했다. 현관문이 열리자 소령이 쏜살같이 달려 들어갔다. 집 안은 한마디로 난장판이었다. 세상에 어떻게……. 진주는 입이 다물어지지 않았다. 겨우 한 달만에 이렇게 천국에서 지옥으로 바뀔 수 있다니. 현관에는 신발들이 뒤엉켜 있고, 거실에는 옷장을 통째로 비워낸 듯 옷이 산더미였다. 소령이 별안간 옷가지들이 난무한 소파에 털썩 주저앉으며 통곡을 하기 시작했다.

진주는 옷을 주섬주섬 챙기면서 소령이 울음을 그칠 때까지 기다렸다. 진주는 옷을 거실 한쪽에 대충 정리하고 주방에 들어섰다. 소령에게 먹을 것을 챙겨줄 셈이었다. 아무것도 없었다. 냉장고는 텅비어 있고, 싱크대는 언제 썼는지 그릇 하나 보이지 않고 말끔했다. 뭐 먹고 싶어? 온종일 쫄쫄 굶은 것 같은데 뭘 좀 시킬까? 소령은 말이 없었다. 친정 엄마가 되어 이렇게 되도록 내버려두다니……. 갑자기 자신이 한심하다는 생각이 들었다. 소령아, 일단 엄마 따라 우리 집으로 가자. 네 얼굴하며 행색이 말이 아니다. 우선 몸부터 추스르자. 간단하게 네 화장품이나 필요한 것만 좀 챙겨. 권 서방한테 한 일주일 친정에 다녀온다고 전화부터 해! 그냥 내가 할까? 소령은 계속 울기만 할 뿐 한마디도 대구를 안 했다. 진주는 화장대에서 대략 필요한 것을 추리고 실내복과 계절에 맞는 옷을 몇 벌 챙겨서 소령을 끌고 나왔다. 꼭 도둑이 들고난 것처럼 엉망진창인 집에서 더 머물고 싶지 않았다. 혼란스럽고 가슴이 떨렸다. 주차장에 가서 소령을 억지로 차에 태웠다. 소령은 차 안에서도 계속 흐느꼈다. 진주도 무슨 말로 어떻게 달래야 할지 가늠이 되지 않아 침묵했다.

집에 도착하자마자 버섯과 두부를 넣어 된장찌개를 끓이고 굴비를 구워 저녁을 차렸다. 굴비를 워낙 좋아하는 소령이지만 몇 술 뜨다 만다. 얼른 딸기를 씻어주니 그것은 서너 개를 입에 넣는다. 진주는 와인을 꺼내고 접시에 치즈와 올리브 열매를 담았다. 코로나 상황이 되면서 손님을 초대할 수 없으니 와인이 그대로다. 우리 집에서 와인 마시는 게 얼마 만이니? 소령아, 잔 들어! 한번 부딪치자. 권 서방도 이리로 오라고 할까? 소령은 와인을 한 모금 머금고선 화들짝 놀란다. 안 돼, 요즈음 재택근무해. 재택근무? 근데 어디서? 모르겠어. 독신인 동료네 집이라고 하는데. 네가 기다린 그 주차장 아파트? 모르겠어! 거기가 재택근무 장소인지. 또 저녁에는 다른 데로 가거든. 근데 너한테 왜 이야기하지 않아? 글쎄, 나도 그걸 잘 모르겠어! 아침도 안 먹고 저녁도 안 먹고. 도대체 뭐가 뭔지 모르겠어! 그러면서 나더러 뭐라는 줄 알아? 내 생활을 찾으래. 자기만 바라보고 기다리는 것 질린다면서.

진주가 생각한 최악의 시나리오였다. 스위트 홈은 가족이 모두 하나가 되어 한마음으로 할 때 가능한 거였다. 손주가 먼저 반발하고 떠나자 자기만 기다리는 소령을 사위는 참을 수가 없었던 것이다. 일 핑계로 뛰쳐나간 것이다. 그래서? 권 서방은 언제 들어와? 아무 때나 불쑥 들어와 샤워하고 옷만 갈아입고 다시 나가. 잠도 안 자? 가끔은 자! 언제부터? 한 달 전 새 프로젝트가 시작되면서. 그렇다고 그렇게 집을 엉망으로? 아무것도 건드리면 안 될 것 같은 집에 들어오면 숨이 막힌대. 그래서 옷을 꺼내놓는 대로 그대로 두었지. 멋대로 어지르라고.

　그런데 자신들이 하는 게임 프로그램에 함께 참여해달래. 여자가 할 역할이 있다고. 남자들만 있는 곳에 가기 싫다고 단번에 거절했지. 그래놓고 왜 불안해해! 그 남자들이 싫은 거야? 아니면 일 자체가 싫은 거야? 엄마, 내가 오죽하면 박사과정을 때려치웠겠어. 남자들이 얼마나 못난 놈들인 줄 알아? 우리 학과 특성상 기업체나 국가로부터 프로젝트를 의뢰받아 연구하는 팀이 많아. 그런데 그 팀에 '넌 아버지가 대기업 임원에 엄마까지 교수이니 돈이 필요 없는 애잖아? 우리는 프로젝트해서 받는 이 돈이 바로 밥줄이야' 하면서 프로젝트 할 때마다 날 빼놓고는 교수한테는 아기 땜에 못 하겠다고 했다며 거짓말을 하는 거야. 우리는 그 프로젝트 실적이 쌓여 모두 점수가 되는데, 그래서 '니네들끼리 다 잘 해먹어라' 하고 그만둔 거야. 권 서방도 그런 것 알아? 권 서방도 남자잖아, 똑같이 말하지 뭐. 프로그램을 개발하기 위해 밤도 새야 하고 술도 마셔야 하는데 여자들이 있으면 불편하다나? 학과를 잘못 선택한 거야. 졸혼하고 나도 다시 시작할까? 졸혼? 새로 시작하고 싶은 것은 있고? 몰라, 이 길 외에는 생각이 없어 그게 문제야.

그런데 너 왜 권 서방 차를 주시하고 있었어? 이상해! 재택근무한다며 옆에 혼자 사는 친구 아파트에서 일이 끝나면 꼭 어디로 가. 그것도 재택근무래. 열두 시가 넘어 들어올 때도 어떨 땐 일이 바빠 밤을 샌다고 문자만 와. 넌 권 서방을 의심하는 거야? 그것도 아니고, 지금 내가 어떻게 해야 할지 모르겠어. 그렇게라도 안 하면 미칠 것 같아. 권 서방한테 직접 물어보지? 항상 재택근무하고 프로그램 개발한다고 하지. 뭐가 뭔지 모르겠어.

일주일 내내 소령이 친정에 와 있어도 사위는 오지 않았다. 주말에 들르겠다고만 했다. 소령에게는 마인크래프트 게임을 즐기라고만 한다고 했다. 처음 소령은 '흥, 내가 지금 게임을 즐길 기분이야?' 콧방귀만 뀌었다. 남편 쫓는 것도 지쳤는지 친정이라 마음이 편해서인지 일주일 내내 나가지 않았다. 진주는 그동안 소령의 영양 보충을 위해 자신이 하던 일은 다 제쳐두고 갖가지 메뉴를 바꾸어가며 식탁을 차렸다.

소령은 차츰차츰 기운이 돌아오는 것 같았다. 뒷산으로 산책을 다녀오기도 했다. 소령은 집 구석구석까지 살피며 정리도 해주었다. 자신이 쓰던 방에 들어가 학창 시절의 때 묻은 책과 노트 등을 꺼내어 한나절을 보내기도 했다. 남편은 네가 언제 돌아와도 우리는 환영이야, 하며 좋아했다. 소령은 확신에 찬 어조로 말했다. 그럴 일은 없을걸요? 권 서방과 헤어져도 저는 혼자 살 거니까. 아무튼 네가 있으니 네 어릴 때 같이 살던 기분이 난다. 남편은 뜻하지 않은 횡재라며 소령에게 용돈도 듬뿍 주었다. 이제는 내가 아빠에게 용돈 드려야죠. 소령은 돈을 받지 않았다. 권 서방이 아빠보다 훨씬 더 많이 벌걸요? 아빠, 저 돈 많아요. 저는 돈을 쓸 데가 없어요. 미국에 학비 보내는 것 말고는. 친구들과 안 만나니 명품백도 필요 없죠. 옷도 비싼 것 필요 없죠. 요즈음은 아무도 밥을 안 먹으니 식비조차 안 들죠.

아직도 미진이는 안 만나니? 소령이 진주를 쳐다보았다. 엄만 갑자기 왜 미진이 이야길! 엄마! 난 걔 꿈만 꾸면 나쁜 일이 생겨. 내가 알지도 모르는 미진과 오빠의 관계를 내가 책임져야 해! 미진이가 나한테 화가 나 있는 것도 이해가 안 돼! 오빠가 나한테 프러포즈해서 한 결혼이잖아. 걘 마치 내가 자기 남자친구를 뺏은 것처럼 굴어. 계속 오빠한테 편지를 보낸 것은 자기면서. 난 오빠가 이사 간 후 헤어져 우연히 대학 때 같은 과 선후배로 만났잖아. 그사이 두 사람에게 일어난 일을 내가 어떻게 알겠어, 본인들이 이야기 안 하면. 변명해야 할 것도 없는데 구구절절 해명하면서 친구로 있고 싶지 않아! 다만 독신으로 있는 것이 신경이 쓰일 뿐. 그래서 그런지 자주 꿈에 나타나. 미진이 꿈을 꾸면 이상하게 불안해져.

사위는 주말에 잠시 들러 바쁘다며 겨우 저녁만 먹었다. 저녁 자리에서 남편이 물었다. 자네 이제 소령이 돌려주는 거야? 덕분에 오래간만에 가정 같은 따뜻한 맛을 느끼고 있네. 우리는 언제든 소령이 돌려받을 생각 있으니 조금이라도 마음이 변하면 말해. 아빠, 내가 인형이야, 물건이야, 돌려받다니. 아버지도 남자라서 무조건 싫어! 나 이혼해도 이 집에 절대로 안 와! 소령의 불편한 심기를 눈치챘는지 순간 조용해졌다. 무슨 말씀이신지요? 그럴 일은 없을 겁니다. 사위도 불편한지 한마디 하고는 금방 자리에서 일어섰다. 진주는 남편에게 괜한 소리를 해서 과일도 못 먹고 떠났다고 투덜거렸다.

차츰 소령도 초조한 모습을 지우면서 안정감을 되찾은 듯했다. 자신이 남편의 시간을 관리할 수가 없다는 것을 알게 된 것일까. 게임 프로그래머인 사위는 새 프로그램을 개발할 때는 정신없이 바쁘다. 그것이 끝나면 좀 시간을 가지다가 또다시 새 프로그램을 개발하기 위해 회의를 통해서 다양한 기획을 하고, 단독으로 작업도 한다. 그 사이 느긋하게 기다려주어야 한다. 소령이 잘 견뎌오더니 이번에는 집에까지 못 들어오니 많이 불안해진 것이다.

다음 날 우연히 소령과 슈퍼를 갔다가 근처에 살고 있는 소령의 사촌을 만났다. 둘은 오랜만에 만나서 그런지 서로 너무 반가워 어쩔 줄 모른다. 그날 저녁을 먹고 나자 사촌이 초등학교 3학년 딸을 데리고 왔다. 둘은 소파에 앉아서 와인을 한 잔씩 했다.

사촌은 치과 의사다. 사촌의 딸이 얌전히 앉아 핸드폰으로 게임을 했다. 소령이 흘깃거리더니 물었다. 어마, 이것 무슨 게임이니? 재미있겠다. 게이토 게임이라고요, 자신이 인형에게 입히고 싶은 옷과 신발, 머리도 가발로 마음대로 바꿀 수 있어요. 재미있겠다. 언니는! 어린이들 게임인데! 아니야, 가만히 있어봐. 나한테 한번 가르쳐줘봐. 이것 그냥 하면 돼요. 그러면서 핸드폰을 소령에게 건넨다. 처음에 사람은 어떻게 고르니? 아바타 중에서 고르면 돼요. 아바타를 자신의 사진으로 할 수도 있어요. 어머! 그래? 너 내일 몇 시에 학교에서 오니? 학교에서 돌아오면 바로 학원 가는데요. 무슨 학원? 영어학원요. 그럼 그 다음은? 발레요. 밤에는? 밤에는 숙제하고요. 너 무척 바쁘구나! 언니, 얘네들이 나보다 더 바빠. 너 너무 돌리는 것 아니냐? 얘는 조금 다니는 거야. 언니, 장난 아니야. 이쪽 엄마들.

소령은 사촌이 간 뒤에도 계속 그 게임에 몰두하는 것 같았다. 주위 사람들의 다양한 캐릭터를 아바타로 만들어 옷도 다양하게 디자인하고 헤어스타일도 다양하게 꾸몄다. 어떤 때는 공주처럼, 어떤 때는 영화배우처럼 꾸몄다. 젊은 20대 가수를 70대 할아버지로 만들어 진주도 배꼽을 잡고 웃었다. 또 한 사람의 캐릭터를 발레리나에서 거지를 만들기도 하고 너무 재미있어했다. 소령의 시선을 뺏는 일이 있어서 다행이었다. 소령은 한번 시선이 꽂히면 더 이상 다른 것은 눈에 들어오지 않는다. 모든 정신은 거기에 몰두했다. 그쪽 게임을 다 섭렵했는지 소령은 며칠간 시들했다. 그러나 머리는 계속 그쪽을 생각하고 있는지 가끔 그림도 그리고 이런저런 디자인을 인터넷에서 찾고 있다. 그 후는 일체 외출을 않는다.

남편은 두 사람이 좋아할 만한 식당에 데려가겠다고 벼르더니 맞춤한 식당을 예약했다고 금요일 오후에 같이 가자고 했다. 사위도 같이 갔으면 했으나 선약이 있다고 해 셋이서 갔다. 외교관 관사가 많이 있는 이태원 전원주택을 식당으로 오픈했는지, 정원이 바로 숲이었다. 나무 사이사이 테이블이 놓여 있었다. 조명까지 완벽했다.

거실 안쪽에도 테이블이 있어 이미 몇 팀은 식사를 시작하고 있었다. 코로나 시대에 야외에서 식사를 할 수 있는 식당이 있다는 것은 큰 행운이다. 특히 소령이 너무 좋아했다. 자신이 요즈음 집을 다시 리모델링해서 분위기를 바꾸려 했는데, 어떻게 고쳐야 할지 좀체 아이디어가 떠오르지 않아 고민 중이라고 했다. 이 집에 와서 드디어 아이디어가 떠올랐다며 들뜬 목소리를 냈다. 실내도 정원 기분을 낼 수 있게 큰 나무를 들여올까 봐요. 큰 나무가 여기저기 있으면 훨씬 편안함을 느낄 것 같아요. 지금 집하고는 완전히 다른 평안함······. 예약한 식사가 나올 때까지 소령은 계속 꿈을 꾸듯이 말했다. 나무 관리를 어떻게 하려고? 화분이 크면 옮기기도 힘든데 물은 어떻게 주려고? 그래서 거실을 대리석으로 깔려고요. 물을 줄 수 있게요.

이번에 남자들이 왜 일을 하기 위해서는 밖에서만 해야 한다고 생각하는지 내내 생각해봤어요. 물론 권 서방은 프로젝트 팀원을 만나기 위해서 계속 남의 집, 독신이나 혼자 된 사람 집으로 가지만, 우리 집에 안 오는 이유가 혼자 된 사람은 집 자체가 집이자 작업실인데, 저처럼 가족 있는 사람은 그게 안 되는 거지요. 또 저도 무언가 일을 해야 한다고 생각했어요. 그래서 집이면서 작업 공간으로 리모델링하려고요.

저녁 메뉴는 아스파라거스와 새우, 전복이 들어간 양파 수프, 샐러드, 메인으로 두 사람에게는 송이버섯과 죽순을 곁들인 안심구이, 진주 앞에는 민어구이가 나왔다. 샐러드에도 레몬 향이, 민어구이 옆에도 레몬이 한 조각 놓여 있었다. 진주는 레몬 향을 민어에 뿌리면서 소령이 이제 적극적인 사고를 하게 된 것만 해도 긍정적인 신호라는 생각이 들었다. 진주는 후식이 나오기 전에 안채 화장실에 들렀다. 거실도 엄청 넓었다. 거실을 가로질러 오른쪽에 화장실 문을 보고 들어가려니, 옆방 안쪽에 두 남녀가 앉아 있었다. 눈에 익은 모습이라 다시 그쪽을 향하여 눈을 돌렸다. 두 남녀는 머리를 맞대고 열심히 뭔가를 이야기하느라 누가 바라보는지도 몰랐다. 진주는 순간 깜짝 놀라 고개를 돌렸다. 사위였다. 다시 진주는 여자 쪽을 눈여겨보았다. 미진은 아니다. 그러면서도 당황스러웠다. 사위와 미진의 관계에 줄긋기를 하는 자신이.

진주는 얼른 화장실에 들렀다가 서둘러 밖으로 나왔다. 그리고 후식은 딴 데 가서 먹자고 막무가내로 두 사람을 끌고 나왔다. 갑자기 급한 전화가…… 누구한테? 남편과 소령은 진주를 따라 나오면서도 투덜거렸다. 와인도 아직 많이 남았는데 무슨 일이냐고, 도대체? 전화는 누구한테 온 전화라는 거야? 남편도 화가 잔뜩 났다. 나중에 집에 가서 이야기하겠다며 집으로 향했다. 진주는 충격에 휩싸였다. 소령이 촉이 맞았나? 이제 겨우 안정되어가는데 다시 사위가 딴짓이라도 한다면 소령이 헤어나질 못할 것 같다. 진주는 차 속에서 눈을 계속 감고 있었다. 엄마, 누구한테 전화받았는데? 화가 난 목소리에서 걱정스러운 목소리로 소령이 물었다. 아무 말을 할 수 없어 계속 눈을 감고 있었다. 미리 속단하지는 말자고 생각을 해도 계속 가슴이 방망이 치듯 둥둥거렸다. 남편은 여전히 화가 풀리지 않는지 말없이 운전만 했다.

다음 날이 되자 두 사람은 그 일에 대해서 한마디도 언급하지 않았다. 남편은 일찍 나가고 소령은 자기 방에 들어가서 점심 먹을 때까지 나오지 않았다. 진주는 다행이다 싶어 마음이 놓였다. 시간을 두고 생각하니 또 일 때문에 만난 사이가 아닐까 하는 생각도 들었다. 모른 체 내버려두는 것이 상책이다 싶었다. 소령이 집을 고치는 일에 골몰하는 모양, 줄곧 집 설계도를 인터넷으로 검색하고 있었다. 그리고 아바타도 다시 만들고 다양한 모델을 사진으로 찾았다. 초등학교 중학교 아이들이 만든 블로그에도 들어가 보면서 하루 종일 뭔가에 열중했다. 그러더니 자신의 집에 가겠다고 했다. 같이 가서 정리하는 것 도와줄까? 아니야, 혼자 해야 해. 아무 일 없다는 듯이 일상이 흘러갔다. 진주는 남녀가 만난다고 다 불륜 관계는 아니지. 아무리 그렇게 생각하려고 해도 소령의 불안해하던 얼굴과 그날 식당에서 본 사위의 모습이 겹쳐지면서 마음이 어두워졌다.

소령은 집 리모델링에 착수했다. 틈틈이 진주네 집에 와서도 전체 사진, 안방 사진, 거실 사진 등 부분별로도 찍었다. 또 사촌이 집에 있는 날, 그 집에 가서도 똑같이 찍었다. 진주는 함께 따라다녀도 무슨 꿍꿍이인지 도대체 알 수 없었다. 집중하고 있는 그것이 무언지 모르지만 다행이라는 생각을 했다. 그 일이 가치가 있거나 없거나 열정을 쏟을 수 있는 그 자체가 바로 에너지이기 때문이다. 언제나 입던 청바지에 티셔츠를 걸치고 정말 학생 때로 돌아간 것 같았다. 한참 컴퓨터를 배울 때 너무 신기해하며 밤을 꼬박 새우던 그때로 되돌아간 것이다.

진주는 소령에게 더 이상 관심을 가지지 않기로 했다. 식당에서 사위를 만난 일도 잊기로 했다. 한 달쯤 지나 전화를 했다. 무심코 전화했는데 곧 진주네 결혼기념일이 가까운 날이었다. 그날은 소령과 사위가 처음 만난 날이기도 해 언제나 함께 저녁 식사를 했다. 이번에도 같이 하자고 했다. 그렇지 않아도 엄마한테 전화하려고 했어. 목소리가 튀어나올 것처럼 밝다. 그래, 좋은 일 있어? 그 말에는 대답을 않고 호텔 라운지에 식사와 칵테일 하는 데 예약하겠다고 한다. 그렇게 화려한 곳은 말고 밥이나 한 끼 먹지! 엄마, 이번에 우리가 쏠게! 코로나 상황에서 어디도 못 가는데, 하루쯤은 호사를 누려도 상관없잖아? 그래, 너희들이 좋다면, 진주도 소령의 전화를 받는 기분이 왠지 모르게 좋았다. 사위도 진행 중인 프로젝트가 다 끝났나? 여유가 있는 목소리였다.

그날 호텔 라운지에 갔을 때 백 송이의 빨간 장미 바구니가 소령의 자리 옆에 있었다. 소령이 입은 드레스는 마치 날개처럼 가볍고 화사해 보였다. 저 옷은 남편이 프랑스 출장 갔을 때 딸에게 사주었던 옷이다. 몇 벌밖에 만들지 않은 디자이너 옷이라고 자랑한 것이 기억난다. 처음 선물 받을 때 입어보고 그 뒤로 한 번도 입는 것을 못 보았다. 사위도 드레스와 어울리는, 진주가 사준 옅은 에메랄드빛 실크 양복을 입었다. 얘네들이? 오늘 니네 뭐 있어? 진주는 과한 차림에 한마디 했다. 두 분 앉으셔요. 사위가 의자를 빼주며 앉기를 기다린다. 앉고 보니 눈앞에 한강이 그림처럼 펼쳐진다. 테이블이 모두 한강을 바라보게 배치되어 있다.

메뉴는 우리가 먼저 시켰어. 아버지는 양고기 스테이크, 엄마는 도미 스테이크로. 수프는 이번에도 양파 수프로 했어! 괜찮지? 아무렴! 진주는 '요리보다 네 활기찬 모습 보는 것이 더 좋아!' 그 말은 입으로 삼켰다. 사위가 미리 시켜놓은 와인을 잔에 따른다. 아니? 자네, 이런 비싼 와인을? 너무 과하지 않나? 아닙니다. 이번 개발한 프로젝트 대박 날 것입니다. 그래? 축하하네! 대박도 나기 전에 팡파르 너무 일찍 터트리는 건 아닌가? 아닙니다. 믿어주십시오. 와인은 이름값을 톡톡히 한다. 짙은 풍부한 향이 입속에 확 퍼진다. 한두 달 소령 때문에 우울했던 생각이 문득 떠오른다. 요리가 차례대로 나오기 시작했다. 양파 수프의 향미가 진주의 입맛을 사로잡는다. 보통 양파 수프라 해도 양파의 향은 미미하다. 수프를 한 숟갈 입에 넣으니 향이 온몸으로 퍼졌다. 양파 수프 너무 맛깔스럽다. 여기 요리사가 텔레비전에 나와서 프랑스 요리 만드는 법을 보여줬는데, 너무 여기 오고 싶더라고요. 사위가 말했다. 양파를 까서 올리브오일에 볶아서 몇 시간을 끓인다네요. 양파 수프에 빵이나 전복 같은 것을 넣고 먹으면 그것으로 한 끼 식사가 충분히 된답니다. 진주는 사위가 그렇게 요리에 관심이 많다는 사실을 처음 알았다. 새삼스럽게 찬찬히 사위의 얼굴을 응시했다. 일전에 식당에서 사위가 열심히 다른 여인과 떠들던 모습이 떠오른다.

이제 자네는 새로 시작한 프로젝트가 끝난 모양이네. 이렇게 여유를 부리는 것을 보니. 남편이 말을 건넸다. 네, 며칠 전에 끝냈어요. 이번 프로젝트 대형 프로젝트였거든요. 그리고 가족에게도 그 개발하는 게임에 대해서 비밀로 하라고 해서 소령이 엄청 힘들어했어요. 난 자네가 바람피우나 했네. 진주가 도미를 한 점 집으며 말했다. 소령이도 오해를 많이 한 모양이에요. 더 좋은 소식은 소령이도 이제 우리 회사 정식 직원이 되었어요. 와인을 입에 가져가며 사위가 말했다. 뭐? 다른 남자들하고 섞이기 싫다고 집에만 있겠다더니! 그게, 소령인 집에만 있어도 되는 일이에요. 소령이 개발한 게임을 가지고 우리랑 조인하는 것이거든요. 자칫 그 자리 다른 여자한테 넘어갈 뻔했어요. 소령이 못 한다고 해서 계속 컴퓨터공학을 전공한 게임에 밝은 여성을 찾고 있었거든요. 그런데 느닷없이 자신이 하겠다고 하는 거예요.

그때 진주의 머릿속에 뭔가 번쩍, 섬광이 스쳤다. 그럼 그때 식당에서 본 그 여성은? 그러면 그렇지! 진주는 이제야 거기로부터 마음이 놓였다. 몇 번씩 사위한테 물어볼까 말까 망설이기까지 했다. 진주는 표정을 바꾸고 이야기에 끼어들었다.

소령이가 게임을? 남편이 놀란 듯 소령을 바라보았다. 소령이가 운영하는 게임의 온라인 플랫폼인 거죠. 사위가 말했다. 일테면 다양한 장소와 아바타로 연결된 온라인의 부캐로 친구, 지인들과 만나 채팅은 물론 같이 게임을 하거나 식사, 술자리, 쇼핑까지 함께함으로써 즐길 수 있는 모임을 주선하고 연결해주는 거죠. 오프라인 만남이 어려워서 이런 식으로 대리 만족하면서 현실 문제도 해결하는 거죠. 가상 공간에서 끝나지 않고 현실과 이어지기 때문에 즐거움은 물론 사회성도 함께 기르는 것이죠. 그게, 엄청 뜨고 있어요. 요즈음 아이들뿐만 아니라 모두 일 때문에 바쁘잖아요. 그래도 다행인지 불행인지 재택근무 때문에 집에 있는 시간은 많아졌지만, 저처럼 재택근무를 해도 프로젝트를 같이 해야 하는 입장에서는 두세 명 모여서 해야 할 때가 많거든요. 또 아이들은 초등학생만 해도 학원이다 과외다, 집에 있는 시간에도 줌으로 과외나 수업을 받아야 하잖아요. 친구도 잘 못 만나고, 그래서 잠시 수업을 받고 또 과외를 끝내고도 모여서 함께 놀고 이야기하는 프로그램을 소령이 개발했어요. 그것만이 아니고요. 포근한 가정의 이미지를 내세워 인터넷의 멋진 집으로 초대해서 식사도 같이하고 담소도 나누는 메타버스 홈 같은 게임도 만들려고 기획하고 있어요. 어떻게 소령이가? 물론 오빠의 적극적인 도움으로 해나가는 거예요. 난 어디까지나 아이디어 우먼이고 기술적인 것은 회사 측 지원을 받아요.

엄마, 사촌 지영이 만났을 때 그 딸이 하던 게임 있잖아요? 거기에서 발상을 했어요. 걔도 수업이랑, 과외 받느라고 시간이 없는데 10분 20분 시간이 되면 게임하잖아요. 그 게임을 친구들과 함께 하는 게임으로 아바타도 친구들 사진으로 대치하고 역할 놀이를 할 수 있게, 사회성도 기르고요. 또 하나는 어른들 게임이에요. 모두 일 때문에 바쁠 때도 그렇지만 요즈음에 와서는, 더군다나 팬데믹 상황에서 모일 수도 없고 제대로 친구들과 술도 잘 못 하잖아요. 재택근무를 해도 컴퓨터 앞에만 있어야 하고, 그래서 어른들도 각자 인터넷 홈 메타버스 홈으로 방문하는 거예요. 그 집에서 담소도 나누고 음식도 나누어 먹는 프로그램이에요. 오빠가 물론 많이 도와줬어요.

그 프로그램 업그레이드를 제가 계속 개발하기로 했어요. 오빠가 저더러 마인크래프트 게임을 해보라고 했을 때, 뭔 게임? 그랬는데. 그게 다 연관이 되는 거더라고요. 그러니까 현실과 가상의 세계가 바뀐 세상을 우리가 사는 것이죠. 옛날에 집에 초대해서 밥 먹고 담소 나누던 것을 이제는 인터넷상으로 하는 것이죠. 또 아이들 역시 인터넷으로 친구도 만나서 축구 시합도 하고, 꼬마들 소꿉장난도 인터넷으로 하는 것이죠. 그것을 메타버스라고 하는데 초월을 뜻하는 메타와 우주를 뜻하는 유니버스가 합쳐진 말이에요. 메타버스 홈에 가려면 랜섬 초대장을 받은 사람이 참여하는 거예요. 이런 식으로 연주회도 가능하죠.

너, 그때 사진 찍으러 다닌 것도 그것 때문이었어? 네! 집에 초대하는 사람도 다양한 형태의 사람이 있을 텐데 많은 모델하우스가 필요해요. 아직 개발할 것이 많아요. 그 사이에 그 많은 일을, 세상에! 제가 컴퓨터공학을 했으니 가능한 거죠. 아이디어를 내고 납득이 되면 연결을 시켰으니까요. 아무튼 장하다. 가정만 지키겠다고 집에만 있었던 것도 시간 낭비가 아니었네,

세상이 어떻게 돌아가는지! 이것이 좋은 일인지 슬픈 일인지 모르겠다. 이젠 인터넷으로 집을 방문하고 어린아이들 소꿉장난도 인터넷으로 하고. 남편은 와인 한 잔을 다 마시면서 한심스럽다는 듯 탄식을 했다. 하지만 진주는 아까운 공부해서 썩힌다 생각하니 못내 아쉬웠는데. 소령이 그런 아이디어를 착상해서 프로그램화시켰다는 것이 신기했다.

소령이를 키워주고 예쁘게 길러주신 아버지 어머니께 장미 백 송이를 드리기로 했어요. 이것 받으셔요. 아니, 우리가 축하해주어야 하는데. 장미 백 송이보다 엄마가 더 기뻐해야 할 일이 있어요. 진주는 순간 긴장했다. 내가 기뻐할 일이라는 게? 엄마는 나와 미진이의 소원한 관계를 아쉬워했잖아요. 그래서 그것도 이번에 깊이 생각해봤어요. 꿈에 자주 나타나게 하지 않으려면 관계를 풀어야 한다고 생각했어요. 그리고 그것이 나의 불안을 부추기는 주 요인이기도 하고요. 미진이도 메타버스 홈으로 초대하는 거예요. 오빠와 미진이, 나 세 명이 어릴 때 숨바꼭질하던 때를 아바타로 만들어 메타버스 홈으로 초대, 서로 대화를 하고, 오빠가 저한테 청혼했을 때를 설정해서 다시 메타버스 홈으로 초대, 미진이가 오해하고 있는 부분을 풀어주려고요. 그리고 각자가 보낸 고등학교 시절도 아바타로 만들어 어떤 생각을 하고 살았는지 보여주려고요. 그러면 오해가 좀 풀리겠죠? 아니, 잠깐! 너 마치 죽으러 가는 사람처럼 한꺼번에 이 모든 것을! 적응이 안 되네! 진주가 손을 흔들면서 그만하라고 한다. 근데 이 프로그램으로 모두 가능한 거예요.

사실 그때 박사과정 때 너무 쇼크를 먹어 모든 사람이 적으로 느껴졌거든요. 그리고 컴퓨터는 들여다보고 싶지 않았어요. 그 자체가 너무 힘들었나 봐요. 또 미진이를 통해서 심리적으로 불안을 야기, 계속 저를 흔들었던 것 같아요. 두 가지 일을 해결하지 않으면 내 삶에서 다음 단계로 넘어가기 힘들다고 생각이 되더군요. 이번에 여러 가지로 생각 많이 했어요.

엄마, 아빠 메타버스 홈으로 한번 가실까요? 여기서 인터넷을 하자고? 메타버스는 다음에 타시고 오늘은 그 배경을 둘러보러 가요. 저희 집 새로 싹 단장했어요. 그 사이? 네, 20일쯤 걸려서 방 두 개를 트고, 주방도 고쳤어요.

진주와 남편은 어리둥절한 표정으로 서로를 바라보았다. 저희 집에 가서 와인 한 잔 더 하시죠! 사위가 싱글벙글 웃었다. 천지가 개벽한 느낌이네. 당신은 실감 나? 글쎄! 나도 아직 뭔지 어리둥절하네. 실제로 메타버스를 사람들이 선호할까? 젊은 사람들은 일밖에 없고 가정이 사라져가는데 인터넷상으로라도 가정을 찾을 수 있다면 다행이지. 약간 아찔해서 겁이 나기도 해요. 첨단 세상에서 우리가 적응할 수 있을까? 우리가 아니고 다음 세대겠지. 난 이 상태에서 그냥 살다가 죽고 싶어, 그러면 당신은 손주도 못 만날걸? 진주가 거들었다. 허허, 손주를 보기 위해서라도 메타버스 홈으로 가야겠네. 진주와 남편은 마주 보고 껄껄 웃었다.

소령의 집 안은 완전히 달라졌다. 주방도 홈 바의 분위기가 물씬 풍겼다. 안방과 아들 방을 제외한 두 방을 하나로 합쳐 큰 서재로 꾸몄다. 벽 쪽으로 모두 책장을 넣고 도서관처럼 중앙에 큰 테이블을 놓았다. 실내 여기저기에 큰 화분이 있어 작업 공간과 생활 공간을 나누었다. 어머! 이런 구조는 내가 평상시 꿈꾸던 것인데. 언제나 난 집을 이렇게 꾸미고 싶었는데. 진주는 자기도 모르게 호들갑을 떨었다. 왜 그렇게 안 하셨어요? 사위가 물었다. 자네 장인 때문이지, 뭐. '이 집이 자네만의 집인가' 하고 따질까 봐 엄두도 못 냈다구. 지금이라도 당신 맘에 들게 바꿔봐. 남편이 끼어들었다. 지금은 뭐 크게 연구에 열중할 일도 없으니, 괜찮아. 소령아, 책 읽고 토론하고 싶거나 담소가 필요할 때 메타버스 홈으로 초대해줘! 이대로 좋다더니 제일 먼저 초대해달라네? 남편이 웃으며 말했다. 손주가 할머니는 그런 것도 안 한다고 핀잔하며 도망갈까 봐서요.

웬만큼 둘러보고 홈 바에 앉았다. 집에서 홈 바라니, 기분이 묘했다. 흥분 때문인지 와인이 술술 들어갔다. 진주는 몇 잔의 와인을 마시고 나니 약간 어지러웠다. 마치 메타버스에 오른 기분이었다. 니네들 벌써 우리 초대한 거야? 네? 메타버스 아직 개통도 안 했는데요. 소령이 네가 이 집 리모델링 참 잘했다. 이제 곧 작업장이 집이 되고 집이 작업장이 될 날만 남았구나. 우리 소령이 첨단을 걷고 있다. 진주가 의자에서 몸을 일으키다가 그만 중심을 잃을 뻔했다. 메타버스 정원이라도 걸읍시다. 홀에서 내려와 거실 숲을 걷는다. 고흐의 〈별이 빛나는 밤〉처럼 천장에 별 조명도 해야겠다. 아, 좋은 생각이네요. 고흐의 〈별이 빛나는 밤〉을 벤치마킹해서 조명을 해야겠네요. 코로나 상황이 나쁜 것만은 아니네. 소령이를 다시 태어나게 하고.

진주는 집으로 돌아오는 길에도 계속 몸이 흔들렸다. 아직도 메타버스를 탄 것 같네요. 메타버스는 버스가 아니라네요. 그러니까 계속 뭐가 뭔지 모르겠어요. 그런 이야기 끝에 잠이 들어서인가. 진주는 꿈속에서도 하늘과 땅이 맞붙은 광활한 대지에서 끝없이 별이 쏟아지는 꿈을 꾸었다.

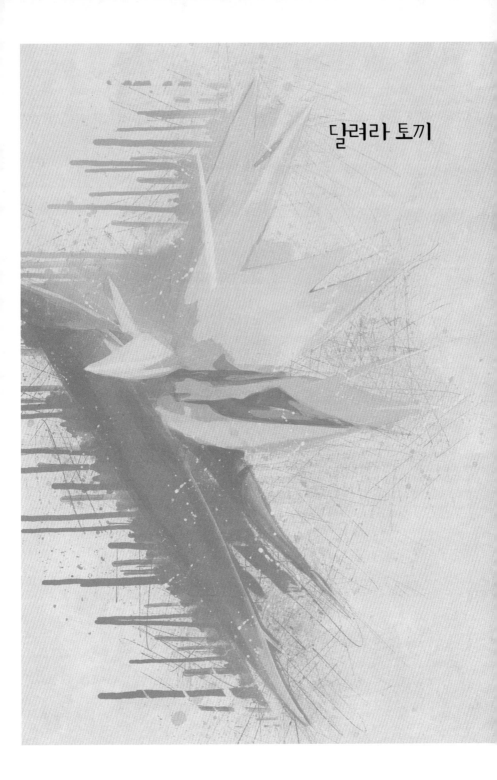

달려라 토끼

달려라 토끼

지라르의 말을 빌리자면 근대인은 마치 '집 나간 십 대' '굶주리는 파계승' 혹은 '이제 막 가부장제의 울타리를 탈출한 용감한, 그러나 가난한 아내와 같다. 구속에서 해방된 바로 그 순간, 이제 그들은 육체적으로나 정신적으로나 스스로를 양육해야만 한다.

딸이 부스럭거리는 소리에 잠을 깼다. 밖으로 나오자 싸늘한 공기가 재인을 맞았다. 따끈한 커피를 한 모금 머금었다. 커피 위에 흩뿌려진 시나몬 향이 목을 타고 내려간다. 웬 그런 요란한 꿈을, 머리를 흔들었다. 청계산 기슭으로 이사 온 후는 꿈조차 달라졌다. 밤새 무엇인가에 짓눌려 새싹을 틔우지 못하는 씨앗들의 아우성이 엄청난 공명을 일으키며 들려왔다. 재인은 그 함성에 제압당해 숨을 쉴 수조차 없었다.

결혼 후 해독하기 어려운 꿈이 항상 자신을 흔들어대곤 했다. 확 터진 시퍼런 들판에 나가서 쏴 소리를 내며 오줌을 누는 꿈이었다. 그리고 줄곧 어딘가를 달려나갔다. 그런 꿈을 꿀 때마다 처음엔 혼란스럽다가 나중에는 삶에 대해 소망을 가졌다. 언젠가는 자유롭게 살 수 있으리라는. 결혼 생활 자체가 스스로에게 맞지 않는 걸까.

꼬리를 물고 이어지는 생각의 꼬리를 자르고 기지개를 켠다. 몸속의 뼈들이 일어난다. 땅속의 온갖 생물들도 함께 기지개를 켜는 것 같다. 실제 낮에는 얼어 있던 땅이 풀리면서 땅이 내려앉는 소리가 들린다. 안개가 서늘한 기운을 품고 다가오다 재인에게서 부딪쳐 흩어진다. 겨울을 제외한 매일 아침은 안개와 함께 시작한다. 재인은 안갯속에서 눈을 지그시 감고 커피를 한 모금 한 모금 음미한다. 커피 향기는 안개와 섞이어 솜사탕 같다. 겨우내 죽은 듯 처져 있던 나목의 나뭇가지가 물결처럼 부풀어 오른다. 재인은 마치 자신도 겨울잠에서 깨어난 것 같은 착각이 든다.

재인은 커피 한 모금을 입안에 머금다가 순간 얼굴을 찡그린다. 재인이 청소하러 다니는 고급 빌라 단지에서 일어난 강아지 오줌 다툼이 생각났다. 몇 주째 계속되고 있는, 고급 빌라 단지에서 일어날 수 없는 코미디 같은 사건이다.

며칠 전이었다. 재인이 빌라 현관에 들어서자 와자자하는 소리가 들렸다. 1동 빌라 건물을 울릴 정도였다. 순간 조용해졌다. 재인이 청소도구를 가지고 올라가 7층에서 내렸다. 계단 손잡이를 걸레로 닦으며 6층으로 내려갔다. 그때 602호 여자가 5층으로 뛰어내려 갔다.

맨발이었다. 여자는 502호 현관을 향해 삿대질을 하며 강아지 오줌이라는 확실한 근거를 가져오라고 그렇지 않으면 경찰에 네놈을 신고할 거라고 고함을 질렀다. 502호 아들이 뛰쳐나왔다. 여자는 재빠르게 계단을 타고 올라와 집으로 들어갔다. 502호 아들이 벨을 아무리 눌러도 문을 열어주지 않았다. 그는 602호 현관문을 뚫을 것처럼 세게 찼다. 발로 찰 때마다 건물이 흔들리는 것 같았다. 재인은 찍소리 안 하고 계단을 쓸었다. 현관은 굳건히 닫힌 채 열리지 않았다. 문틈에 입을 대고 '강아지 오줌이 아니면 내 손에 장을 지지라고' 큰 소리를 지르며 아래로 내려갔다. 재인이 소장실로 갔다. 소장도 귀찮다는 듯이 손을 휘저었다.

그 빌라는 규모가 작은 2개 동의 7층 건물이다. 산기슭 주위를 둘러싸고 있는 고급 빌라들 중의 하나이다. 한적한 주택가로 사람이 사는지 의심할 만큼 조용한 단지다. 502호 아들은 이전 주민 대표였고, 602호는 현재 주민 대표이다. 평소에도 시비가 일어났다 하면 두 사람이 주인공이었다. 공교롭게도 오줌 사건도 두 사람에게 벌어진 일이었다. 한 달간 해결되지 않는 오줌 시비로 입질을 하지 않는 주민이 없을 정도였다. 502호 아들이 일부러 조작한 사건이라는 말까지 돌았다. 502호 아들이 602호에 올라가서 강아지 오줌을 받아와 대질하자는 소동까지 일어났다. 주민들 간에는 관리위원회와 소장이 짜고 무슨 흑막이 있지 않겠느냐고까지 수군거렸다. 왜 CCTV를 공개하지 않느냐는 것이다.

602호 여자의 주장도 수긍이 간다. 오줌을 흥건히 눌 정도로 강아지가 크지 않다는 것이다. 502호 아들은 강아지가 아니면 누가 한 달째 오줌을 싸겠느냐, 서로 고집을 꺾지 않고 대립각을 세웠다. CCTV는 관리소장도 마음대로 볼 수 없다는 것이다. 주민관리위원회에서 회의를 거쳐 허락해야 CCTV를 볼 수 있다는 것이다. 회의가 성원이 안 돼거나 관리위원장의 출장으로 계속 연기되고 있다. 그사이 두 집 간의 반복적인 갈등만 계속되고 있다. 두 집이 서로 자신의 집 앞에 CCTV를 다는 둥 긴장이 계속되고 있다.

차츰차츰 안개가 사라진다. 그제야 여기저기 새싹들이 나타난다. 꿈속에서 본 씨앗들의 아우성이 다시 생각났다. 꿈과 빌라 사건이 뒤섞여 마음이 어수선하다. 무거운 흙덩이를 뚫고 움트는 새싹들이 보인다. 불교에서는 최고의 경지를 새싹들이 움트는 모습이라고 한다. 아직 밭에 채 걷어내지 못한 낙엽들이나 지푸라기들을 걷어내 준다. 씨앗이 움틀 때는 암흑 속에서 하늘을 여는 일이다. 새싹들을 보고 싶은 마음에 겨울이 더 길고 지루하게 느껴지는지 모른다.

맑은 날에는 9시쯤부터 서서히 안개가 사라지면서 온 천지가 따뜻한 온기에 휩싸인다. 재인은 마치 숨이 억눌린 것처럼 크게 숨을 쉬어본다. 마치 재인의 한숨이 바람이 된 듯 한 줄기 바람이 분다. 작년 가을에 심은 남천 가지들이 애처로울 정도로 파르르 떤다. 그 떨림 때문인가, 재인 역시 알 수 없는 불안의 그림자가 스며듦을 느낀다.

재인은 집으로 향한다. 딸 은교가 일어나기 전에 점심을 준비해야 한다. 은교는 저녁 6시부터 편의점에서 알바를 시작해 새벽 1시경

집으로 온다. 간단한 야식을 먹고 자신의 번역일을 시작한다. 자고 일어나서 시작하라고 했지만, 자신은 그 시간에 오히려 잘된다며 막무가내다. 은교는 번역일을 좋아한다. 출판사에서 의뢰해 오는 번역할 좋은 책을 만날 때마다 번역일을 직업으로 선택한 것이 얼마나 잘한 일인지 감사하고 있다. 아직도 남성 우월주의가 지배하는 직장에서 알게 모르게 남자들에게 희롱당하면서 수모를 견디지 않아서 다행이라는 것이다. 재인은 스스로 좋아하는 일을 찾아가는 은교가 대견스럽다. 차츰 자신의 글도 써보고 싶다고 한다. 딸 은교는 재인이 일어날 시간 새벽 6시나 되어야 침대로 들어간다. 점심 때쯤 일어나 재인과 같이 점심을 먹는다. 혼자 저녁을 먹은 후 은교는 아르바이트를 간다.

버스만 타면 몇 년 전 세상을 떠난 남편에 대한 갖가지 생각이 떠오른다. 상념이 안개처럼 피어오른다. 마지막 모습이 애잔하게 부유한다. 남편이 떠나기 전 몇 개월은 24시간을 남편과 함께했다. 남편은 곱사등처럼 등이 굽어지면서 몸이 마음대로 움직여지지 않자 화를 자주 내었다. 몸에 살이 빠져나가니 등은 더 도드라져 옛 남편의 모습은 찾을 수 없었다. 이성적으로 그러지 말아야지 하면서 남편이 자신을 건들기만 해도 깜짝깜짝 놀랐다. 남편은 자신에게 간병이 필요한 환자일 뿐이었다. 그것 자체를 못 견뎌했다. 심지어 자신이 어떤 괴물에게 납치되어 온 것 같았다. 그것은 악몽으로 이어져 괴물에게 쫓기는 꿈을 꾸었다.

재인은 이성이라는 것이 얼마나 무의미한가를 그때 체험했다. 남편이 건드리더라도 절대 표 내지 말아야지 생각했지만 막상 건드리면 화달짝 놀랐다. 남자들은 아픈 와중에도 동물적 욕구가 일어나는지, 통증이 좀 가라앉으면 막무가내로 재인을 끌어안았다. 재인은 남편을 확 밀었다. 남편은 침대 위로 나뒹굴었다. 얼른 미안하다고 말했지만, 그때부터 남편은 재인에게 마음을 닫았다. 그 이후 아무 것도 손에 잡히지 않고 둥둥 떠다니는 것 같았다. 남편이 떠난 후 남편 가족의 이름으로 묶이는 모든 끈은 끊어졌다. 남편이 건강할 때 다양한 명목으로 돈을 요구했던 시댁 식구들은 남편이 그렇게 되자 조용해졌다. 남편이 자신의 병으로 자신이 이룬 재산을 다 쓰고 간 것은 오히려 축복이었다. 삼손을 묶고 있던 오랏줄이 풀리는 듯했다. 재인은 남편을 보낸 슬픔보다는 시댁에서의 해방감이 더 컸다.

남편이 허리 통증으로 병원에서 검사했을 때 이미 폐암 말기였다. 휴직을 신청하고 집중적으로 치료에 신경을 썼다. 월급은 나오지 않았다. 입원할 때마다 입원비, 수시로 해야 하는 검사비, 생활비까지 대출받은 것으로 감당했다. 이자가 싼 은행의 대출이라도 대출 이자를 감당하기 힘들었다. 집을 살 때 받은 대출 이자까지 생활비의 반 이상이 이자로 나갔다. 집을 팔았다. 조그만 아파트에 전세로 갔다. 결국 전세금도 2년간의 호스피스 병원 비용으로 마무리되었다. 남편은 마지막을 집에서 보내고 싶어 했다.

마치 햇볕을 쬐면 몸이 회복될 듯 그렇게 햇살을 좋아했다. 재인이 병원에서 배워 온 진통 주사를 놓아주면 가물한 의식 속에서도 얼굴이 밝아졌다. 거실 유리창으로 들어오는 햇볕이 비치는 자리에 누울 때마다 '아 좋다'라는 말을 반복했다. 그 말이 재인의 귓속에서 떠나지 않는다. 차츰 홑이불조차도 감당하지 못할 정도로 미라처럼 말라갔다. 나중에는 삼베 이불조차 견디지 못해 팬티 하나만 입고 거실에 누워 햇볕을 쬐었다. 같은 병원에 근무하는 동료 의사가 자주 와주었다. 그는 더 이상의 식사도 받아들이지 않자 영양 주사를 시도했었다. 약한 혈관은 주삿바늘도 받아들이지 않았다. 오로지 재인이 떠 넣어주는 물 한 모금씩으로 견디었다. 집에서 그렇게 1년을 버티다 갔다.

남편의 삶에 대한 애착은 애처로울 정도였다. 컴퓨터공학을 전공한 남편은 의학 통계학을 제대로 수립하여 병을 미리 예방하는 것이 꿈이었다. 병이 나기 전에는 거의 연구실에서 밤을 지새우곤 했다. 컴퓨터 프로그래밍이 발전해나가면서 의료 분야에 괄목할 발전이 올 것이라고 확신했다. 그 일을 자신이 할 것이라고 했다. 종합병원 주치의는 남편이 2년을 버티기 힘들 것이라 했다. 항암 치료를 거부하면서 그나마 5년을 버텼다. 5년 동안 병 치료를 위해 쓴 갖은 검사비, 입원비, 생활비로 집 한 채가 바람처럼 사라졌다. 남은 것은 매달 나오는 연금이었다. 연금도 딸을 위해서 재인은 한푼도 쓰지 않고 저축을 한다. 생활비와 용돈은 벌어서 감당하기로 했다. 다행히 친정 친척 중에 청계산 기슭에 사용하지 않는 임시 주택을 빌려주겠다고 했다. 남편이 병이 들면서 세상과는 자연스럽게 멀어졌다.

빌라에 도착하니 출근 시간 10분 전이었다. 월요일부터 금요일까지 2시부터 6시까지 네 시간씩이다. 이곳에 들어서면 남편과 여행 갔던 유럽의 어느 마을에 온 착각이 든다. 재인은 소나무로 둘러싸인 고즈넉한 이 단지를 좋아한다. 1분 정도 빌라와 빌라 사잇길로 올라가면 도심에서 만나기 어려운, 꽤 숲이 깊고 울창한 큰 산이 버티고 있다. 이 빌라는 모든 세대의 부엌이 산기슭과 맞닿아 있다. 숲을 바라보며 식사를 할 수 있다. 친구 소개로 이 빌라에서 일을 하게 된 재인은 아무도 대면하지 않고도 청소만 묵묵히 하고 돌아갈 수 있어 좋았다. 해가 긴 여름에는 일이 끝난 후 가끔 산에 올라간다. 한 시간쯤 숲속 산길을 걷는다. 산과 맞닿은 골짜기는 꽤 깊어서 깊은 산속에 온 것 같다. 정작 재인은 청계산 기슭에 살고 있지만 청계산은 거의 가지 않는다. 한 번 주말에 딸을 끌고 청계산을 오른 적이 있었다. 연속적인 가파른 오르막길이 긴장을 요했다. 산을 즐길 틈이 없었다. 딸은 왜 산에서 이런 극기훈련을 해야 하냐며 투덜거렸다.

옷을 갈아입고 대걸레를 들고 승강기 앞에 섰다. 승강기가 멈추고 문이 열린다. 501호에 사는 60세 중반쯤의 할머니가 얌전하게 옷을 차려입고 내린다. 재인에게 깍듯이 인사를 한다. 재인은 그녀의 정중한 인사에 당황한다. 이제 많이 따뜻해져서 일하기가 편하시죠? 네, 그럼요. 재인은 대답을 하며 현관문을 열어주었다. 고맙습니다. 다시 깍듯이 인사를 한다. 재인은 501호 할머니를 볼 때마다 당황스럽다.

어느 날 1동 청소를 끝내고 2동으로 옮기는 중이었다. 쓰레기 모으는 곳에 그 할머님이 부스럭거리고 있었다. 재인은 그쪽을 향해 걸음을 옮겼다. 재인의 기척을 눈치챘는지 쳐다보았다.

"글쎄, 쓰레기를 제대로 분리하지 않고 이렇게 뒤섞어놓으면 재활용도 못 하고 다 버리지요."

할머니는 봉지를 하나하나 풀어서 다시 분리해서 묶고 있었다. 재인은 그 일은 자신의 담당이 아니었지만 얼굴이 화끈거렸다.

"제가 할게요."

"아닙니다. 이것 아니라도 시간 안에 정해진 할 일이 많을 텐데요."

재인에게도 꼭 경어로 답변했다. 언제 나타났는지 할머니 나이와 비슷해 보이는 좀 마른 듯한 할아버지가 할머니의 팔을 나꿔채듯 강제로 끌고 갔다. 갑작스러움에 할머니의 몸이 작동되지 않는 듯 일어서지도 못하고 질질 끌려갔다.

"남의 집 살림까지 다 해줄 참이야?"

할아버지는 할머니에게 큰 소리를 냅다 질렀다. 재인은 조용히 있을 때 그 할머니가 문득 생각이 나곤 했다. 다른 주민들은 대부분 재인을 투명 인간 취급한다. 인사를 하려고 고개를 돌리면 벌써 딴 곳을 쳐다보고 있다. 몇 번 당한 뒤로는 재인도 주민이 오는 기척이 있을 때는 일하는 척한다. 주민들은 거의 모른 척하다가도 계단에 무슨 얼룩이 졌다거나 쓰레기가 떨어져 있을 때면 숨넘어갈 듯이 '아줌마 아줌마' 하고 불러댄다. 그들을 만나는 것이 무섭다.

재인은 승강기를 타려다가 2층에서 물방울이 1층 계단으로 똑똑 떨어지는 것을 보았다. 얼른 2층 계단으로 올라갔다. 5층 복도 위에서부터 흘러내린 강아지 오줌 같은 노란 물이 햇빛에 반사되어 반짝

거린다. 재인은 얼마 전부터 계속되는 이 일이 도무지 이해가 안 갔다. 1층 복도에서 마침 외출 중인 402호의 40대 여자와 눈이 마주친다. 여자의 옷차림이 오늘따라 더 화려하다.

"아니, 물이 왜 떨어지죠?"

여자의 목소리에 짜증이 묻어났다. 옷에 물방울이라도 떨어졌는지 검지손가락을 코에 대며 킁킁거린다. 여자는 옆에 있는 사무실로 들어가더니 소장과 함께 계단을 올라온다. 복도에 흥건히 고여 있는 오줌을 보고 "이게 뭐예요?" 여자가 날카롭게 재인에게 물었다. 재인은 소장을 쳐다본다. 소장도 벌레 씹은 얼굴을 하고 쯧쯧 혀를 찼다. 순간 창문으로 새어 들어온 빛이 소장의 얼굴을 뭉개버렸다. 계속해오던 말을 반복했다. 햇빛 때문인지 말소리까지 웅웅거렸다.

"얼마 전부터 계속 이렇게 오줌인지 뭔지 5층에서 아래층까지 흘러내리는데 원인을 아무도 몰라요. 다들 강아지 오줌이라고 그러는데, 강아지 주인은 항상 6층에서 바로 승강기를 타고 나간다며 도저히 알 수 없는 일이라고 해요. 꽤 오래되었는데요. 곧 관리위원회가 열리면 진상 파악이 되지 싶습니다. 그때까지 좀 기다려주세요. 죄송합니다."

햇빛에 얼굴을 찡그린 여자가 날카로운 음성으로 꽥 소리를 질렀다.

"아니 이렇게 시급한 일인데 관리위원회를 거쳐야만 CCTV를 볼 수 있다니 말이 돼요?!"

"주민들의 개인 생활을 보호하기 위해 그런 규정이 있지요."

소장은 양손을 모아서 비비며 비굴한 표정을 지었다. 주민들이 항의를 할 때마다 반복하는 말에 귀찮다는 표정이 역력했다. 그는 혀를 끌끌 차며 자신의 일은 끝났다는 듯이 계단으로 내려갔다.

"지금 외출해야 하는데 옷에 묻은 이걸 어떡해?"

그녀는 울상이 되어 동동거리다가 그냥 신발로 바닥을 탁탁 차며 내려갔다. 결국 그날의 소동도 재인이 복도에 표백제를 뿌리고 청소를 하는 것으로 끝났다. 최근 일주일에 한두 번 일어나는 해프닝이다.

친구가 사는 빌라여서 처음에 친구 제의를 선뜻 받아들이기 힘들었다. 하지만 최소한의 벌이는 해야 했다. 전문직에 종사할 수도 없는 처지에 일만 끝나면 퇴근이 가능한 청소일은 재인에게 안성맞춤이었다. 각자 취향이 다른 개인을 상대해야 하는 가사도우미보다는 편할 것 같았다. 편의점 아르바이트는 재인같이 나이 찬 사람은 아예 거절이었다. 남편이 유학길에 오르면서 지옥 같은 직장이라도 직장을 버린 것이 큰 실수였다. 그때는 매일이 악몽이었다. 조그마한 중소기업에 그래픽 디자이너로 취직을 했음에도 디자인보다 커피 심부름, 담배 심부름, 은행일 등 잔심부름이 더 많았다. 그때나 지금이나 전문직이 아니면 여성들이 직장을 다닌다는 것은 여성으로서의 자존감을 모두 버려야 하는 것이었다. 그만두고 나니 마음은 허전했지만 구겨졌던 자존감이 살아나면서 그동안 움츠러졌던 마음이 확 퍼지는 느낌이었다. 귀국해서 은교가 어느 정도 성장, 다시 시작해보려 했다. 그때는 이미 세계 무대에서 활동하는 그래픽 디자이너

전공자들이 많이 생기면서 재인의 실력으로는 설 자리가 없었다.

친구는 가끔 집에 있을 때는 차를 마시러 오라고 하지만 재인에게는 근무 시간이었다. 근무 시간에는 절대 들어가지 않는다. 친구 남편이 늦게 온다고 저녁 먹고 가라고 할 때는 가끔 저녁을 함께 먹는다. 서쪽 부엌 창문으로 들어오는 은은한 햇빛이 따스한 가정이 주는 안온함과 그리움을 안긴다. 그럴 때 울컥하고 눈물이 돈다. 이 친구 집에 올 때면 남편과 함께 지냈던 따뜻한 그때가 그립다. 남편이 아프기 전까지 두 부부가 참 많이 어울렸다. 재인네가 뉴욕에 살 때 그 친구가 살던 로스엔젤레스로 가서 샌프란시스코, 요세미티국립공원, 그랜드캐니언 등을 일주일간 같이 여행했다. 은교도 그때 이야길 하면 그리운 듯 아득한 표정을 짓는다. 은교가 학교 들어가기 전이었다.

토요일, 일요일은 주로 은교와 집에 있다. 남편이 그렇게 된 후, 아는 사람들은 재인만 보면 연민의 표정을 짓는다. 그들과 자신 사이에 다리가 새로 놓였다. 다리를 건너와 보지 않으면 모른다. 빌라 청소를 직업으로 한다는 것은 그들과는 세계가 다름을 의미했다. 재인은 이제 비바람 속에 서 있는 기분이었다. 그러나 오히려 지금이 살아 있는 것 같다. 스스로 비바람을 헤쳐가야 한다는 것, 두려움 가운데 살아 움직이는 자신을 느낄 수 있다. 갑작스러운 남편의 발병과 죽음, 멍한 상태에서 지나갔다. 미래를 꿈꿀 수 없었다. 처음에는 당장 뭘 해야 할지조차 가늠이 안 되었다. 모든 것을 포기했다. 몽롱한 가운데 흔들리면서도 조금씩 희미하게 길이 보였다.

재인도 전문직으로 생계를 해결할 수 없지만 그것만 포기하면 어떤 것도 할 수 있는 나이였다. 은교도 대학원을 졸업했다. 스스로의 벌이를 감당할 수 있었다. 다만 재인은 골을 향해 달려가는 대열에서 벗어났다는 것이 오히려 마음 편했다. 은교하고의 삶은 결혼하기 전으로 돌아간 것 같다. 결혼 후 시댁과의 갈등이 재인을 힘들게 했지만 남편이 세상을 떠난 후 시댁과의 관계는 저절로 해결되었다. 이제 가족을 떠나 재인 자신의 삶을 생각하기 시작했다. 남편의 간병으로 힘들었던 때를 생각하면 지금도 곤혹스럽다. 남편의 정신과 육체를 난도질하는 아픔 앞에서는 의사까지도 진통제 처방 외에는 아무것도 해줄 수 없었다, 재인 역시 빨리 아픔이 사라지기를 간절히 기도하는 외에는 할 수 있는 것이 없었다. 인간이 제한적인 생명임을 절실하게 깨닫게 해준 경험이었다.

재인은 돌아오는 길에도 자신과 상관없는 오줌 사건이 머리를 어지럽혔다. 재인은 자신과 전혀 상관없는 일인데 가끔 자신이 그러지 않았나 하는 착각에 빠진다. 그런 꿈을 자주 꾸었기 때문인가. 들판에 쏴 하고 오줌을 누는 힘찬 소리가 환청으로 들릴 때가 있다.

어떻게 마무리될까 궁금하기도 했다. 원래 502호 아들은 그 빌라가 거주지가 아니다. 연로한 부모들을 위해 자주 들르고 있는 형편이다. 막무가내인 그가 주민 대표를 하겠다고 나섰다. 아파트 내부 수리를 하는 직업 때문인지 그는 빌라 관리에 관심이 많았다. 반면 대부분의 주민들은 빌라 관리에 관심이 없었다. 스스로 그는 주민

대표가 되어 전 관리소장과 경비, 청소 아줌마까지 모두 바꾸었다. 그 아들로 인해 새로 온 관리소장은 어떤 주민들의 요구나 시정 요청에도 움직이지 않았다. 오직 502호 아들의 말에만 따랐다.

관리소장의 횡포가 심해지자 차츰 주민들의 불만이 쌓이기 시작했다. 또 빌라 관리에 관심이 생기기 시작했다. 주택관리법에 의해 주민관리위원회를 뽑았다. 그 이후 모든 문제를 관리위원회에서 결정해서 이행했다. 다시 관리소장도 바뀌었다. 새로 온 관리소장은 관리위원회에서 논의된 대로 따라주었다. 502호 아들이 요구하는 대로 들어주지 않았다. 자신의 뜻대로 되는 것이 없자, 그는 새로된 602호 동대표에게 시비를 자주 걸었다. 공교롭게도 그런 와중에 강아지 오줌 사건이 발생한 것이다. 강아지를 기르는 집이 마침 그 집밖에 없었다. 그 일로 친구는 시시때때로 재인을 불렀다. 누군가가 502호 아들이 조작한 사건이 아니냐는 것이다. 재인은 고개를 갸웃거렸다. 아무리 할 일 없는 사람이라도 그런 장난을! 친구는 분명 502호 아들의 오줌일 거라고 했다. 재인은 그 말을 듣고 깜짝 놀랐다. 두 사람 사이에 그런 일이 일어났다는 것은 두 사람과 관련된 일이 아닐까 하고 친구는 말했다. 친구의 말이 일리는 있지만 재인은 설마하는 생각이 들었다. 그러나 그 아들이 빌라 관리를 좌지우지하고 싶어 하니 그것도 가능한 일이라는 생각도 들었다. 강아지 오줌문제가 걸리면서 두 사람의 갈등이 점점 점입가경으로 치달았다. 어떻게 해결되나 관심을 가지는 세대가 점점 늘어났다. 만나는 사람마다 재인에게 오늘도 오줌이 있었냐고 물었다.

버스 속에서도 강아지 오줌 사건이 꼬리에 꼬리를 물고 상상력이 동원되었다. 아무 문제가 되지 않는 것이 CCTV 공개가 시간을 끌면서 모든 주민의 관심사로 변했다. 소장도 정말 CCTV를 아직 못 보았을까. 소장은 궁금하지 않을까. 관리위원회가 승인하면 관리소장만 볼 수 있다는 것도 뭔가 음모가 도사리고 있는 느낌이 든다. 시장기가 느껴졌다. 강아지 오줌 때문에 계단을 몇 번 오르락 내리락 해서인가. 오늘 은교가 카레라이스를 해놓는다고 했다. 딸이 해놓은 저녁을 먹는 것도 행복 중의 하나였다. 은교가 대학교에 들어가기 전에는 죽으나 사나 재인의 손이 가야 밥을 먹을 수 있었다. 그런데 은교가 대학을 들어간 이후 가끔 간단한 메뉴로 반찬을 만들고 저녁을 스스로 차리고는 했다. 그것이 바로 딸을 가진 재미로구나 생각되었다. 은교는 제 아빠가 그렇게 된 이후 저녁은 거의 전담으로 맡아서 준비해두었다. 집에 가기 전에 양재 꽃시장을 들렀다.

꽃시장은 많은 인파들로 북적거렸다. 도심에서 아파트에 사는 사람들은 대부분 야채 기르기나 정원 가꾸기에 별 관심이 없다고 생각했었다. 재인은 양재 꽃시장에 꽃씨나 모종을 사기 위해 몰려온 인파들이 신기했다. 그동안 자신은 그런 일로 와본 적은 없었다. 기껏 축하 꽃바구니나 꽃다발을 사기 위해 들른 적은 있었다. 한참 인파를 쳐다보다 상추와 부추 고추 모종을 샀다. 봄부터 야채는 밭에서 나오는 것으로 해결이 되었다. 두릅에서부터 쑥, 곰취 등 수확하는 대로 다 먹을 수도 없다.

아침에 일어나 전날 심은 상추와 부추 고추 모종이 땅에 잘 정착했는지 보기 위해 밭으로 나갔다. 겨우 눈을 뜬 새순이 재인의 부주의로 짓뭉개졌다. 가슴에 싸아 하고 아픔이 지나갔다. 손으로 일으켜 세워 본다. 의외로 강한 생명력이다. 밟혔던 새싹들이 어느 날 지나가다 보면 다시 새싹이 돋는다. 이쪽으로 이사 온 후의 일상은 매일이 보물찾기 같다. 스치다 보면 구석진 곳에 낯선 꽃이 얼굴을 내민다. 여기저기 경쟁하듯 각양각색의 꽃이 피어오르고 있었다. 가을 추위가 닥칠 때까지 계속 이어졌다. 새벽에 눈을 뜰 때마다 가슴이 설레었다. 여름 새벽 밖을 나가면 나뭇잎마다 초롱초롱 맺혀 있는 이슬이 재인을 맞는다. 이슬 속에 비친 재인은 서커스의 놀이 기구를 탄 것처럼 무지개 옷을 입고 있다. 재인이 무수히 많았다. 옆모습의 재인도 찌그러진 재인도, 앞모습의 재인도 나무도 꽃도 모두 이슬 속에 갇혔다. 그 모든 즐거움이 돈이 들지 않는 즐거움이었다.

오전 내내 밭을 일구고 다시 모종을 심고 갈치구이와 두부조림으로 점심을 먹었다. 갈치구이의 뼈를 발라내다 은교는

"엄마 괜찮아?"

하고 물었다.

"괜찮지, 그럼."

"그래도 교수 부인이었던 사람이 청소 아줌마라니? 난 엄마가 그 일을 하고부터는 가슴 한쪽이 항상 싸해, 내가 제대로 된 직업을 택했으면 엄마가 그 고생을 안 해도."

"아니야, 나도 움직여야 하잖아. 너 때문이 아니야."

은교가 울먹이며 고개를 푹 숙인다.

"은교야, 아빠가 그렇게 된 것은 안됐지만, 너랑 이렇게 사는 것 나쁘지 않아! 아니, 오히려 마음 편해."

흐느끼는 은교를 두고 출근 준비를 했다. 옷을 갈아입었다. 은교는 아빠가 그렇게 된 후 자신보다 재인을 더 가슴 아파했다. 은교는 앞으로 자신의 펼쳐진 미래를 밝게 생각할 때는 지금의 생활에 불만이 없다. 오히려 재인의 담담함에 자신도 위로가 된다고 한다. 하던 일이 잘 풀리지 않으면 아버지의 부재가 불안한 모양이다. 재인은 어떤 인생도 정답이 없기 때문에 그 상황에서 최선을 다하자는 생각으로 담담하게 살려고 노력 중이다. 은교로 인해 마음 한구석이 무겁다. 스며들어오는 햇빛에 목 언저리가 따뜻하다. '잘 살아갈 수 있지?' 하고 스스로를 토닥인다.

오늘따라 버스가 멀리 가는 것 같다. 시간이 얼마 지나지 않았는데 마치 어딘가 멀리 여행을 떠나온 것처럼 주위가 낯설어진다. 앞 의자의 젊은 남녀 커플의 조용한 속삭임이 마치 자장가처럼 오수의 졸음을 몰고 온다. 몽롱한 가운데도 지난밤 꿈꾼 생각, 강아지 오줌 사건 등이 두서없이 왔다 갔다 하며 의식이 가물가물 이어졌다. 일을 다니면서 매일 자신을 기다리고 있는 일이 있다는 자체가 재인은 좋았다. 미국 가기 전까지도 출근 자체는 좋았다. 그러나 그때는 당당한 디자이너로 취직했다. 디자인이 아닌 사장 심부름꾼으로 전락하자 차츰 인간으로서의 자존감을 잃어갔다. 출근할 때마다 비루한 자신을 돌아보게 되었다. 지금은 절체절명의 돈을 벌어야 한다는 사명 때문인가. 매일 나가서 일을 할 수 있다는 것, 어딘가에 제 역할이 있다는 것이 이렇게 마음 뿌듯할 수가 없다. 이런저런 야채와 화초를 기르면서 남편의 죽음 이후의 막연한 불안감도 사라졌다. 정기적인 일이 활기를 주면서 조금씩 소망이 살아나기 시작했다. 살아 있다는 것은 움직임이니까.

몇 주 전에 딸과 피카소, 달리와 함께 스페인의 대표 화가인 호안 미로의 전시회를 보고 더욱 강렬해졌다. 자신의 꿈과 이상을 초현실적으로 그린 미로의 동화적인 색채가 가슴에 와닿았다. 전에는 생활용품을 그래픽 디자인하는 전문가에 대한 도전이었다. 이제는 작품을 하고 싶었다. 디자인과 회화를 섞어서 새로운 시도를 해보고 싶다. 그동안 생각지도 못한 의식들이 떠올랐다 가라앉았다를 반복하며 부유한다. 이제 숨어 있던 자신의 귀환을 매일 느낀다. 새로 돋아나는 새싹처럼 귀환하고 있다.

재인이 빌라에 도착했을 때였다. 관리소장실 옆에서 두 명의 여자 주민들이 떠드는 소리가 들린다. 재인을 보자 놀라며 승강기로 향한다. 재인은 그들의 태도에 가슴이 싸아해진다. 고개를 갸웃거리며 청소도구를 가지러 갔다. 청소도구를 들고 관리소장실에 들리다. 소장에게 '무슨 일 있어요?' 물었다. 소장은 재인의 눈을 피하며 '일은 무슨!' 보던 서류에 눈길을 돌렸다. 항상 재인에게 시시콜콜 이야기하던 사람이다. 소장도 재인을 피하고 있다. 다시 가슴이 싸아해졌다. 자신이 알아서는 안 되는 일? 오줌 사건? 5층으로 확인하러 갔다. 깨끗하다. 그렇다면? 재인은 그들의 태도가 더 궁금하다. 재인도 이제 짜증이 난다. 왜 아직 CCTV를 통해서 진실을 밝혀내지 못할까. 관리소장과 관리위원회 사이에 무슨 의도가 있는 것인가. 재인은 창문 사이의 먼지를 닦아내면서도 그들의 태도가 갑자기 짜증스러웠다. 오줌을 자신이! 재인은 고개를 강하게 흔든다. 사건 이후 자주 들리는 오줌 소리의 환청 때문인가. 가끔 혼돈에 빠질 때가 있다.

일이 손에 잡히지 않았다. 계단 걸레질도 승강기 안의 먼지 닦는 일도 건성으로 했다. 지하 계단으로 내려가 창고에 이것저것 흐트러진 짐을 정리했다. 주민들이 버리기는 아까운 짐을 지하 창고에 보관했다. 언제 어느 때나 찾아가고 싶을 때 찾아가는 짐들이다. 그러나 방치하는 짐들이 많다. 그렇다고 버릴 수가 없다. 매일 정리해도 다시 흩어져 있다. 대략 짐을 정리하고 아무 데나 앉았다. 곰곰 그 사건에 대해 추리를 시작했다. 분명 새로운 상황이 발생한 것이다. 그러고 보니 며칠간 602호 동대표와 502호 아들이 조용하다.

친구한테 카톡으로 다른 무슨 일이 발생했냐고 보냈건만 대답이 없다. 하기야 골프 시즌이다. 아무 이야기도 못 들었을 것이다. 일을 다 끝냈는데도 아직 30분이 남았다. 이미 관리소장은 퇴근했다. 재인보다 한 시간 빠른, 5시에 퇴근한다. 재인은 다시 걸레를 빨아 1층으로 올라간다. 2동 계단 난간을 닦기 시작한다. 2동 대표가 승강기에서 내리다 재인을 보고 인사를 한다. 동대표라 요구 사항이 많다. 재인에게 이 일 저 일 시키기 위해 그나마 인사하는 주민이다.

"아줌마, 1동 오줌이 강아지 오줌이 아니고 사람 오줌이라면서요?"

"……저는 금시초문인데요."

"1동 대표가 계단에 있는 오줌을 동물병원에 가서 검사했다는데요."

"……왜 CCTV는 공개 안 해요?"

"공개하면 안 된다네요."

"왜요?"

"개인 사생활 침해라네요."

"그럼 소장이나 대표들은 오줌의 출처를 알아요?"

승강기 문이 닫히면서 2동 내표가 사라져버렸다. 자신과 상관없는 일을! 재인은 고개를 강하게 흔들었다. 그럼 관리소장이나 대표들은 진실의 향방을 알고 있다는 말인가. 재인은 계단 걸레질을 대충 끝내고 옷을 갈아입으려 지하로 내려갔다. 더 이상 일할 의욕도 없다. 시간도 거의 6시가 다 되었다. 대충 자신의 짐을 챙기고 빌라를 벗어났다.

마침 버스가 바로 도착했다. 퇴근 시간이라 버스 속은 만원이다. 사람 속을 뚫고 안쪽으로 들어왔다. 좌석 안쪽에 앉아 있던 청년이 자리에서 일어났다. 재인이 머뭇거리자 바깥 의자에 앉아 있는 사람이 일어나주었다. 안쪽 자리로 들어가 창문을 약간 열었다. 속이 시원했다. 꼭 막힌 동굴에서 벗어난 것 같다. 싸한 가슴이 아직도 남아 있는 것 같다. 이제 강아지 오줌이 아니란 것이 판명됐으니 싸울 이유가 없다. 그럼 누가? 그것도 2~3일에 한 번씩? 그 오줌은 재인이 청소하러 갈 때까지 항상 있었다. 재인은 사건의 결말이 궁금할 뿐이었다. 누가 오줌을? 어깨를 으쓱했다. 상상력은 어디로 튈지 모른다. 아무리 자신과 상관없는 사건이라고 부정해도 그 사건은 재인의 머릿속을 끊임없이 어지럽힌다.

집에 도착할 때까지 사건이 시작된 처음부터 머리를 굴려도 재인의 머리로는 가늠이 되지 않는다. 재인은 저녁을 먹는 둥 마는 둥 카모마일 차를 타서 툇마루로 나와 앉았다. 막 넘어가려는 불타는 석양빛이 나무 사이로 흩어진다. 재인은 눈을 감는다. 눈부신 노란빛 속에 나무 그림자가 어른거린다. 마음이 무거우니 몸도 무거운 것 같다. 다시 이유 없는 불안이 재인의 머리를 어지럽힌다. 어둠이 서서히 내리기 시작한다. 한기로 몸이 떨린다. 안에 들어가 숄을 가지고 나왔다. 최근 몰두해서 읽고 있었던 『흑산』도 손에 잡고 싶지 않다. 자신도 멀리 있는 외딴섬으로 가고 싶단 생각이 일 뿐, 아무 의욕이 일지 않는 무망의 상태. 의식이 가물가물 사라져간다.

벌떡 일어났다. 어떻게 거실에 들어와서 잤는지 모른다. 끝없이 펼쳐진 들판에 초록색 보리밭이 펼쳐져 있었다. 항상 빌라에서 얌전히 인사하는 501호 할머니와 재인은 서로 마주 앉아 쏴 소리를 내며 소변을 보았다. 그러고는 둘이서 손을 잡고 끝없이 들판을 내달렸다. 지금껏 질러보지 않은 고함소리를 내며 달리고 달렸다. 고함소리에 놀라 잠이 깨었다. 빌라에서 전날 주민들의 눈초리 때문인가. 또다시 소변 보는 꿈을 꾸다니. 그러나 시원한 기분과 함께 마음이 상쾌했다. 얼마 자지 않았다고 생각했는데 벌써 일어날 시각이다. 은교의 방문을 열었다. 곤하게 자고 있다. 이불을 다독거려주었다. 보통 은교가 산길을 다니는 것이 걱정되어 입구까지 나갔다. 어제 밤은 언제 잠이 들었는지 기억에 없다. 분명 마루에 앉아 있었던 기억만 있다.

오전 내내 밭에 잡초를 뽑아주었다. 하루만 지나도 여기저기 이름 모르는 잡초가 올라온다. 크기 전에 뽑아내지 않으면 깊게 뿌리를 내려, 뽑으려면 몇 배의 힘이 든다. 출근하자마자 관리실을 거쳐 지하로 내려가려니 관리소장이 재인에게 손짓을 한다. 재인은 의아한 표정으로 관리실 문을 열었다. 그동안 표정을 읽을 수 없을 만큼 복잡했던 관리소장의 표정이 의외로 밝다.

"그동안 죄송했어요. 강아지 오줌 사건이 여러 가지로 얽혀 있어 본의 아니게 여사님께 죄송하게 되었습니다."

재인은 멀뚱히 관리소장을 쳐다보았다. 정확히 뭐가 죄송하다는 말인지 모르겠다.

"사건과 관련된 분이 워낙이 예민한 분이라 알려지는 것을 꺼려 주민들뿐만 아니라 여사님께도 CCTV 결과를 알려줄 수가 없었어요. 그래서 주민들 간에는 이상한 소문이 있다며 어제 주민들 두 분이 저한테 찾아왔었어요."

"소문이라뇨?"

"정말 소문일 뿐이니까, 신경 쓰지 마셔요. 어떤 사건이 터지면 말이 많아지게 마련, 나중에는 별소리를 다 듣게 되죠!"

재인은 갑자기 꿈에 들판에서 신나게 누던 오줌발이 떠오른다. 이런 말을 들으려고 그 꿈을. 이상하게 기분이 좋았는데. 얘기 도중 응급차가 특유의 소음을 내며 아파트 앞에 도착했다. 관리소장 눈이 휘둥그레지며 급히 승강기로 향한다. 재인은 옷을 갈아입고 청소도구를 가지고 올라왔다. 꿈에서 본 들판에서 같이 오줌을 싼, 얌전히 인사 잘하는 501호 할머니가 보였다. 할머니는 흐트러진 머리에 얇은 스웨터 단추가 풀려 가슴이 반쯤 드러났다. 할머니는 양쪽 팔을 움켜진 건장한 남자들이 할머니를 응급차에 태웠다. 머리에 붕대를 감은 할아버지도 들것으로 옮겼다. 재인의 가슴이 다시 싸아해졌다. 딸인 듯한 40대 여성이 함께 응급차에 오르자 차가 떠났다. 복도에서부터 현관 입구까지 핏방울이 여기저기 떨어져 있었다. 재인은 놀라 창문으로 보이는 그 할머니를 다시 확인하였다. 할머니의 텅 빈 눈은 창문 밖을 향하고 있었다. 가슴을 쓸어내렸다. 소장이 혀를 찼다.

"치매가 무섭다는 것을 알았지만 저렇게 무서운 것은, 쯧쯧, 그렇게 얌전하던 부인이 어떻게 저런, 결국 일을 내고, 쯧쯧. 그렇게 주민들 알까 봐 CCTV도 공개 못 하게 하더니, 결국 다 알게 될 것을. 쯧쯧."

한여름의 해프닝이었다. 그 얌전하던 할머니의 치매로 인한 것이다. 할머니가 병원에서 지어준 약을 3개월 동안 먹지 않아 생긴 일이었다. 그로 인해 치매가 심해졌다. 할머니는 자주 방향감각을 잃었다. 문득 자신이 집에 있는 것도 망각했다. 특히 밤에 방향감각을 잘 잃었다. 화장실 대신 문을 열고 나가 502호 현관 앞에 오줌을 누었다는 것이다.

할머니가 아침 식탁에서 가끔 속 시원히 소변을 본 이야기를 했다. 남편은 부인이 꿈 이야기를 한다고 생각했다. 소장이 502호 현관 앞에서 소변을 보고 있는 할머니의 CCTV로 확인시켰을 때 남편은 충격을 받았다. 그동안 따로 자던 남편이 부인 방으로 옮겨 잠을 잤다. 할머니가 기척이 나면 같이 일어나 화장실에 데려다주었다. 그 이후 치매가 더 심해졌다. 아침에 일어나 이유 없이 남편에게 옆에 있는 물건을 손에 잡히는 대로 마구 던진다는 것이다. 남편도 그렇게 순종적이고 얌전했던 할머니의 폭력에 정신적 쇼크를 받았다. 최근 딸이 그런 엄마의 현상을 알고 출근하다시피 친정에 다녔다. 외출을 못 하게 하자 남편이나 딸에게 손찌검까지 했다. 오늘 점심 외출하겠다는 것을 못 가게 했다. 화가 난 할머니가 이것저것 남편에게 던졌다. 거실 쪽에 세워 놓은 트로피를 던져 이마가 깨졌다.

재인은 간밤에 꾼 꿈을 생각했다. 이번 이 빌라에서 일어난 일련의 사건이 마치 여름밤의 꿈 같다. 돌아가는 버스 속에서 재인은 유리에 눈부시게 부딪치는 빛의 잔상 속에서 머리가 봉두난발로 옷이 흐트러진 할머니가 두 건장한 장년들에 끌려 응급차를 타던 모습이 지워지지 않는다. 갑자기 아들 골 파먹고 살더니 결국 생생한 아들 죽음으로 내몰았다는 시어머니 말이 귓속에서 맴을 돌았다. 귓속에서 아직도 응급차의 삐앙삐앙거리는 소리가 옅은 잠 속으로 사라진다. 토끼 한 마리가 재인 속에서 뛰쳐나와 빈 들판을 끝없이 달린다.

빨간 원피스

빨간 원피스

지하철역 출구를 빠져나오자 얼음이 녹지 않는 좁은 골목이 이어졌다. 차츰 거리에 어둠이 몸을 섞기 시작하자 크고 작은 빌딩은 뒤로 물러났다. 오늘 만남의 장소인 '두부사랑'을 찾아 연은 좁은 길을 따라 조심조심 걸었다. 미끄러워 한 발 옮길 때마다 진땀이 났다. 내비게이션에 길 찾기를 넣고 따라가지만 방향을 알 수 없다. 지도를 봐도 실제 나오는 건물의 오른쪽을 가리키는지 왼쪽을 가리키는지 도저히 판가름할 수 없다. 차츰 어둠이 깊어져 모든 건물은 숨어버리고 가게에 불빛만이 깜박거리는 좁은 골목이 이어졌다. 밤새 어둠 속을 헤맬 것 같은 불안이 밀려온다.

영하 15도, 기온은 온몸을 수축시켰다. 미끄러지면 그 자리에서 나무둥치처럼 나둥그러질 것 같다. 연은 발을 한 발 한 발 아기 걸음처럼 떼어놓았다. 모 잡지사 신인상 수상자, 신간 출간한 작가들을 위한 축하연 자리였다. 연이 신인상 심사위원이었기에 대표는 참석

해줄 것을 신신당부했다. 대표의 부탁이 아니라면 꽁꽁 언 길을 나서지도 않았을 것이다. 전날 많은 눈이 내려 길 조심하라는 방송이 종일 나왔다. 코로나 상황 이후 무슨 핑계라도 대고 외출하고 싶지 않은 날이 많았다. 딱히 코로나 상황에 대한 두려움 때문은 아니었다. 그동안 집에 익숙해져, 움직이기 싫은 것이다. 움직이지 않음으로 오는 향유가 달콤했다. 그동안 못 읽었던 책을 읽고, 다양한 영화를 보고, 음악을 들었다. 길이 꽁꽁 얼어붙은 날, 그나마 지하철이나 대중교통으로 쉽게 갈 수 있는 곳은 괜찮다. 지하철 출구에서부터 10분 이상 걷는 낯선 곳, 지옥 속을 헤매는 기분이다.

몇 번씩 지나가는 사람에게 '두부사랑'을 물어, 갔던 길을 되돌아오기를 반복하다 겨우 도착했다. 이미 행사 시작 시간보다 20분이 지난 시각이었다. 연이 긴 부츠를 벗고 2층으로 올라갔을 때는 안경 렌즈에 뿌옇게 김이 서렸다. 안경 너머 보이는 사람들의 움직임이 외계 인간처럼 비현실적으로 느껴졌다. 신간을 발행한 소설가와 시인들이 자신의 책을 참석한 사람들에게 나누어주고 있었다. 몇몇 아는 소설가, 평론가들이 아는 척했다. 대표가 연을 간략하게 소개한다. 연은 가까이 있는 빈자리로 가서 앉았다. 날씨 때문인지 다행히 시작 전이었다. 먼 길을 여행한 여행객 같은 기분으로 멍하니 주위를 둘러보았다. 순간 한 장면이 눈에 확 들어왔다.

빨간 원피스! 짙은 색조 화장! 연은 머리를 자동적으로 돌렸다. 그러다 눈이 마주친 순간, 빨간 원피스는 어느 사이 서명까지 한 시집을 넘겨주었다. 연은 목례를 하고 눈길을 돌리다가 아, 하는 탄성이 나왔다. 분명 아는 얼굴인데 모르쇠다. 로스앤젤레스 교포 펜 문학 초청 강연회에 같이 초대된 적이 있었다. 강연회 전날 그녀가 공항에서 행방불명이 되는 바람에 밤새 얼마나 악몽에 시달렸던가. 또 있다. 유라시아 문학 세미나로 네팔을 갔을 때였다. 그 모임에 여자 교수는 연밖에 없었다. 더군다나 여성들이 많지 않아 그녀와 룸메이트까지 한 사이였다. 그녀는 당시에 시로 등단한 문예창작학과 대학원생이라고 본인을 소개했다. 그때는 크게 관심을 가질 것도 없는 평범한 대학원생으로 보였다. 함께 온 지도교수를 비서처럼 따라다니며 일거수일투족을 챙겨주는 것이 좀 거슬리긴 했다. 빨간 원피스가 소주잔을 건넨다. 얼떨결에 한 모금 마시고 옆에 잔을 놓았다. 친한 소설가들이 멀리 떨어져 있어 다소 무료했다. 두고 간 시집을 이리저리 뒤적이다, 빨간 원피스 그녀의 시집을 펼쳤다.

시 한 편이 마음을 끌었다. 아버지가 혼자 사는 딸의 우산이 되어 비가 올 때마다 받쳐주겠다는 아비의 애틋한 사랑이 눈물겹게 한다. 혼자 살아가는 딸에 대한 아버지의 사랑과 안타까움을 엿볼 수 있는 시이다. 이 시를 보자 의심스러웠던 그녀의 행적이 떠올랐다. 『독신으로 살아가기』라는 수필을 써서 베스트셀러가 되었다는 사실을 알게 된 것은 미국 강연 때문이었다. 여느 아버지처럼 딸이 좋은 배필을 만나 행복했으면 좋겠다는 바람과는 달리 스스로가 우산이 되어주겠다는 애틋함이 의외였다.

몇 년 전 미국 로스앤젤레스 펜 문학의 초청 강연, 초청 날짜가 임박해 수속을 하고 떠나기 바빴다. 그 당시 미국은 트럼프 열풍이 불

때였다. 트럼프가 이민 자체를 반대한다는 분위기 때문인지 이전보다 꽤 까다로운 수속을 거쳐야만 했다. 이란을 여행한 행적으로 비자 나올 때도 마음고생을 했다. 전자 비자 서류를 인터넷으로 다운받아 읽어보던 중, 5년 전까지 이란을 여행한 자는 전자 비자 신청이 안 된다는 것을 알게 되었다. 대사관 정식 인터뷰를 통해서만이 비자 신청이 가능했다. 그러면 행사 기간에 맞출 수가 없었다. 그렇지 않으면 미국대사관에 특별 요청을 해서 이른 날짜로 인터뷰 날짜를 받아야 한다는 것이다. 그리기 위해서는 초청자가 꼭 이 사람이어야 한다는 미국 초청 단체의 편지 등 까다로운 서류가 필요하다는 것이다. 여권이 바뀌었으니 이란 갔다 왔다는 것을 무시하고 전자 비자로 그냥 수속해서 가는 방법이 있다고 대사관에 근무했던 지인한테 들었다. 여권이 바뀐 경우 100% 다시 조사할 수가 없다는 것이다.

그 말대로 전자 비자로 수속, 비행기를 탔다. 비행기에서도 그로 인한 걱정으로 자다 깨다를 반복하며 악몽의 시간을 보냈다. 괜히 포기할 것을, 후회까지 했다. 공항에 내려 입국 수속하는 동안에도 내내 불안했다. 무사히 공항 밖에 나와서야 비로소 한숨을 몰아쉬었다. 이미 5시가 넘었다. 로스앤젤레스 교포 펜 문학 임원들이 기다리고 있었다. 해변 문학제 전야제 장소로 서둘러 떠났다. 초청 시인이 아직 도착 안 했다며 임원 두 명은 공항에 남았다.

아들이 미국 샌프란시스코 스탠퍼드에서 MBA를 할 때 잠시 다녀간 이후 5년 만이다. 연은 도로를 따라 눈길을 돌렸다. 얼굴에 웃음이 조롱조롱 매달린, 부회장이라고 소개한 여성은 운전하면서도 옆에 앉은 조금 터프하게 보이는 회장을 돌아보며 "무슨 일일까요? 여태까지 이런 적은 없지 않았어요?" "그러게, 무슨 일이지?" 불안한 표정으로 대화가 오고 갔다. 이미 오전에 도착했어야 한다는 것이다. 연이 그 시인에 대해 구체적으로 물었다. 몇 년 전 네팔 여행에서 룸메이트가 된 그 시인의 이름과 같았다. 『독신으로 살아가기』라는 수필로 베스트셀러가 된 작가라고 했다. 자신이 알고 있는 그 이름과 베스트셀러 작가와는 전혀 다른 사람처럼 생각되었다. 그때 처음 소개할 때 대학원 다니는 시인이라고 했다. 요즘은 2쇄만 찍어도 베스트셀러 작가라고들 한다. 그들도 생판 모르는 작가라는 것이다. 자신이 잘 할 수 있을지, 불안해하면서 그동안 어떤 시인들이 다녀갔는지 몇 번씩 미국으로 전화했다고 했다. 같이 여행한 그녀라면 연 이름을 듣고, 여행 룸메이트까지 했던 연에게 먼저 연락하는 게 순서 아닌가. 동명이인인가? 연은 머리를 갸우뚱거렸다.

회장과 부회장, 두 사람의 오가는 대화를 요약하면 아직 초청 강사로 올 정도의 군번이 아니라는 것이다. 그렇다고 뛰어난 시인도 아니라는 것이다. 두 사람은 동시에 소개한 교수에 대해 불평을 쏟아놓기 시작했다. 두 사람이 아는 친한 남자 P 교수가 일 년 전부터 빨간 원피스를 초청해달라고 매달렸다는 것이다. P 교수가 바로 연의 지도교수였다. 빨간 원피스는 네팔에서 만났던 룸메이트가 확실하다고 단정했다. 그 전해도 부탁을 해왔지만 거절했다는 것이다. P 교수의 부탁이 간절해 그해는 결국 수락했다고 했다. 그들은 P 교수를 원망했다. 빨간 원피스로부터 샌프란시스코에 도착했다고 연락을 받았고 곧 로스앤젤레스로 출발할 것이라고 한 시각이 오전 11시였다. 그들은 오전 12시부터 내내 공항에서 기다렸다고 한다.

로스앤젤레스는 중심 타운 외에는 대체로 1, 2층으로 된 주택이 대부분이다. 도시가 편안하고 길을 사이에 두고 집들이 마주 보며 소곤대는 것처럼 다정해 보인다. 마을 중간중간 한가히 구름이 떠돌고 있다. 빨간 원피스에 대한 염려와 걱정을 누르고 의식적으로 밖을 쳐다보았다. 그 당시 매일 미세먼지로 뒤덮인 서울 하늘만 보다가 파랗다 못해 푸른 물감을 풀어놓은 듯한 하늘로부터 쏟아지는 강렬한 빛이 한데 모여 눈을 찌르는 것조차 반갑게 느껴졌다.

두 사람의 불안한 대화가 오가는 가운데 공항에서 한 시간 이상을 달려 해변가 플리트 바리 힐튼호텔에 도착했다. 호텔은 편안하고 가정집 같은 곳이었다. 일단 짐을 프론트에 맡겨놓고, 전야제로 모인 장소로 옮겼다.

전야제라야 강연자들과의 만찬 자리였다. 대략 임원 20여 명이 모였다. 8시가 가까웠는데 그 시간까지 빨간 원피스는 나타나지 않았다. 임원진 두 명이 아직도 공항을 지키고 있었다. 당장 내일 행사를 앞두고 있는 불안한 상황에서 어떤 이야기도 자연스럽게 이어지지 않았다. 다른 이야기를 하다가도 금세 다시 빨간 원피스 이야기로 돌아갔다. 그들은 일어날 수 있는 모든 상황을 가상해보았다. 모인 작가들 가운데 그런 경험을 가진 자가 없었기 때문에 별 뾰족한 대책이 나올 수가 없었다. 연락이 되지 않는다는 것은 아직도 공항 밖을 나오지 못했다는 것이고, 그렇다면 결국 공항 보안관에게 끌려

갔다는 결론에 이르렀다. 지나치게 달러를 많이 소유했다든가, 마약을 소지하지 않는 이상 그런 경우는 보지 못했다는 것이다.

지난 상념에 젖어 있다가 마이크 소리에 퍼뜩 정신이 들었다.

웅성거림이 멎고 대표가 우선 신인문학상 시상식을 시작했다. 시인 한 명과 소설가 한 명이었다. 심사한 대표가 심사 경위를 발표하고 작품평을 요약했다. 이어 신인의 소감이 있었다. 시인은 50대 초반의 남자였다. 꾸준히 시를 써왔으나, 등단의 필요성을 못 느끼다가 시집을 내려니 더 잘 써보자는 욕심이 생겨 등단하게 되었다고 했다. 소설가는 앳되게 보이는 20대 후반 혹은 30대 초로 보였다. 습작을 계속해왔지만 직장을 그만두고 쓴 첫 단편이 당선되어 기쁘다고 했다. 꽃다발 증정과 심사위원들의 심사평과 사진을 찍었다.

빨간 원피스가 앉아 있는 쪽에서는 시상식에 관심이 없는지 왁자하게 웃는 소리가 났다. 몇몇 남성 시인들이 빨간 원피스 쪽 자리로 몰려갔다. 대표가 언짢은 듯 흘낏 눈길을 그쪽으로 돌리다 다음 순서를 시작한다. 다음 순서는 올해 인기 있는 시집상이었다. 올해 그 잡지사에서 출판한 시집을 모두 모아 연말에 시인들 자신이 선호하는 시집 한 권을 투표해 가장 많은 표를 얻은 시집이 인기상을 받는다. 그 시인은 고등학교를 졸업하고 아르바이트를 전전하다 문득 시가 쓰고 싶어 쓴 시가 이렇게 올해의 좋은 시로 뽑혀 영광스럽다고 했다.

심사위원 소개가 끝나자 자리로 돌아왔다. 올해의 좋은 시로 뽑힌 시집을 펼쳐보았다. 기존 시와 전혀 다른 형태와 의식이 신선하다. 저렇게 시를 쓸 수도 있구나 하는 감탄이 흘러나왔다. 잠깐 그녀와 대화를 나누었다. 그녀는 시 창작을 마치 어린아이 게임하듯 재미있어했다. 전혀 심각하거나 어려워하지 않았다. 그런데도 시는 참신했다.

맞은편 빨간 원피스 자리 쪽에서 시상식 내내 몇몇이 자기들끼리 잔을 주고받았다. 그들 속에서 품어내는 다양한 욕망이 뒤섞인 눈길을 술잔으로 교환한다. 그들을 외면하고 자리를 옮겼다. 신인 소설가와 이야기를 나누는 친한 소설가 옆으로 가서 앉았다. 신인 소설가는 소설에 관한 환상을 품고 있다. 부담스럽다. 쓰고 싶어서 쓴다는 작가가 편하다. 이제는 전업 작가라 해도 생계를 해결할 수 없다. 글쓰기는 더 이상 직업이 될 수 없다. 글쓰기에 목숨을 거는 시대는 이미 지나갔다. 새로운 양식의 글쓰기가 계속 나타나고 있다. 2차 가서 술을 한잔 더 하자는 요구를 뿌리치고 친한 소설가와 돌아왔다.

돌아오는 지하철 속에서도 빨간 원피스의 상념으로 머리가 혼란스럽다. 두 번씩이나 외면하는 이유가 뭘까?

해변 문학제가 시작하는 다음 날이었다. 행사 당일까지도 빨간 원피스는 연락도 없고, 나타나지도 않았다. 그날 아침에 회장이 연의 호텔 방으로 왔다. 오전 강연에 이어 오후 강연도 연이 맡아달라고 부탁했다. 연은 오전 강연이었고 빨간 원피스는 오후 강연이었다. 연의 강연 제목은 '수필에서의 참신성'이었다. 교포 문학가들은 소설가도 평론가도 많지 않았다. 산문의 하나인 수필에 대한 강연을 부탁했다. 시는 준비하지 않고는 힘들고 최근 맨부커상을 타서 화제작인 한강의 『채식주의자』에 대해 강연을 하겠다고 했다. 회장은 환호성을 지르며 좋아했다. 읽어도 이해되지 않아, 왜 상을 탔는지 모르겠다고, 속 시원하게 답변해주는 분이 없어 그동안 궁금한 것을 묻어두었다고, 만족해하는 얼굴이었다.

아침 식사 후 일행과 함께 호텔에서 얼마 떨어지지 않은 샌피드로(San Pedro) 해변으로 갔다. 활짝 바다로 열린 모래사장으로 나왔다. 밤새 빨간 원피스 때문인지 어두운 동굴 속으로 쫓기는 꿈을 꾸었다. 쫓기는 대상이 빨간 원피스인지 연인지 알 수 없었다. 동굴이 무너지면서 바위 부스러기들이 쏟아졌다. 옅은 한 줄기 빛이 흐르는 쪽으로 달려 나갔다. 악몽에 시달리다 눈을 떠도 짙은 어둠이 마치 자신을 삼키는 것 같았다.

출렁이는 푸른 바다를 보자 시달리던 악몽이 확 달아나는 것 같다. 아직 강연 시작하려면 한 시간이 남아 있다. 바닷가 잔디밭에 앉아 오손도손 커피를 즐겼다. 빨간 원피스의 존재는 뇌리에서 사라지지 않았다. 그녀가 무사하기만을 간절히 바라는 마음이 되었다. 우선 행사 마무리가 중요하다고 했지만, 임원진은 빨간 원피스의 연락을 기다리느라 거의 잠을 못 잔 상태였다. 허둥대는 모습이 역력했다. 참석자에게 나누어줄 물도 어디 두었는지 찾지 못하고, 새로 사온 물을 강연자 앞에만 놓았다. 강의를 들으러 온 사람들은 대부분, 나이가 꽤 든 분들이었다. 한국어로 글을 쓸 수 있는 사람은 이민 1세였다. 2세부터는 고국에 대한 향수 같은 것은 없다. 그들의 고향은 대한민국이 아니었다. 향수나 그리움 없이는 글을 모국어로 쓰기 힘들다. 강연장을 들어서고부터 줄곧 연을 따라다니는 80대 정도의 할머니에게, 무슨 할 말이 있느냐고 물었다. 막무가내로 자신의 이야기를 들어달라고 했다. 강연 끝나고 만나자고 해도 연의 꽁무니를 따라다녔다. 연은 강연을 하기 위해 앞자리로 가며 할머니를 앞 좌석 쪽에 앉혔다. 끝나고 이야기하자고 했다.

강연장이 거의 찰 정도로 청중이 모였다. 호기심 어린 눈빛이 연의 입이 열리기만을 기다렸다. 순간 연은 목이 메었다. 그리움의 눈빛이었다. 고향에 두고 온 부모님, 친구, 김치, 된장찌개 등 모든 것에 대한 그리움이었다. 저들은 고국에 대한 어떤 이야기라도 듣고 싶은 것이다. 단지 한국에서 왔다는 것 그 자체가 그들에게는 위로가 되는 것이다. 자연스럽게 이민 생활에서 가장 큰 어려움은 무엇인지 물었다. 누군가 외로움이라고 했다. 대부분 고개만 숙이고 있다. 얼마 전에 한국에서 아들 딸 다 잘 키운 여유가 있는 부부가 자살한 이야기를 들려주었다. 누군가 얼마 전 교포 부부도 동반 자살했다는 이야기를 했다. 고향에 있으면 고향에 있는 대로, 이국에 있으면 이국에 있는 대로, 외로움과의 투쟁이었다. 본론으로 들어갔다. 일반적인 수필에서부터 최근 베스트셀러가 되고 있는 수필을 예로 들어 수필의 참신성을 풀어나갔다.

오전 강연을 마치고 점심 도시락이 준비된 잔디밭으로 갔다. 또다시 그 할머니가 연의 옆으로 왔다. 임원진이 다른 자리로 가라고 했으나, 연의 옆에서 떠나지 않았다. 연은 괜찮다고 하며 할머니에게 도시락과 물을 챙겨주었다. 할머니의 말은 한국어와 영어로 뒤섞여 거의 알아듣기 힘들었지만, 독거노인이라는 건 짐작되었다. 할머니는 미군 부대에서 일하다가 미국인 남편과 만나 결혼했다고 한다. 미국으로 온 지 40년이 넘었고 10년 전에 남편이 돌아가셨다고 했다. 그날 자기 집으로 가서 함께 자자고 했다. 그러면서 자신의 이야기를 들어달라고 했다. 임원진 쪽에서 할머니를 저지했다. 할머니 그것은 안 된다고 말씀드렸잖아요? 아마 그전에도 그런 일이 있었나 보았다. 행색은 흰 원피스에 주홍색 얇은 스웨터를 깔끔하게 차려입었다.

일식에 한식을 섞은 도시락은 꽤 맛깔스러웠다. 점심 후 회의를 하기 위해 할머니를 따돌리고 바닷가의 커피숍으로 갔다. 아직 빨간 원피스에게는 연락이 없었다.

오후 강연에서는 식곤증이 올까 봐 좀 볼륨을 높였다. 여러분! 한강의 『채식주의자』에 대해 알고 있나요? 맨부커상이라는 말소리가 여기저기서 흘러나왔다. 맞습니다. 지금 한국은 온통 한강의 『채식주의자』에 관심이 쏠려 있습니다. 여러분도 좋아요? 누군가가 노벨문학상을 타야지요? 하고 말했다. 그렇죠, 이제 앞으로 우리나라에서 맨부커상을 기점으로 노벨문학상도 나오겠지요.

한강의 『채식주의자』 읽은 분, 손 들어보세요. 열 명 이상 손을 들었다. 여러분 대단하셔요. 발표된 지 얼마 안 되었는데, 이렇게 많은 분이 벌써 읽으셨다니요. 이해가 되었어요? 아니요! 무슨 스토리인지 두 번을 읽어도 모르겠어요.

여러분은 어릴 적에 동물이나 식물이 되고 싶은 적 없었어요? 새요, 나비요, 하는 말소리가 들렸다. 맞아요. 새가 되고 싶은 마음을 프랑스 철학자 들뢰즈는 새 되기, 나비 되기 등으로 지칭했어요. 새되기는 새의 가벼운 몸을 이용해 날고 싶은 마음이겠죠. 나비 되기는 나비의 하늘거리는 몸짓을 자기 것으로 하고 싶은 것이지요. 『채식주의자』에서 화자가 '나무 되기'를 결심하죠. 그것은 화자가 어릴 때 아버지와 동네 사람들이 개를 무지막지하게 학대한 다음, 개를 잡아먹던 기억 때문입니다. 몇십 년이 지나고서야 그 기억은 개에 대한 연민과 인간에 대한 혐오로 나타나며 화자는 모든 동물 고기 먹기를 거부하고 '나무 되기'를 간절히 바라지요. '동물 고기'가 자본주의적 이기적 욕망을 부추기기 때문이죠. 동물은 타 동물을 잡아먹어야만 살아갈 수 있는 데 비해 식물이나 나무는 태양, 물이라는 자연의 순환 과정에서 자연스럽게 자라죠. 이 작품의 화자가 '나무 되기'나 '식물 되기'를 선택하는 것은 나무나 식물처럼 타자에게 피해를 주지 않는, 작으나마 타자에 대한 배려의 삶을 살겠다는 각오 때문입니다.

강의를 끝내고 얼굴들을 보니 모두가 흔연한 얼굴들이었다. 바닷가에 가서 랍스터 등 해산물과 와인으로 행사를 무사히 끝냈음을 자축했다. 빨간 원피스에 대한 걱정은 여전했다. 식사 중간쯤에 임원한 분의 변호사 딸에게 전화가 왔다. 빨간 원피스가 강제 출국당해 지금 한국으로 돌아가는 중이라고 했다. 다들 어안이 벙벙한 얼굴로 서로를 바라보았다. 이란에 다녀온 것을 속이고 입국, 행패까지 부려 공무집행방해로 하루 동안 감금당했다가 병원에 입원까지 했다고 했다. 여권, 핸드폰을 모두 압수당해 연락이 닿지 않았던 것이다.

연도 깜짝 놀랐다. 어마나, 나도 이란 다녀왔는데? 모두가 놀란 표정으로 연을 바라보았다. 자신에게 따라다닌 악몽이 빨간 원피스 때문이 아니라 바로 이것이었구나. 여권이 바뀌었기 때문에 전자 비자로 하면 괜찮다고 해서 그대로 왔더니 저는 별말 없이 수속을 끝냈는데요! 연은 혼자 중얼거리듯 낮게 말했다.

이란을 다녀오면 왜 안 되는가요? 누군가 물었다. 이란은 핵실험 때문에 미국에서 경제 제재를 당하고 있잖아요. 자기네나 제재하면 되지, 왜 타 국민까지 여행 자유를 제한하면서, 입국을 안 시키느냐고! 자신들의 의사를 따르지 않는 사람도 같은 적이라는 건가? 패권국의 오만이 도가 넘치네요! 이 사람 저 사람 다 한마디씩 한다. 순간 연은 속으로 웃음이 났다. 대부분이 미국 시민권자이면서도 아직 미국인이라는 의식보다는 고향 시인이 그렇게 당한 것을 자신의 일처럼 분노하는 마음이 더 강하다. 어떻게 불쌍해서? 연 교수와 연락만 했어도 이런 일은 없었을 텐데, 왜 연 교수에게 연락을 안 했을까. 임원들은 다들 발을 구르며 안타까워했다.

게다가 구급차 부른 값에 벌금 등 일천오백만 원 상당의 돈을 물어내야 한다는 것이다. 놀란 입을 다물지 못했다. 가난한 시인이 감당하기에는 너무 큰 벌금이다. 우리가 괜히 초청해서 어떡하니? 우리가 책임질 일은 아니죠! 그녀의 출국당함이 부당하다고 흥분하면서도 임원진에서는 자신들이 부담 질까 봐 노심초사한다. 연 교수에게 연락만 했어도 미연에 방지할 방법이 있었을 텐데. 어떻게 억지를 쓰면 되겠지 하는 건 한국에서만 통하는 것이지 여기는 어림없지. 미국이 어떤 나라인지 모르나 봐, 거기다 직업도 없는 독신 여자가! 그렇게 당할 수밖에 없지. 한국과 미국의 차이지. 식사하는 내내 그녀를 안타까워하는 사람들과 미국을 한국처럼 만만하게 생각하면 안 된다고 냉정하게 그녀를 평가하는 쪽으로 설왕설래, 이야기는 끝이 없었다. 결국 빨간 원피스 때문에 우리 행사가 엉망이 될 뻔했잖아. 어젯밤 열두 시까지 공항에서 고생하고, 잠 한숨도 못 자고, 연 교수 때문에 위기를 겨우 넘겼지만, 밤새 걱정으로 지새운 것을 생각하면. 새삼스레 또 연에게 다들 고맙다고 한다. 한국에서 억지가 통한다고 미국에서도 통할 줄 알았을까? 연도 빨간 원피스가 이해되지 않았다.

연은 늦은 시간에 호텔로 돌아와 침대에 누워도 잠이 오지 않았다. 빨간 원피스 일이 아무리 생각해도 안타깝다. 다시 머리가 혼란스러워졌다. 연과 연락해도 직업이 없는 젊은 독신 여성이라 미국의 장기 체류에 대한 염려로 쉽지 않았을 수도 있다. 하루 동안의 이국 공항에서의 감금 생활, 얼마나 불안했을까. 강제 출국이라니, 빨간 원피스는 이제 미국에 입국할 수 없다. 어쩌면 평생 잊을 수 없는 치욕의 기억이었으리라.

연 자신은 확실한 교수라는 직업과 어느 정도의 영어 소통 능력을 갖추었기 때문에 미국 같은 신용을 중시하는 사회에서는 쉽게 통과할 수 있었을 것이다. 더군다나 추정해보면 빨간 원피스는 이란 여행 도장이 찍힌 여권을 그대로 가지고 들어온 것이다. 미국의 철저함과 엄격함을 이해하지 못했다. 어떻게 되겠지라는 생각으로 들어온 것이다. 더구나 화려하고 젊은 빨간 원피스가 어눌한 영어로 고함을 질렀다는 것은 공포 때문이었을 것이다. 그러나 그들은 상대방이 큰소리를 치고 억압적으로 나온다고 여겨 호의적일 수가 없었을 것이다. 확실한 직업 없이 독신인 젊은 여성이 미국에 정착, 불법 이민으로 남을 가능성도 의심했을 것이다. 트럼프가 불법 이민을 엄격히 다루겠다는 의지를 공공연히 선거 공약으로 내세우고 있는 시점이었다. 빨간 원피스 아버지 말대로 혼자 사는 것이 죄가 아닌데 죄를 짓게 하는 사회이다. 빨간 원피스를 입을 수밖에 없고 화려한 화장을 할 수밖에 없게 하는 사회이다. 그 사건이 큰 상처임이 분명한 그녀가 그 사건을 알고 있는 연을 피하고 싶은 것은 어쩌면 당연한 것일지 모르겠다.

빨간 원피스는 미국 강연이 그녀가 내세우려는 경력에 큰 보탬이 될 것이라 생각했고 어떻게라도 강연을 하고 싶었을 것이다. 그로 인해 상처만 받은 빨간 원피스가 기억하고 싶지 않은 인물이 연이었을지도 모른다. 미국 교포 문인들과는 더 이상 보지 않으면 된다. 연은 한국에 기반을 둔 같은 문인이다. 어쩌면 빨간 원피스는 엄청난 충격으로 연을 기억하고 싶지 않은 강력한 심리가 부분 기억상실로 이어져 연을 전혀 기억하지 못할 수도 있다. 출판기념회에서 천연덕스럽게 거짓말을 하는 것에 경악스러웠는데, 이제야 그 실마리가 풀렸다.

빨간 원피스는 네팔 여행을 간 적이 있다면서 룸메이트였던 연을 기억하지 못했다. 연이 구체적인 여행의 일화를 소개하자 다른 것은 기억하는데 연과 관련된 일만 기억하지 못했다. 맞네, 교수님과 함께 여행한 것 맞네, 옆에 있는 남자 시인이 연에게 맞장구를 쳐도 그때도 자신은 연과 룸메이트였던 적이 없다고 모르쇠를 했다. 해변문학제 기념 강연패를 가지고 와 소포로 부쳐주었다. 고맙다는 연락조차 없었다.

집에 올 때까지 상념은 이어졌다. 술과 일에 지친 사람들이 느릿느릿 발걸음을 떼어놓는다. 연은 지하철 계단을 타고 천천히 올라왔다. 밖으로 나오자 추위로 몸이 움츠려졌다. 안경이 뿌옇게 안개가 서린다. 코트를 여미며 더듬더듬 미끄러운 도로에 발을 옮긴다. 긴 하루를 보낸 것 같다. 어둠 속에 덩그러니 서 있는 아파트들이 제 무게에 무너질 것 같다. 아파트의 불빛은 거의 꺼지고 가로등만 껌벅거린다.

다음 날 새벽에 눈을 뜬 것은 화장실 때문이었다. 매일 산에 오르기 전 뉴스를 체크하기 위해 남편이 보고 있는 텔레비전 자막에 긴급 뉴스라는 자막에 시인이라는 글자가 눈을 끌었다. 화장실 가던 길을 잠시 멈추었다. 어제 늦은 밤 만취 상태에서 차를 몰던 40대 초반 시인이 마주 오는 트럭과 충돌, 운전자 옆 좌석의 40대 남성은 크게 다치고 뒷좌석의 50대 여성이 머리를 부딪쳐 병원에 옮겼으나 아직 의식 불명 상태라는 것이다. 그 여성도 시인으로 역시 만취 상태였다는 것이다. 남편이 혀를 쯧쯧 찼다. 만취 상태에서 운전이라니! 119에 옮기는 과정을 잠시 비친 영상에 빨간 원피스가 눈에 띄었다. 검은 코트에 가린 채 누워 있었다. 연이 눈을 비비고 자세히 보았다. 코트에 가려져 전면은 보이지 않지만 목 부분이 깊게 파진 코트 깃이 빨간 원피스 그녀였다.

어제 행사가 끝남과 동시에 몇 명이 빨간 원피스를 에워싸고 우르르 나갔다. 보도에 의하면 같이 탄 일행 네 명이 모두 만취 상태였다는 것이다. 어젯밤 유난히 빨간 원피스가 관심을 끈 것이 이것 때문인가. 한국 사회에서 누구보다 잘 살아남을 것으로 생각했는데, 빨간 원피스의 삶이 파노라마처럼 지나간다. 가슴에 무거운 통증이 지나갔다. 누군가 추락하는 것은 날개가 있다고 했지만, 삶을 추동하는 힘은 과연 무엇인가. 빨간 원피스와 얽힌 이상한 인연에 온몸에 소름이 돋았다. 부디 누구 보란 듯이 독신으로 잘 버텨가길 빌었다.

그날 오후, 출판기념회에 참석했던 소설가에게 전화가 왔다. 오늘 어느 신문에 빨간 원피스가 이사장인 ○○혁명재단 이름으로 공고가 났다는 것이다. 어느 도가 지원하는 ○○혁명에 관련된 유튜브를 모집한다고, 지원 금액이 무려 40억 규모라는 것이다. 연은 빨간 원피스와 ○○혁명과 무슨 관련이 있는데 그 재단 이사장이냐고 물었다. 어머, 교수님. 어제 빨간 원피스가 준 명함 안 봤군요. 연은 명함을 보지도 않고 시집 속에 꽂아두었다. 명함에 ○○혁명 어쩌구 저쩌구 써 있었어요. 저도 그냥 픽 웃으며 ○○혁명도 이제 코미디감으로 전락했나 하고 웃고 말았어요. 근데 오늘 신문 공고 보고 깜짝 놀랐어요. 연은 그녀는 여러 가지로 놀래키는 재주가 있네 하며 텔레비전 뉴스에서 본, 새벽의 교통사고 이야기를 했다. 그녀 역시 놀라서 한참을 가만히 있었다. 일이 묘하게 꼬여가는구나. 하필 만취 상태에서 사고가 났으니, 도민들이 가만히 있지 않을 텐데 빨간 원피스는 역시 재수가 없구나. 갑자기 빨간 원피스가 불쌍해졌다.

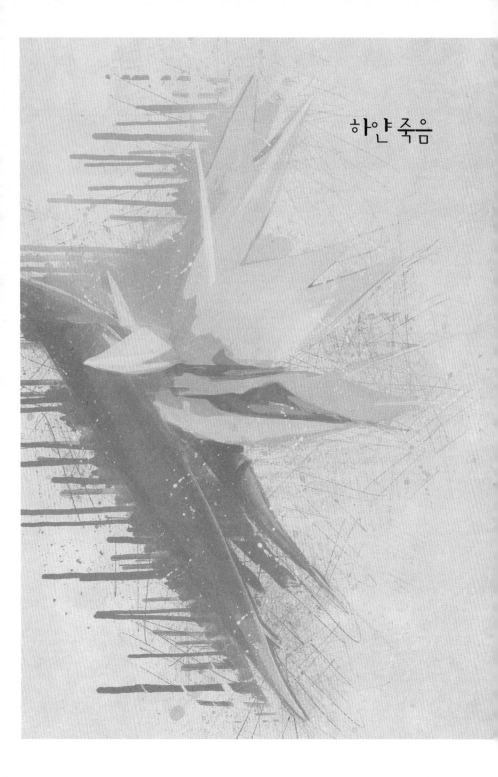

하얀 죽음

하얀 죽음

K가 일주일가량 어머니께 다녀온 이후 너무나 많은 사건이 일어났다. K가 돌아온 다음 날이었다. 현이는 퇴근하기 전 외부의 매장 몇 군데를 돌아 잔고를 체크한 후 한 매장에서 일어난 불미스런 사건으로 그 매장의 점원에게 저녁을 사주고 오피스텔로 돌아왔다. 오피스텔의 출입구 번호를 누르고 승강기 앞에 서자 그날따라 어수선하게 느껴졌다. 항상 청소가 조용하고 정갈했던 오피스텔이었다. 보통 몇몇 호만 불빛이 보일 뿐 언제나 건물 안에 사람이 있는지 궁금할 정도로 조용하던 건물이었다. 그런데 그날은 방마다 환하게 불이 켜져 있었다. 방에 들어오자 너무 피곤해 손만 씻고 옷을 입은 채로 침대에 누웠다.

긴장되어 있던 근육이 긴장을 푸느라고 뿌드득 뿌드득 소리를 요란하게 냈다. 피곤함이 풀리면서 기분 좋은 노곤함이 몸 전체에 퍼진다. '아아 좋다.' 현이는 온몸으로 기지개를 켠다. 한 매장에서 일어났던 여자 손님의 횡포가 파노라마처럼 머릿속을 스쳐 지나갔다. 점원은 손님들에게 사람이 아니었다. 걸핏하면 '불친절'을 내세워 물건처럼 패대기쳤다. 처음에는 많이 울었다. 사람들은 자신보다 처지가 못하다 생각하면 무조건 짓밟았다. 그때부터 인간들이 무서웠다.

잠시 살포시 잠이 들었는지 문을 거칠게 두드리는 소리에 잠을 깼다. 무슨 소리야. 처음에는 잠결에 놀라, 자신의 집이라고 생각하지 않았다. 계속 문을 두드리는 소리가 들렸다. 실내화를 바꿔 신을 생각도 못 하고 비로 현관으로 뛰어나갔다. 문 앞에 관리실 아저씨와 경찰들이 몇 명 서 있었다.

"무슨 일이에요?"

"지금 여기 사건이 발생해 방마다 조사 중이니, 잠시 조사에 응해주셔야겠네요."

현이는 놀라 뭐라 대답을 할지 머뭇거리는 사이 질문이 날아왔다.

"여기 혼자 살아요?"

"아니요. 친구와 함께 사는데요."

"친구분은 어디 있어요?"

"아직 안 들어왔어요."

"계속 친구도 여기 같이 있었어요?"

"아니요. 시골집에 다녀온다고 갔다가 어제 저녁에 왔는데요."

"언제부터 시골집에 갔어요?"

"지난주 일요일요. 왜요?"

"최근에 수상한 기미는 없었어요?"

"수상한 기미라뇨?"

"이상한 점을 발견 못 했어요?"

"글쎄요. 애인과 헤어졌다고 우울해하기는 했어요. 왜요?"

"그런 것 말고."

"글쎄요? 잘 모르겠는데……."

"오늘 아침에는 몇 시에 나갔어요?"

"제가 일어나니 벌써 나갔던데요."

"친구는 어떤 친구예요?"

"중고등학교 때부터 쭉요."

"근무지는?"

"대학 총장실에서 비서로 근무하고 있어요."

"들어오는 대로 이 명함의 전화번호로 전화 부탁할게요."

"……?"

잠을 자려고 침대에 누워 있어도 심리적으로 안정이 안 되었다. 저녁에 음식이 짰는지 물을 마셔도 계속 목이 마르다. 이상하게 목까지 칼칼하다. 감기가 오려나. 얼음물을 좀 마셔야겠다. 냉동실 문을 열자 검은 봉지가 현이 발 앞에 툭 떨어졌다. 어제 K 엄마가 줬다는 봉지였다. 얼음 박스를 꺼내고 검은 봉지를 다시 넣었다. 냉동실에는 얼음 박스 외에는 전부 검은 봉지 천지다. 어느 날 투명 비닐에 넣은 조기 눈알이 자신을 찔러보는 것 같아, 그 이후 모든 것은 검은 비닐에 넣어두었다. 넣어둔 물건을 찾으려면 일일이 내용을 뒤져봐야 안다.

현이는 컵에 얼음 조각을 넣고 물을 한 잔 가득 따라 벌컥벌컥 마셨다. 모든 체중이 다 내려가는 것 같다. 오늘도 K는 늦으려나. 최근 6개월 동안 얼굴을 본 적이 없다. 현이가 일어나기 전에 나가고 현이가 잠이 들면 들어왔다. 어제 6개월 만에 처음으로 마주쳤다. 11시가 넘은 시각이었다. '내일 바로 사무실로 가려나' 하고 아예 잠을 자려고 이빨을 닦고 있는데 들어왔다.

"야, 오랜만이다. 같은 집에 살면서 너 얼굴 잊어버리겠다. 너 얼굴 마주친 지 6개월 넘었어. 이렇게 늦은 시간에? 시골에서 오는 길이야?"

현이는 너무나 반가웠다.

"응."

K는 현이와 마주치자 좀 당황하는 얼굴이었다. 얼굴이 많이 상기되어 서둘러 냉장고로 가서 검은 봉지를 냉동실에 넣었다.

"그게 뭐야?"

"엄마가 먹으라고 줬는데. 못 먹겠더라고"

현이를 외면하고 목욕탕으로 들어갔다. 현이는 자신과 K와의 사이에 언제부터인가 거리가 생겼다는 생각이 들었다. 언제부터일까. K에게 뭘 섭섭하게 한 게 있나. 각자 열심히 살자. 남의 일 터치하지 말고. 여기로 입주하는 날, 서로 자신의 일을 열심히 하자고 다짐했었다. 그 후 아무 일 없이 잘 지냈다. 일주일에 한 번 일요일 아침 정도 같이 밥을 먹었다. 그것도 6개월 전에 한 번 먹고 그 이후는 같이 먹은 기억이 없다. 일요일이면 새벽같이 도서관 간다며 가버렸다. 현이는 오피스텔 비용은 같이 내면서 거의 혼자서 지내는 것 같았다. 딱히 할 말이 있으면 문자로 했다. 문자도 주로 머리 세팅기의 불을 꺼놓지 않았다거나, 레인지에 뭘 올려놓았다든가 하는 그런 것이었다. 언제부터인가 정작 해야 할 대화는 피해 갔다. 현이는 사귄다는 남자 이야기를 듣고 싶은데 K는 전혀 그 이야기는 꺼내지 않았다.

3년 전 현이가 독립해서 오피스텔에 혼자 있을 때 가끔 놀러 와 자고 갔다. K는 엄마가 외할머니께서 많이 편찮다고 고향으로 낙향하자 오빠 집에 들어갔다. 그 후 새언니 눈치가 보인다며 현이의 오피스텔을 자기 집 드나들듯 했다. 일요일은 하루 종일 텔레비전을 보면서 라면을 끓여 먹고 침대에서 뒹굴다 갈 때도 있었다. 아예 현이와 오피스텔에서 동거하기로 했다. 현이도 수시로 와 있으니 차라리 그게 낫겠다 싶었다. K는 대학에 사무직원으로 근무하면서 대학원에 진학했기 때문에 무척 바쁘다. 어떤 때는 리포트가 바빠서 사무실에서 잔다고 들어오지 않은 적도 있다.

무슨 일이 있나?

최근 표정이 어두워 무슨 일이 있냐고 물었을 때, '걔랑 헤어졌어' 한마디뿐이었다.

그러고 보니 요즈음 많이 우울해 보였다. 경찰들이 왔다 간 것 때문인지 K 생각이 멈춰지지 않았다. 그러자 갑자기 마이크 시험하는 소리가 나더니 방송이 시작되었다.

내일 물탱크 청소를 오전 10시부터 오후 4시까지 실시할 예정이니, 필요한 물을 미리 준비해두시기 바랍니다.

두 번 연달아 방송을 했다. 시간을 보니 11시 반이나 되었다. 하기야 낮에는 오피스텔이 모두 비어 있으니 방송도 밤에 할 수밖에 없다. 처음 집으로 들어왔을 때는 파김치가 되어 금방 잘 것 같았는데 갈수록 정신이 말짱해졌다.

밤에 K는 들어오지 않았다. 현이가 '어디 있니? 오늘 안 들어와?' 하고 문자를 보내도 답변이 없었다. 어수선한 가운데 푹 잠이 들지 못한 채 새벽에 일어났다. 창문 밖으로 뿌연 안개가 빌딩과 빌딩 사이로 부유하고 있었다. 안개 속을 뚫고 한 가닥 햇빛 줄기가 침대 위를 비췄다. 목욕탕으로 향하던 현이의 눈에 K의 침대 패드를 덮어놓은 침대보 한쪽 귀퉁이의 접쳐진 아래로 붉은 혈흔이 비쳤다. 순간 번쩍 현이의 머릿속을 무언가 훑고 지나갔다. 현이는 K의 침대로 가 침대보를 들었다. '으악! 이게 뭐니?' 패드가 피범벅이었다. '이것을 그냥 두고 나가다니. K가 완전 정신이 나갔구나.' 패드를 벗겼다. 조그만 것이라도 경찰에게 알리라는 말이 떠올랐다. 그렇다고 이 사실을 알릴 수는 없었다. 'K에게 연락이 닿아야 할 텐데.' 일단 패드를 세탁기에 넣었다. 갑자기 현이는 불안해졌다. K의 답신이 없는 것이 더 불안하게 한다. 여태 문자에 답변 안 한 적이 없었다.

오늘은 겨울 신상품 디자인 들어가는 날이었다. 일단 마음을 가라앉혀야 했다. 현이는 부엌 쪽으로 가 커피포트에 물을 올렸다. 냉장고를 열어 원두 넣어둔 봉지를 꺼내 적당량을 분쇄기에 넣어 갈았다. 여과지를 깔때기에 올리고 물을 부었다. 크래커와 치즈를 꺼내치즈는 4분의 1로 잘랐다. 크래커 위에 치즈 슬라이스를 올리고 레인지 위에 있는 바나나를 꺼내어 커피와 함께 먹었다. 정신을 분산시켜야 했다. 커피 끓이는 데 마음을 두니 잠시 K 생각이 달아났다. 빨리 회사로 나가 디자인을 시작해야겠다. 다시 K에게 문자를 넣어야겠다.

왜 안 들어왔니? 무슨 일 있니? 무어라고 문자를 보낼까. 그래 그냥 연락 좀 줘! 그게 낫겠다. K가 대학원 입학하고, 현이가 저녁마다 디자인 학원에 다니면서 둘 사이는 살벌해졌다. 둘 다 전문가가 되기 위해서는 자신의 분야에서 크게 뛰어나지 않으면 설 자리가 없으니, '우리 10년만 더 고3 때처럼 죽었다고 노력하자'고 다짐했다. K도 자신이 박사 학위를 따서 사무원이 아닌 교수 요원이 되겠다고 죽어라고 공부해야겠다고 공부에 매진했다. K는 공부만은 남에게 뒤지지 않는 친구였다. 아버지가 일찍 돌아가셨지만, 엄마가 초등학교 선생을 하면서도 자녀들을 지극히 보살폈다. '근데 너 직장 생활하면서 대학원 가능해?'라고 했을 때, '총장 비서실은 총장의 허락만 있으면 되니까', 그러면서 얼굴이 흐려졌다. 그 이후로 K는 다른 사람이 되었다. 마치 공부 기계처럼 변했다. 말을 하면 단답형으로 대답했다. 더 이상 대화가 이어지지 않았다.

중학교 때 둘이는 같은 아파트 단지, 각기 다른 동에 살았다. 중 3 때 한 반이 된 이후 줄곧 붙어 다녔다. 마침 아파트 뒤에 산이 있었다.

현이와 K는 학교를 파하고 학원이 없는 날은 언제나 그 뒷동산에서 만났다. K에게 남자가 따라붙어 사귈까 말까에 대해 이야기한 곳도 그곳이었다. 학교 가기 전에 만나 립스틱을 살짝 바르고 가던 곳도 거기였다. 혼자 하면 무서운 일도 둘이서 같이 하면 안심이 되었다. 눈이 내리면 눈싸움도 했다. 봄이면 지천으로 피어 있는 진달래나무 중에 서로 자기 것을 정해놓았다. 누구 나무가 먼저 꽃을 피우나를 내기했다. 소나무에서 현이 머리에 송충이가 떨어져 기절할 뻔한 경우도 있었다. 조금 더 올라가 밤나무에서 밤알을 서로 얼마나 많이 줍나 시합도 했다. 시험 때는 네 잎 클로버를 찾아다니기도 했다.

뒷동산에 매일 들를 수밖에 없는 것은, 거기에 고양이 한 마리가 살고 있었기 때문이었다. 그들이 가면 어디서인가 '야옹' 소리를 내었다. 숨어서 나타나지는 않았다. 참치캔이라든가 멸치를 내놓아도 야옹 소리만 반복했다. 얌체같이 가져가기만 하고 얼굴은 보이지 않았다. 둘이는 고양이 이름을 '나비'라고 지어주고 거의 매일 그곳에 들렀다. 한 달이 지나서야 가까이 다가왔다. 먹을 것을 꺼내면 갸르릉 소리를 냈다. 겨울이면 추울까 봐 박스를 가져와 집에서 버릴 옷가지들을 깔고 나비집을 만들어줬다. 지나가는 사람들이 나비집에 담배 꽁초나 우유팩, 캔 같은 것을 버리고 가 나비집이 쓰레기통으로 변했다. 둘이는 몇 번이나 쓰레기를 치우고 다시 말끔하게 청소했다. 하루만 지나면 다시 쓰레기통이 되었다. 견디기 힘들었던 고 3 시절을 나비와 더불어 견디어내었다. K는 상위권 대학에 당당하게 합격했다. 현이는 일 년 재수해 학과는 다르지만 같은 학교에 입학했다. 현이는 그때가 그리웠다.

오피스텔을 나서기 전에 팀장이 전자 공문을 보냈다. 내년 봄 신상품 디자인 들어가기 전에 9시에 회의부터 한다는 공문이었다. 올해의 고객 성향 분석과 함께 어떤 감으로 어떤 제품 위주로 할 것인가 이미 수차례 논의를 했다. 결론만 남았다. 자신이 맡은 분야는 남성용 남방과 성인 여성용 원피스이다. 여자들 옷보다 남자 남방, 특히 봄 남방은 기간이 짧아서 대체로 유행을 덜 탄다. 여성용 봄 원피스가 문제다. 현이네 회사 브랜드는 중저가 브랜드이다. 중저가 상품은 디자인도 중요하지만 실용성도 문제가 된다. 오래 입을 수 있도록 바느질이 꼼꼼해야 하고 특히 단추 바느질을 세심하게 봐야 한다. 최고급 브랜드는 디자인이 가장 중요하다. 현이는 그래서 자신이 만든 브랜드는 미싱사에게 언제나 바느질을 꼼꼼하게 하도록 몇 번씩 체크한다. 현이가 디자인한 제품은 꾸준히 매상이 오르고 있다. 자신이 한 일에 대한 고객들의 반응을 읽을 수 있는 것이 재미있다. 좀 일찍 가서 인터넷으로 전 세계 디자인계의 반응을 검색해봐야겠다.

작년 겨울에는 코트보다 조끼 위주의 옷이 유행이었다. 팔과 몸체를 각기 다른 옷감으로 디자인했었다. 그것이 주효해서 상품이 엄청 팔렸다. 현이는 바느질과 옷감에 신경을 많이 쓴다. 수시로 옷감 짜는 공장을 찾는다. 정보를 빨리 얻어야 자신이 원하는 물건을 구할 수 있다. 게으름 피우다가는 좋은 제품을 손에 넣기 힘들다. 디자이너는 노동자와 마찬가지다. 디자인과 바느질, 옷감 어느 한 가지라도 마음을 놓을 수 없다. 제철 상품이 나오기까지 계속 발로 뛰어야 한다. 출근길에는 사람들의 발걸음이 빠르다. 심지어 뛰는 사람도 있다.

오피스텔을 나설 때는 추위가 느껴졌는데 10여 분 걸었더니 이마에 땀이 난다. 현이는 아침 출근길이 좋다. 출근할 수 있고, 자신이 좋아하는 일을 할 수 있어 좋다. 월급까지 받으니 그 월급이 많든 적든 자신이 독립해서 생활을 꾸려갈 수 있어서 만족한다. 백 속에서 전화기가 울린다. 백을 뒤져 전화기를 찾는다.

"여보세요."

"관리실인데요, 벌써 출근하신 거예요? 어젯밤 친구 집에 안 들어왔어요? 경찰서에서 전화 좀 달라고 하는데……."

"제가 오늘 사무실에 전화해볼게요. 어제 준 명함에 찍힌 전화번호 주고 직접 경찰서로 전화하라고 할게요."

다시 K 생각으로 돌아왔다. 대체 무슨 일이 있는 건가. 그렇게 오랫동안 친구였는데 이제껏 이런 일은 한 번도 없었다. K가 낯선 사람 같다. 현이는 K에게 전화 달라고 문자를 보냈다. 출근길에 사람들은 어제 바람으로 떨어진 포플러 나뭇잎을 신발처럼 끌고 다닌다. 가로수 아래 줄지어 심어놓은, 누렇게 변해 다 떨어지고 얼마 남지 않은 화살나무잎들이 힘없이 나풀거린다.

K의 얼굴을 언제 보았더라. 직장 생활과 대학원 공부를 병행하는 것이 쉽지는 않을 것이다. K는 항상 톱을 하기 위해 집에 와서도 거의 잠을 자지 않았다. 서너 시간 잘까. 학점 같은 것은 걱정하지 않

았다. 대부분의 대학원생들이 자기 발표만 준비하는데, K는 다른 사람이 발표할 내용도 미리 공부해 갔다. '네가 지도 교수냐? 교수들도 그렇게 시간마다 다 내용을 미리 읽어 오지 못할걸. 그렇게 해서 어떻게 끝까지 버티려고 해? 피곤이 쌓이면 병이 되는 것 모르니? K는 '넌 대학원 다니면서 학원까지 다닌 주제에' 하며 오히려 현이를 꼬집었다.

어두운 지하철 구멍이 사람들을 빨아들이듯 떼거리로 지하철 입구로 밀려간다. 곧 지하철이 도착할 시간인지 사람들이 뛰기 시작한다. 현이도 동시에 뛴다. 현이가 도착하자 바로 지하철이 들어왔다. 사람들이 내리자 입구에 서 있는 사람들을 우르르 밀치고 들어간다. 현이는 밀려서 저절로 들어간다. 몇 명 타지도 않았는데 문이 닫힌다. 더 이상 들어갈 수도 없다. 꽉 찬 승객들 속에 몸과 몸이 밀착해 움직일 수가 없다. 탁한 공기와 온갖 냄새가 뒤섞여 고약하다. 현이는 내쉬는 숨은 길게, 들이쉬는 숨은 짧게를 반복한다. 백 속에서 핸드폰이 울린다. 또 관리실인가, 백을 든 오른손을 올릴 수가 없다.

다음 정류장에서 사람들을 뚫고 입구까지 나가기도 전에 문이 닫혔다. 또다시 전화벨이 울린다. 이제 마음이 다급해진다. 손을 백 속으로 억지로 넣어 핸드폰을 겨우 꺼낸다. 모르는 전화번호다. 이 아침에 모르는 전화번호로 두 번씩이나 전화를. 전화를 할 수 있는 입장이 아니다. 다음 정류장에서는 꼭 내려야겠다. 아예 입구 쪽에서 움직이지 않는다. 새로 탄 사람들이 자꾸 안으로 들어가려고 밀친다. 몸이 저절로 안쪽으로 밀린다. 현이는 입구에 있는 철대를 꽉 잡고 안 밀리려고 안간힘을 쓴다. 다음 역에 도착했다. 후유, 한숨이 나온다. 문이 열리자마자 현이는 뛰쳐나왔다. 핸드폰을 꺼내 전화 온 번호를 눌렀다. 통화 중이다. 아침부터 대출 권유 전화나 분양 사무실 같은 영업 전화는 아니겠지. 지하철 제일 앞칸 쪽으로 간다. 그사이 전화가 연결되면 좋은데 계속 통화 중이다. 아직 다행히 8시밖에 안 됐다. 전화기가 울린다. 현이는 얼른 전화기를 꺼냈다. 오피스텔이 있는 근처의 병원이란다.

K가 의식불명으로 실려온 병원이란다. 이제야 K가 깨어나 연락이 닿았단다.

"언제부터 의식불명이었어요?"

"어제 아침 7시 30분쯤 누가 응급실로 데려왔어요. 병원 올 때부터 의식불명이었어요. 겨우 한 시간 전에 깨어났어요."

"왜 의식불명이 되었어요?"

"출산에 따른 과출혈로 인한 빈혈입니다."

"네? 출산요? 아기를 낳았다는 말이에요? 말도 안 돼, 어디서요?"

"오피스텔 옥상에서."

"어느 오피스텔요?"

"살고 있는 오피스텔……. 아무튼 병원으로 좀 와주셔야겠어요. 보호자가 와서 입원 수속도 해야 하는데 연락이 안 닿아서……. 지금 빨리 병원으로 오세요. 신림동역 근처에 있는 한일병원이에요."

"……."

몸이 부들부들 떨렸다. '이게 무슨 일이니?' '도대체 이게 무슨 일이니?' 그 말만 반복되었다. 떨리는 몸이 수습이 안 되었다.

그동안 오피스텔에 경찰이 들락거린 것이 그럼 바로 K 때문인가? 우선 팀장에게 전화를 했다. 회의에 참석 못 하고 급한 일이 있어 하루 휴가를 내야 할 것 같다고 했다. 전화기 속에서 무슨 일이냐고 다그쳤지만 전화를 끊었다. 밖으로 나가 택시를 잡았다. 출근 시간이라 빈 택시가 좀체 없었다. 마음이 조급하고 입이 바작바작 탔다. 다시 지하철을 타기 위해 계단을 내려갔다. 다리에 힘이 빠져 난간을 잡고 계단을 겨우 내려갔다. 마침 지하철이 들어왔다. 거꾸로 가는 지하철이라 시내로 가는 지하철보다는 붐빔이 덜했다. 아무리 생각해도 K가 출산을 했다는 게 믿기지 않는다. '아니, 그럼 아이는? 어디 있는 거야? 다시 몸이 부들부들 떨렸다. 엄마한테 간다고 간 K가 시골에서 올라와 옥상에서 출산을 했다니 도대체 뭐가 뭔지 모르겠다. 그럼 엄마에게도 가지 않은 것인가. 출산이라니! 배가 부른 것도 전혀 보지 못했다. 맞아! K를 거의 6개월 이상 대면 못 했으니, 배부른 모습을 볼 수가 없었지. 그래서 새벽에 나가고 밤늦게 들어온 것인가. 그래도 믿기지 않는다. 완벽한 성격에 결벽증까지 있는 K로서는 있을 수 없는 일이다.

현이는 심호흡에 정신을 모은다. 모든 생각을 버리자. 그래도 떨림은 계속된다. 눈을 감는다. 현이는 지하철에서 내리자 매점에서 우선 물 한 병을 샀다. 그리고 한 병을 그 자리에서 다 마셨다. 지하철역 밖으로 나가기가 무섭다. K를 어떻게 볼까. 일단 마음의 준비를 해야 한다. 다시 심호흡을 시작한다. 무슨 말부터 할까. '이게 다 무슨 일이니, K야.' 아니, K가 말할 때까지 아무 말 하지 말까. 그렇지만 들어갈 때 어떤 표정을 지어야 할까, 슬픈 표정, 놀란 표정, 마치 지금까지 본 시험보다도 답이 어렵다. 과장도 말고 이 상황에서 자신의 감정이 움직이는 대로 하자. 그래, 놀람이야, '병원 전화 받고 너무 놀랐어, 얼마나 힘들었어? 혼자서. 나에게라도 이야기하지, 너에게 도움은 못 될지언정 마음은 위로해줄 수 있었을 텐데……' 과장도 말고 이 기분을 그대로 이야기하자. 지하철 구멍을 나와 8층 건물이라니까. 걸어서 7분이니까 좀 걸어야 한다. 3, 4층 고만고만한 건물이 나란히 줄을 짓고 있는 도롯가에 유독 키가 큰 건물이 있다. 간판도 잘 보이지 않고, 우뚝 솟아 햇볕에 부딪쳐 찬란하게 눈이 부실 뿐 건물은 보이지 않는다. 가슴에 통증이 지나갔다.

입구에 들어서자 안내소에 K 이름을 대었다. 일단 원무과에 가서 수속을 하란다. 현이는 가르쳐준 대로 오른쪽으로 꺾어져 원무과로 갔다. 적어도 몸이 회복될 때까지 3일 정도 입원해야 한다고 한다. 현이는 자신의 카드로 예치금 50만 원을 계산했다. 지하 입원실로 내려가라고 한다. 그렇게 화려한 빌딩에 비해 입원실은 을씨년스럽고 살벌했다. K의 입원실 앞에서 심호흡을 했다. 노크를 하고 문을 열었더니 식사 시간인지 식사 담당 아줌마가 침대 위의 테이블을 세팅하고 있었다.

"산모는 많이 먹어야 빨리 회복이 돼요."

식당 담당 아줌마가 세팅이 끝나자 식사 쟁반을 테이블에 엎어두고 한마디 하고 나갔다.

K는 현이와 눈을 마주치지 않는다.

"앉아. 침대 아래 긴 의자 있을 거야. 빼서 앉아."

"걱정 말고 너 밥이나 먹어!"

"이 상황에서 밥이 먹히겠니? 놀랐지?"

"응. 많이."

"당연하지. 미안하다, 그동안 너한테도 이야기 못 한 것."

"어떻게 된 거니?"

"이야기가 길어."

"경찰서에서 전화해달라고 하던데."

"미안하지만 네가 경찰서에 전화해서 경찰관을 이쪽으로 오라고
해줄래?"

"병원으로?"

"응."

"그래도 좀 먹어, 미역국에 말아서. 너 혈색이 너무 안 좋아."

"현아, 경찰관이 오면 다 이야기할 테니 그동안 좀 참아줄래?"

"내 걱정 말고 밥이나 좀 먹어. 국에 밥을 말아줄까?"

"아니야, 국물만 좀 마실게, 링거를 맞았더니 그래도 좀 나아졌어.
아침에 출근하려고 걷는데 내 몸이 땅으로 꺼지는 것 같더라. 도롯
가에서 정신을 잃었나 봐. 누가 이 병원에 데려다놓고 갔더라고."

"당연하지. 너 침대 보니까 엄청난 하혈을 했던데 그 몸으로 출근
을 하려고 했다니. 너가 그렇게 미련한 줄……."

말을 중단하고 현이는 K를 보았다. 표정이 담담했다.

"어제까지 나를 움켜쥐고 그 이전의 나로 돌아갈 수 있다고 생각했어. 그런데 몸이 배반을 하는 거야. 어제부터 정상 출근하려고 했거든. 병원에서 3일 정도 제대로 치료하지 않고 이대로 갔다간 다시 몸을 원상태로 회복하기 힘들 거라고 의사가 야단을 치더라. 그때 나를 놓아버리자고 생각했어. 움켜쥐고 있는 것을 놓아버리자……."

"놓아버렸다는 것은?"

"이 엄청난 일을 당하고도 난 아직도 내가 가지고 있던 꿈, 박사과정에 들어가면 좋은 남자와 결혼해서 행복한 가정을 이루는 꿈을 포기하지 않았어. 그렇게 하기 위해 출산은 아무도 몰라야 하고, 혼자다 해결한 다음 출산한 아이만 고아원에 맡기면 된다고 생각했어. 그런데 그 모든 것을 포기했더니, 마음이 편해지더라. 그런데 가슴이 텅 빈 허무의 그림자가 순간순간 나를 힘들게 해."

"그동안 우리를 너무 옥죄며 살았어. 그러지 않아도 잘 사는 사람도 많은데. 너 학교는?"

"몸이 아파서 일주일 더 휴가 내겠다고 했지."

그때 전화기가 울렸다. 현이는 백 속에서 전화기를 꺼냈다. 관리실에서 K에게 연락이 닿았냐고 물었다. 현이는 K에게 눈짓을 했다.

"경찰관 이쪽으로 보내라고 해!"

"그럼 한일병원 지하 2호실로 담당경찰 보고 오라고 하세요."

전화를 끊고,

"너 정말 괜찮겠니?"

"나를 비웠다고 했잖아, 그동안, 너나 엄마에게도 말 못 하고 얼마나 괴로웠는 줄 아니?"

"엄마에게까지? 남자 친구는?"

"남자 친구가 누구냐?"

"너 남자 친구 생겼다고 했잖아."

"얘, 그건 농담이었어."

현이는 어리둥절했다.

"그럼?"

"임신? 놀라지 마. 성폭행당한 거야."

현이는 다시 몸이 떨려오기 시작했다.

"너, 농담하지 마, 이 상황에서……."

"진짜야. 그래서 그동안 너나 엄마에게 숨긴 거야. 내가 연애해서 임신을 했으면 왜 너나 엄마에게 숨기겠어. 조금만 기다려, 내가 모두 경찰에게 이야기하려고 해."

현이는 흥분해서 일어섰다.

"커피 사 올게, 너는?"

"커피? 그래 이제 사람 사는 세상에 돌아온 것 같다. 맛있는 것으로 사 와! 내 카드 가져가."

"미쳤니?"

현이는 병원 밖으로 나왔다. 아직도 정리가 안 된다. 지금까지 힘든 일이나 어려운 일은 끙끙대다 보면 답이 나왔다. 이번 K 일은 어떻게 정리해야 할지 모르겠다. 너무나 당혹스런 일이라 의식이 뒤죽박죽이다. 뭐부터 시작해야 할지 모르겠다. 'K, 이제 어떡하니…….'

그 말만 몸속에서 맴을 돈다. 더 이상 다른 생각이 나지 않는다. 그동안 K에게 일어났을 일들이 뒤엉켜서 올라왔다 사라지고를 반복한다. 확실한 정황을 알지 못하니 상상까지 더하여 혼란스럽게 뒤엉켜끝이 보이지 않았다. 그동안 같이 살면서 자신이 전혀 눈치도 못 챘다는 것이 견딜 수가 없다. 또 한편으로는 K가 괘씸하기까지 하다. 출산한 아이는 어디 있는 거야? 옥상에서 출산을 했다면 집으로 아기를 데려왔어야 하는 것 아닌가? 마침 병원 맞은편 쪽에 커피베냐가 있었다. 거기서 에티오피아 예가체프로 아메리카노 두 잔과 치즈 케이크를 한 조각 샀다. 커피를 다 마신 후 경찰관이 왔으면 좋겠다. 현이는 오랜만에 가지는 K와의 시간이 애틋해진다. 살벌한 경찰관이라니? K의 몸이 회복되고, 다시 학교에 근무하면서 대학원 공부를 시작하고……. 그리고 아무 일이 없었듯 지나가면 좋겠다. 경찰관까지 개입이 되면 K가 죄가 있다는 것일까? 아이의 행방? 설마 K가 죽였을까. 근데 그렇게 하기에는 K가 너무 밝아.

현이가 병실에 들어갔을 때는 K는 누워 있었다.

"피곤하지 않아? 커피 먹어도 돼?"

"그럼, 경찰관 온다는데 잠들면 안 되지, 와 치즈 케이크까지. 자, 경찰관 오기 전에 먹자. 치즈 케이크까지 먹으니 옛날 생각 난다. 저녁밥으로 우리 바나나하고 치즈 케이크 많이 먹었는데……. 대학원 들어가 공부한다고 너랑 대면할 시간이 없었지? 너도 책임 디자이너가 되고 계속 일이 많아 늦게 들어오고. 우리 인생이 왜 이렇게 삭막하게 됐니?"

K의 눈에 눈물이 떨어졌다.

"너무 삶을 강박적으로 생각했어."

"그렇지만 그렇게 하지 않으면 살아날 수 없잖아?"

현이도 그동안 참았던 눈물이 쏟아졌다.

"어디서부터 잘못됐니?"

"난, 그냥 대학 직원으로 만족했어야 했는데."

"그렇지만, 넌 그만한 능력이 있잖아?"

"직장을 다니면서 또 다른 일을 한다는 것은 이미 약점 잡히는 일이었어. 누군가의 눈치를 봐야 했거든. 커피 좋다! 그동안 커피 맛도 못 느꼈어, 습관적으로 마셨어. 오늘에야 커피 맛이 들어오네. 이 조그만 행복을 놓치고 있었어! 너와의 그 달콤한 수다까지!"

그때 노크 소리가 들렸다. 둘은 긴장하고 가만히 서로의 얼굴을 쳐다봤다. 현이가 문으로 달려갔다. 경찰관 두 명이 서 있다. 현이는 K 침대 옆으로 가고, 두 사람에게 긴 의자를 권했다. 두 사람은 앉지도 않고 서서 각자 명함을 내놓으면서 조사를 시작해도 되겠냐고 했다. 그랬더니 K가 자신이 다 이야기하겠다고 했다.

"제가 휴가를 얻어 낯선 시골로 간 것은 병원이 아닌, 아무도 모르는 낯선 시골 집에서 할머니들의 도움을 얻어 아기를 출산하기 위해서였어요. 그런데 일주일 내내 곧 출산하려는 기미가 있다가 괜찮고, 그러기를 반복했어요. 그래서 휴가도 끝나가고 일단 서울로 가서 어떻게 하자고 생각해서 서울 가는 기차를 타자마자 진통이 시작되었어요. 내릴 때는 견딜 수 없을 정도로 아픈 거예요. 이미 10시가

다 되어가는 시간이었는데, 기차에서 내리자마자 택시를 타고 와 오피스텔 옥상으로 올라갔어요. 옥상 한쪽에 제 가방 속에 있던 잠바랑 옷가지들을 깔고 빨래걸이로 만들어놓은 막대기를 잡고 진통이 올 때마다 힘을 줬어요. 추위와 공포로 온몸이 사시나무 떨리듯 하는 몸을 억지로 추스르고, 입에는 수건으로 틀어막고, 죽을 힘을 다해 힘을 썼더니 아이가 반쯤 나오는가 싶었어요. 그다음 아무리 힘을 써도 꼼짝 않는 거예요. 마지막으로 죽을 힘을 다해 힘을 주다 정신을 놓았나 봐요. 정신을 차리고 보니 거꾸로 나왔는지 아이의 다리만 보였어요. 다리를 만져보니 싸늘한 거예요. 그전까지 안 빠지던 아이가 쑥 빠져나오는 거예요. 아이는 이미 온몸이 싸늘하게 식어 있었어요."

그러고는 말을 잇지 못했다. K가 흐느끼기 시작하더니 차츰차츰 몸이 흔들리면서 통곡을 했다. 현이는 K를 꼭 껴안았다. 그 큰일을 혼자 감당하다니…… 현이도 더 이상 말을 할 수 없었다. 경찰 두 사람 다 당황한 기색을 감추지 못하고 서 있었다. 울음이 잦아들기 시작하자 경찰이 다시 물었다.

"아이는 어디 있어요? 버렸어요?"

"아니요. 처음에는 버릴까도 생각했어요. 아이의 존재가 없으면 감쪽같이 저는 예전으로 돌아갈 수 있을 것 같았어요. 이제 대학교에 사표를 내고, 그동안 모아놓은 돈과 아르바이트로 박사과정을 마치려고 했어요. 한 번 더 생각하니. 영원히 아이를 낳은 사실을 숨길 수 없다는 생각을 했어요. 일단 총장에게 임신한 사실을 알렸기 때문에 아이 낳은 사실이 숨겨지면 총장으로부터 역공격을 당할 수 있다는 생각이 들었어요. 사실을 숨겨서는 안 된다는 생각에……"

잠시 머뭇거리면서 눈물을 훔치더니 K는 현이를 쳐다봤다.

"그럼 어디 있어요? 하고 많은 병원을 두고 왜 위험하게 혼자서 아기를 낳을 생각을 한 거예요? 미혼모라고 모두 당신처럼 혼자 출산하는 사람은 없어요. 한부모가족센터 같은 곳을 방문하면 보호자 없이도 가능한 병원을 소개해줄 텐데…… 대학원까지 다니는 사람이 무모하시네요."

"저는 그런 현실을 인정하고 싶지 않았어요. 임신한 사실에 너무 충격을 받아 방황하는 동안 시간을 넘겨 중절하려고 병원을 찾았을 때는 이미 너무 늦었다더라고요. 그때 분노가 일어났어요. 성폭행한 총장을 가만두어서는 안 된다는 생각이 들더군요. 전 그 아이를 제대로 출산해서, 성폭행한 사람에게 던지려고 했어요. 의외로 이런 함정이 도사리고 있으리라고는……"

"도저히 이해가 안 돼요."

청바지를 입은 약간 젊은 경찰관은 자신의 머리카락을 흩뜨리며 약간 비웃는 듯한 웃음이 입가에 번졌다.

"남자들이 어떻게 알겠어요? 그런 상황은 저희가 감당하기 힘든 현실이거든요. 저도 K의 입장이었다면 똑같이 했을 것 같아요."

현이가 답답해서 한마디 거들었다.

"그것은 됐고요. 출산한 아이는 어디 있어요? 출산한 아이를 확인 후에야 당신의 살인죄인지 시체 유기죄인지 판가름할 수 있어요. 버리지는 않았죠?"

수첩으로 기록하던 나이 든 경찰관은 수첩으로 침대 모서리를 치면서 신경질적으로 말했다.

K는 현이를 쳐다보았다. K는 한참을 머뭇거리다 말을 꺼냈다.

"우선 성폭행부터 고발해주세요. 출산한 사실을 알리지 않고 성폭행을 먼저 고발하려고 해요. 저희 학교 총장은 제가 비서이기 때문인지 항상 지분거렸어요. 제가 애인이 있다고 했어요. 그랬더니, 애인하고는 섹스를 몇 번 했나? 등등을 물어서 저를 곤혹스럽게 했어요. 보통 때도 제가 서류 결재를 받으러 가면 일부러 가슴을 부딪치고, 만지면서 애인이 많이 사랑해주느냐고 물어요. 총장이 그런 질문을 할 때는 뭐라고 답해야겠어요? 보통 대답을 않고 나오죠. 총무과에 부탁해 발령을 다른 곳으로 내어달라고 했지만, 다른 부서에 가면 대학원을 다닐 수 없다며 총장이 말렸어요. 한때는 대학원을 포기할까도 생각했어요. 대학 나와서 심부름이나 하고 있는 제 모습을 보는 것이 한심스러웠어요. 참고 다니기로 하고 별 지저분한 일을 겪고도 참았죠. 어떤 때는 자신이 너무 외로우니 키스를 해달라고 해요. 나이 칠십이 넘은 노인이니까 생각하려고 해도 너무 총장이 싫었어요. 칼퇴근하고 대학원 수업 가지 않는 날에는 도서관에서 책을 읽거나 리포트를 썼죠. 그것을 알았는지 저녁 약속에 비서가 대동해야 한다며 어디 갈 때마다 함께 가자는 거예요.

어느 날 다른 학교 총장 명예박사 학위 축하 리셉션을 하고 집으로 가려는 순간 자신이 너무 피곤해서 잠시 쉬었다가 가겠다며 호텔방까지 부축 좀 해달라고 해요. 부축해주고 저는 기사한테 모시고 가라고 하면 되겠다고 생각하며 부축해 모셨어요. 그 방에는 이미 와인이랑 안주가 차려져 있었어요. 한잔만 하고 가라고 팔을 잡고 놓지 않아요. 그래서 기사한테 전화해서 저는 집에 가야 하니 모시고 가라고 했어요, 올 동안 한 잔만 하라고 또 조르는 거예요. 와인 한 잔을 마셨어요. 근데 그때 거기에 어떤 약을 탔는지 마시고 조금 있자 너무 졸리는 거예요. 제 몸을 가눌 수 없을 정도로. 총장이 졸리면 침대에 누우라며 저를 침대에 밀치는 거예요. 그날 총장은 저를 강간했어요. 물론 제가 잠 속에서 의식 없이 당한 것이라 기억에 없어요. 집에 와서 더러운 기분을 떨쳐내기 위해 샤워를 하기 위해 옷을 벗었더니 팬티가 다른 새 팬티로 바뀌어 있는 거예요. 아마 자신의 정액이 묻은 팬티로 자신을 고발할까 봐 미리 그런 것까지 준비한 모양이에요. 그 이후 총장실에서 몇 차례의 성폭행을 당했어요. 결재 서류를 가져오라고 할 때는 묘하게 주위에 사람들이 아무도 없는 시간을 선택해서, 의도적으로 저를 불렀어요. 그러면 문을 걸고 미친 듯이 달려들었어요. 그럴 때마다 제가 몸을 비틀고 호응을 안 해줬기 때문에 제대로 섹스가 된 경우가 거의 없었어요. 호텔에서의 그 이후 저 자신도 거의 자포자기 상태였어요. 학교를 그만두어야 관계를 끝낼 수 있었을 텐데 쉽게 마음 정리가 되지 않더라고요.

더 기가 막힌 것은 임신한 이후예요. 제가 임신했다고 했더니, 제가 애인의 아이를 자신의 아이라고 협박한다는 거예요. 본인이 임신시켰다는 게 믿어지지 않는 모양이더라고요. 폭행을 당해도 제대로 섹스가 된 적이 없었거든요. 저도 임신이 되었다는 게 이상해요. 오히려 저보고 질이 나쁜 여자라는 거예요. 제가 애인과 짜고 자신을 함정에 빠뜨리려고 한다는 거예요. 애인이 있다는 말을 진짜 믿은 모양이에요. 이래저래 우왕좌왕하다 중절할 시기도 놓쳤지만, 총장에게 원수를 갚는 길은 아이를 낳는 방법밖에 없다고 생각했어요. 아이를 낳아서 성폭행한 것을 폭로하자고 생각했어요."

"근데 아이는 어디 있어요?"

"오피스텔 냉장고 냉동실에 있어요."

현이도 경찰들도 처음에는 무슨 말인지 멍한 상태로 서 있었다. 좀 나이 먹은 경찰관이 혀를 끌끌 차며 말했다.

"아니, 냉장고라뇨? 강심장이네요. 아무리 죽은 아이라지만, 냉동실에 죽은 아기를 넣을 생각을……."

현이도 그 말이 무슨 말인지를 해석하는 순간 온몸이 오싹해졌다. 어제 바닥으로 떨어진 그 검은 봉지?

"그 대학 총장을 성폭행으로 고발하면 절대 자신은 그런 적이 없다고 잡아뗄 거예요. 그러면 저 아이의 DNA 검사하면 끝이에요. 저는 지금까지 거짓말한 게 하나도 없어요. 아이의 시체를 해부해보면 제가 죽인 게 아니란 게 드러날 거예요. 시체 유기죄는 성립하겠네요. 제가 벌 받을 부분은 벌 받죠."

"병원에서는 며칠간 환자는 움직일 수 없다니, 친구가 가서 오피스텔을 열어 증거를 확보해야겠네요. 같이 가죠?"

현이는 얼떨결에 일어섰다.

"현아, 오늘 나는 여기서 조용히 쉴 테니 집에 가 있어. 너무 흥분했기도 했고, 한편으로는 마음이 너무 편해졌어."

"괜찮겠어? 나는 오늘 하루 휴가 냈으니까 너랑 하루 종일 있어도 돼."

"아니야. 나도 마음 정리도 해야 하고. 그동안 너무 못 먹어 기운이 빠져서 자꾸 까부라져. 좀 자야겠어."

현이는 오피스텔 방에 들어가는 게 무서웠다. 아무것도 모르고 그 방에서 잔 것을 생각하니 온몸이 떨렸다. 문만 열어주고 경찰한테 냉장고의 냉동실을 열면 바로 바깥쪽에 있는 큰 검은 봉지일 것이라고 일러주고 들어가지 않았다. 얼마 안 있어 찾았는지 자신들이 가지고 온 큰 비닐 봉투를 들고 현관을 나왔다. 자신은 그날 그 방에서 잘 수 없을 것 같다. 부모님 집으로 갔다. 그날 온종일 잠을 잤다. 그렇지 않으면 머릿속에 엉켜 있는 K 얘기를 해야 할 것 같았다. 그날 저녁 때 경찰에서 참고인으로 불렀을 때도 자신은 K가 이야기한 것 외에는 아무것도 아는 것이 없다고 했다.

K는 그다음 날 새벽에 자살했다. 병원에서 현이에게 그다음 날 아침에 전화가 왔다. 현이는 그날 K와 함께 있지 않은 것을 후회했다. 왜 K가 죽어야 해? 총장이 잘못의 대가를 치를 때까지 지켜봐야지. 자신을 비웠다고 마음 편해하던 K가, 모범적으로 살아온 K가 견뎌내기 힘든 상황일 것이다. 그동안 그 정도 버텨온 것도 신기할 정도이다. 현이는 당장 K를 살려낼 수만 있다면 살리고 싶었다. K의 엄

마도 K의 시신을 보더니 기절했다. 현이를 붙들고 도대체 무슨 일이 있었는지 이야기해달라고 했지만 아무 이야기를 할 수 없었다. 너무 엄청난 사실을. 그 이후 경찰 조사 결과 K가 한 모든 이야기가 진실로 밝혀지면서 총장은 해임되고 구속되었다. 재판 결과 죄질이 나쁘다며 노령임에도 10년의 징역형을 선고받았다.

현이는 한동안 회사를 나갈 수 없었다. 회사에서는 석 달간의 휴직을 얻었다. 그 이상은 허용할 수가 없다고 했다. K와 서로 열심히 살자고 노력한 결과가 바로 이것이었나 생각하니 삶의 의욕이 사라져 버렸다. 눈만 붙이면 잠이 왔고 꿈속에서는 K와 즐거웠던 어린 시절로 돌아가 있었다.

현이는 K가 살아 있는 꿈속에서 깨어나고 싶지 않았다. 휴직 기간 동안 아무것도 하지 않고 하루 종일 침대에서 자다 깨다를 반복했다. 꿈속에서는 언제나 여학교 시절로 돌아가 있었다. K가 대학원을 가지 않았으면 괜찮았을까. K 엄마의 오열하는 모습이 머릿속에서 떠나지 않으면서 똑같은 생각을 반복했다. 차츰 삶의 무게가 어깨를 짓누르는 악몽이 계속되었다.

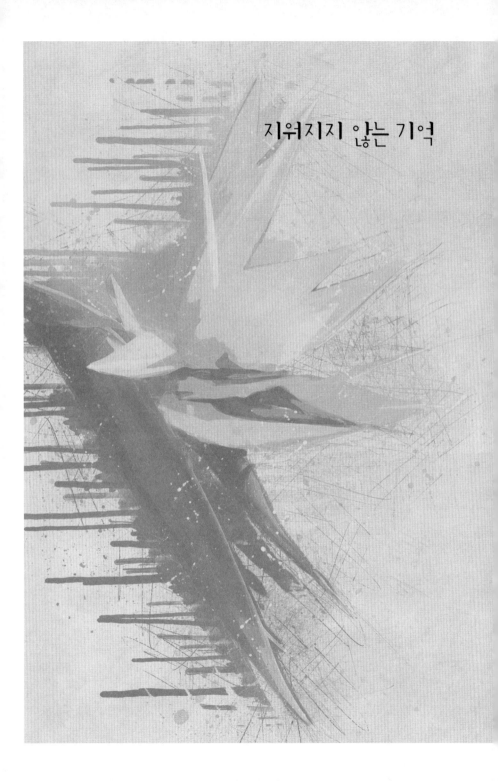

지워지지 않는 기억

지워지지 않는 기억

한 인간에 대해서뿐만 아니라 어떤 민족성에 대해서도 독자적인 판단을 내릴 수도 없고 내리려고 하지도 않는다. 유구한 역사를 헤쳐온 어떤 민족에 대해 한마디로 요약할 수 없듯이 한 인간에 대해서도 마찬가지이다. 어떤 특정한 문제에 대해 반복적으로 의문에 부딪치면 문제는 달라진다. 중국이 그랬다. 중국 역사가 그렇고 중국 사람들이 그랬다. 중국 불법체류 노동자 한 사람의 죽음은 중국사를 배울 당시의 충격과 겹쳐졌고 그건 중국 민족 전체를 바라보는 시각에 영향을 주었다.

친구 커플들과 함께 중국 여행을 가자고 의견이 모아졌을 때 한쪽 다리를 절단해 목발을 짚고 절룩거리는 중국 불법체류 노동자의 영상이 떠올랐다. 졸업 후 회사 동료들과 식당에서 국수와 만두를 시켜놓고 소주를 마시고 있었다. 그날 상사와 부딪친 일 때문에 옆 동료가 열을 올리는 순간이었다. 맞은편에 앉은 장 씨가 먼저 손짓을 했다. 공사장에서 바로 왔는지 머리에 먼지를 뒤집어써 마치 흩날린 눈발 같았다. 일어서 나가려 하자 그가 내 자리로 왔다. "자네하고 같이 다친 중국 불법체류 노동자 기억하지? 결국 죽었다더면." 순간 나는 의자를 밀치고 나가려다 그 자리에 우뚝 섰다. "패혈증이 퍼져 손을 쓸 수 없었나 봐, 아까운 청춘에!" 쯧쯧 혀를 차며 "왜 자네만 보면 그 청년 생각이 나지? 먹던 것마저 먹고 가, 얼른. 가끔 놀러 좀 와, 일 안 한다고 그렇게 발길을 뚝 끊어? 무정하게, 다들 자네 이야기 많이 해!" 그는 내 어깨를 툭 치며 자신의 자리로 돌아갔다. 그 자리에서 꼼짝할 수가 없었다. 잠시 동안 공사장에서 만난 인연이 이렇게 오랫동안 끈질기게 이어지는 것도 신기했다.

그 사람을 기억해낸 것은 결혼 5년 후, 겨우 해외여행이라고 가게 된 중국 여행 때문이었다. 중국 여행을 택한 것도 순전히 돈 때문이었다. 결혼하고 5년이 지났지만 외국으로 휴가를 떠나는 것은 결코 쉽지 않았다. 여름이면 해외로 휴가를 떠나는 사람들로 공항이 북새통을 이루는 뉴스가 자주 나왔다. 부러운 듯 보고 있던 아내는 '우리는 저 대열에 언제쯤 낄 수 있을라나'라고 내가 들을까 봐 혼잣말처럼 낮은 목소리로 중얼거렸지만 신문을 읽고 있는 내 귀에 다 들렸다.

처음 대학에 들어갔을 때 중국학과 학생들은 대부분 자존심이 높았다. 인기 학과였고 우선 취업이 백 퍼센트 보장됐다. 그 기대는 1학년 고대사를 듣고는 깨어졌다. 그동안 위대한 사가(史家)로 머릿속을 차지하고 있는 사마천까지 역사를 왜곡하였다는 사실이 이해되지 않았다. 중국사를 배우는 내내 놀람과 실망으로 중국학을 포기할까 망설였다. 3, 4학년이 되자 이런저런 아르바이트를 뛰며 진로를 고민했다. 마치 필연처럼 아르바이트 장소에도 꼭 중국 사람이 끼어 있었다. 취업도 중국 쪽 관련된 것은 쳐다보고 싶지 않았다. 연봉이 좀 낮아도 지금 다니는 회사를 선택한 이유이다.

지하 단독이지만 전세랍시고 얻을 때 받은 대출로 맞벌이를 해도 한 사람 월급은 고스란히 원금과 이자로 꼬박꼬박 통장에서 빠져나갔다. 결혼 생활 5년이 되어 숨을 돌릴 만할 때, 아내와 겨우 합의한 것은 여름 보너스를 받을 때만이라도 한 번씩 여행을 가자는 것이었다. 그해 여름 보너스를 받았지만 두 사람이 100만 원으로 갈 곳은 중국밖에 없었다. 고만고만한 형편의 고등학교 동기들 세 명, 동거 커플까지 세 커플이 휴가 장소로 잡은 곳은 계림이었다. 시안 쪽으로 가자, 북경 쪽으로 가자, 의견이 분분했다. 조작된 역사 유적을 보는 것이 싫어 단순히 경치만 구경할 수 있는 곳을 택했다.

계림은 가도 가도 끝이 없는 섬 천지였다. 안개에 싸인 섬들이 마치 꿈속처럼 몽롱하게 멀어졌다 가까워졌다. 앞에 걸어가는 사람들은 모두 안개 속으로 사라졌다. 떠다니는 안개 속으로 얼핏얼핏 보이는 다양한 과일들에서 달콤한 향내가 풍겨왔다. 향내를 따라 두리번거리다 처음 보는 과일이 가득한 가게에 눈을 빼앗겼다. 하루 종일 과일 가게를 지나칠 때마다 모두 눈치를 보며 입만 다셨지, 누구한 사람 먹고 싶다고 말하지 않았다. 패키지로 함께 온 노부부가 다음 날 아침, 버스 안에서 열대 과일의 여왕이라며 망고스틴 하나씩을 일행 모두에게 돌렸다. 빨간 껍질과 달리 하얀 속살 속에 숨어 있는 마늘알처럼 생긴 열매의 오묘한 맛에 모두 입이 벌어졌다. '어머, 달고 신 맛이 환상이네!' 한 알의 망고스틴이 과일에 대한 갈증을 더 일게 했다. 돈을 아끼느라 참고 있었던 모두가 그 황홀한 맛에 더 이상 참을 수 없다며 아우성쳤다. 이후 람부탄, 애플망고 등 몇 가지를 사서 호텔방으로 들어와서는 "여행의 맛은 바로 이 맛이지." 하면서 다들 정신없이 먹었다. 다른 과일은 그렇게 비싸지 않은데 두리안만 한 개에 50불 이상이었다. 같이 온 다른 일행들이 두리안을 맛있다고들 하나씩 들고 방으로 들어갔지만 우리 일행은 포기했다. 여행을 떠나면서 최소한의 경비로 최대한의 효과를 외치며 공금으로 모은 100불은 돌아갈 때 담배 한 보루씩, 비행기 안에서 살 양주 한 병, 각 파트너에게 화장품을 하나씩 사주기로 하고 아껴두었다.

공항 면세점에서 100불을 꺼냈다. 남자들에게 한 보루씩 말보로 라이트로 세 보루를 샀다. 12불씩 36불이었다. 여직원이 거스름돈이 없다며 고개를 절레절레 흔들었다. 한 보루를 더 내놓으며 그냥 100불을 금고에 넣었다. 가라고 손짓했다. 다들 순간 어리둥절했다. 내가 볼펜을 꺼냈다. 메모지에 계산한 숫자를 써서 64불을 요구했다. '빠리아 오'를 반복하며 됐다고 고개를 절레절레 흔들었다. 100불을 도로 달라고 했다. 아무리 말을 해도 거스름돈이 없다는 같은 말만 반복했다. 남자들이 각자 가방 속에 넣었던 담배를 모두 돌려

주고 100불을 도로 달라고 했다. 판매원은 거칠게 금고에서 100불을 꺼내어 내던졌다. 지폐가 진열장을 넘어 땅으로 떨어졌다. 친구가 진열장 안으로 들어가 판매원의 멱살을 잡으려 했다. 내가 따라 들어갔다.

"참아! 여긴 중국이야. 공안이 금방 달려올 거야."

다른 관광객들까지 몰려들었다.

"어머머, 48불어치 주고 100불 가져가겠다고요? 기막혀."

"중국 전체가 사기꾼 나라 아니냐? 면세점까지 이러니, 남의 나라 사람들을 모두 호구로 보나 봐. 재수 없는 나라네!"

사람들이 다들 한마디씩 했다. 그 순간 대학 다닐 때 방학마다 아르바이트로 전전하면서 만났던 중국 노동자들과 불법체류 노동자 한 사람이 머리에 떠올랐다. 그들은 전혀 윤리적인 부끄러움을 못 느끼는 사람들이었다.

대학에서 중국학을 선택한 것은 공식적으로 북한학을 전공하는 대학이 많지 않기 때문이었다. 중화인민공화국을 통해서 북한을 이해해보고 싶었기 때문이다. 3학년까지 필수과목으로 선택한 중국의 근현대사를 대략 훑으면서 중국이 역사를 왜곡한 사실 탓에 중국을 새로이 보게 되었다. 역사 왜곡은 중국 고대사를 저술한 사마천 『사기(史記)』에서부터 시작되었다고 한다.

교수의 비판적인 안목에 영향을 많이 받기도 했다. 교수는 영국 케임브리지대학에서 「동북아 공정을 통해 바라본 중국 역사 왜곡의

사례」로 박사학위를 받은 교수였다. 그는 처음부터 중국 역사가 어떻게 왜곡되어왔느냐를 우리나라와 비교하면서 열강했다. 이 강의는 그 당시 우리나라에도 한참 이슈가 된 동북아 공정 때문인지 수강신청하려면 인터넷이 열리는 즉시 접속을 해야 가능했다. 수강 신청은 20분도 채 안 되어 마감되었다. 전공 수업인데도 타 학과 수강생이 반 이상을 차지했다. 전공 학생들은 타 학과 학생들에게는 수강신청을 제한해야 한다고 아우성이었다.

교수는 고대사로부터 왜곡한 것을 하나하나 나열했다. 사마천의 『사기』에서는 중국을 동북아의 패권자로 만들기 위해 역사의 시조인 헌원을 천자로 만들었다고 한다. 치우천왕이 헌원을 꺾었는데, 그 반대의 사실을 『사기』에 기술했다는 것이다. 헌원이 천자가 되면 그 출발부터 천자의 나라가 되기 때문이라는 것이다. 이런 중국의 역사 왜곡은 충격적이었다. 그렇다면 그동안 우리가 배운 교과서의 지식이 모두 조작될 수 있다는 것인가.

그해 방학에 구한 아르바이트 자리 또한 중국인과 같이 하는 일자리였다. 대학교 3학년 때였다. 다음 학기 등록금을 위해 아르바이트를 찾았다. 평소보다 아르바이트를 찾기 힘든 상황이었다. 카페나 패밀리 레스토랑은 여성들을 선호하는 편이었다. 남자들은 24시 편의점이나 노동력으로 버텨야 하는 화장실 청소, 주차장 쇼핑센터의 쇼핑 카트 모으기 등의 일자리를 구해야 했다. 그런 것조차 구하기가 어려웠다. 결국 지인의 소개로 건설 일용직 자리를 얻었다. 다행히 일당은 꽤 센 편이었다. 건설 현장은 생각보다 무척 좁고 높았다.

좁은 틈에 아무렇게나 쌓여 있는 건설 자재 사이로 필요한 자재들을 옮기는 것은 바짝 신경을 곤두세우지 않으면 짐에 걸려서 넘어지기 일쑤였다. 지나갈 때마다 긴장감으로 몸의 세포가 곤두서는 것 같았다.

우선 출근하면 내가 할 일은 커다란 수통 두 개에 물과 얼음을 갖다 놓는 일부터 시작이었다. 한여름이다 보니 다투어 얼음을 많이 가져가려고 했다. 늦어버리면 밍밍한 물만 마시게 되는 상황이 발생, 팀원들이 짜증을 내었다. 그럴 때마다 오전 내내 그들 눈치를 살피느라 벌 서는 기분이었다. 일전에 준비 체조가 끝난 다음 화장실을 잠시 다녀왔더니 얼음이 나오는 제빙기에 얼음이 한 조각도 남아 있지 않았다. 하루 종일 눈총받을 것을 생각하니 아찔했다. 포기하고 돌아가려고 하는 순간 옆에 한 사람이 서 있는 것을 보았다. 그 옆으로 갔다. 도착과 동시에 이상한 시궁창 같은 냄새가 난다는 생각이 들었다. 그 냄새의 원인이 바로 이 사람이라는 생각이 들었다. 아무리 여름이지만 옷은 여기저기 다 찢겨져 겨우 아래만 가린 형국이었다. 샤워를 못 해 땀 냄새와 몸 냄새가 섞여 난 냄새인 것 같았다. 손으로 코를 막으며 수통을 들여다보았다. 원칙적으로 얼음은 한 통만 가져가게 되어 있었다. 커다란 수통 두 통에 얼음만 가득 채워져 있었다. 나가려고 하는 모습을 보고 인상을 찌그리고 그에게로 다가갔다.

"수통 두 개에 전부 얼음만 가져가면 어떡해요?"

"아, 네. 이거 제 거요."

"저기 제빙기에 얼음이 하나도 없는데, 한 통만 가져가게 돼 있잖아요?"

"한국말 잘 몰라요. 이거 제 거요."

아무리 말을 해도 어눌한 느낌이 드는 말투로 '한국말 모른다'는 말과 '제 거'라는 말만 반복했다. 그는 내 눈을 피해 컨테이너 밖으로 나가버렸다. 빈 통에 미지근한 물만 채운 채 팀원들에게 돌아올 수밖에 없었다. 혼날 각오를 하고 팀원들이 모인 곳으로 갔다. 팀장에게 중국인이 수통 두 통에 얼음만 가져가는 바람에 얼음을 못 가져왔다고 말했다. 뜻밖에 팀장은 혼내거나 하지 않고 대신, "역시 중국 녀석들이 문제야!" 한마디만 했을 뿐이다.

옆에 있던 반장이 인상을 찌푸리며 덧붙였다.

"맞아. 그 자식들 일 시작할 때 가장 늦게 시작하면서 밥 처먹으러 갈 때는 제일 먼저 가잖아. 게다가 끝날 때쯤이면 마무리도 안 하고 나란히 앉아 있는 것 봤어요? 아예 돈 받을 생각밖에 없다고."

대수롭지 않다는 목소리였지만 확실히 짜증이 드러나는 표정을 지었다. 팀장의 말에 이번에는 일을 시작하려고 안전모를 쓴 채 턱끈을 가볍게 조이던 같은 팀 한 명이 지나가면서 말했다.

"그 자식들 무엇보다 하는 게 대충이잖아요? 저번에 지나가다 보니 기둥에 오백 폼*을 쌓는데 핀도 제대로 꽂혀 있지 않더라고요."

---

* 폼 : 정식 명칭은 유로폼. 콘크리트 붓기 전에 여러 개를 세우고 연결해서 틀을 만드는 데 사용하는 거푸집의 일종.

"천장 부분에 오비끼**로 고정하는 것도 제대로 안 할걸요."

하나의 불만이 점차 다른 불만으로 퍼져 나갔다. 팀장은 잠시 머리를 벅벅 긁더니 손에 들고 있는 안전모를 썼다. 그 모습에 누가 뭐라 하지도 않았는데 다들 서서히 목소리를 낮추더니 종래에는 말을 멈추었다. 그제야 팀장은 인원을 체크하기라도 하는 듯 주위를 둘러보고 오른손으로 내 등을 가볍게 내리친다.

"용광이 너는 정수한테 붙어!"

"넵!"

"처음에 후딱 하고 그다음부터 느긋하게 하자."

반장과 정수 형의 뒤를 바짝 붙어 따라갔다. 팀장이 뒤따라오며 내 허리에 손을 두르며 말했다.

"내일부터는 조금 더 일찍 평소보다 조금 더 일찍 움직여라. 안전모나 허리띠를 차기 전에 얼음부터 챙겨, 그다음에 장비를 챙겨도 되니까. 얼음 없으면 오전 내내 서로 힘들지."

"넵!"

역시 팀장은 사람 다룰 줄을 안다. 다른 사람들 앞에서는 아무렇지 않다는 듯이 하더니 팀장도 얼음이 없으면 견디기 힘들 것이다. 더욱 내 입장을 이해해주려고 한다. 모든 심부름을 혼자 도맡아 하는 내가 얼음이 없으면 제일 힘들 것이라는 위로의 말같이 들렸다.

** 오비끼 : 건설업에 자주 사용하는 직육면체의 기다란 나무.

팀장은 고등학생 아들을 둔 아버지라 험한 작업장에까지 와서 아르바이트로 학비를 벌 수밖에 없는 날 안쓰럽게 바라본 것이다. 그 이후 아르바이트 하는 내내 따스한 훈풍처럼 팀장의 시선이 느껴졌다. 실제로 그날 이후 매일 안전교육이 끝나는 대로 지하를 벗어나 먼저 얼음부터 꼬박꼬박 챙겼다.

그날 집으로 돌아가는 중 지난 학기에 들은 중국 역사 왜곡 강의가 마치 바로 들은 것처럼 생생히 떠올랐다. 워낙 열심히 들었지만 거의 머릿속에 각인되다시피한 내용이었다.

중국 정부는 동이족의 조상 복희씨, 신농씨, 치우천황을 자기네 조상으로 모심으로써 한족과 55개 소수민족으로 구성된 다민족국가인 중국에서 소수민족의 조상들까지 모두 중국 조상이라는 억지 논리를 정당화시키는 것이다.

교수는 특히 동북 공정에 대해서는 더 열을 내었다. 몇천 년을 거슬러 역사 왜곡을 하고 있는 중국은 자기 국민들의 인성까지도 그로 인해 왜곡되어가고 있는지에 대해서는 관심이 없다. 국민들이 자기 나라 외의 타국을 우습게 여기고, 이겨야 된다는 그 일념으로 남을 속이는 것은 자유와 평등 교육의 부재로 일어난 결과이다.

동북 공정은 과거 2천 년 동안의 동북아 역사 왜곡의 완결판이다. 목적은 만주와 요동의 역사를 중국사로 편입시키는 것이다. 우리나라의 고조선사를 중국사에 편입시키기 위해 요하 문명까지 끌어들인다. 중국은 요하 문명론에 대해 만주 일대를 고대 중국 황제의 자손이라는 논리를 만들어내고 있다. 백두산이 중화 문화권에 속한다는 장백산 문화론을 주장할 경우, 우리 역사는 동북아에 세운 첫 나라인 배달의 근거지를 잃을 뿐만 아니라 고조선, 발해, 고구려, 대진 등에 이르기까지 만주 벌판을 호령하던 수천 년의 역사가 중국사에 편입되리라는 것이다.

교수의 말은 지도자의 태도가 국민들의 인성을 좌우하는데, 중국은 몇천 년의 역사를 왜곡해왔으니 인성 자체가 내로남불 내지 안하무인으로 굳어졌다는 것이다. 중국 사람들의 이해되지 않는 행동을 볼 때마다 중국 역사 왜곡 사실과 겹쳐져서 생각되는 것이 내가 미문한 탓인지도 모르겠다.

중국인이 팀장으로 있는 목수 2팀은 번번이 늦장을 부렸다. 알게 모르게 일부러 허술하게 작업을 해 종종 사고를 일으켰다. 몇 번의 사고가 있었음에도 일이 끝날 때쯤이면 여전히 구석에 모여서 수군거리며 일을 마무리하지 않았다. 한국 팀장은 우리 팀에게 그냥 아무 말 말고 마저 마무리하자고 다독였다. 이런 상황이 반복되었다.

하루는 비가 무척이나 많이 내렸다. 갑작스럽게 내린 폭우 때문에 도저히 일을 할 만한 상황이 아니었다. 그날은 일이 취소되었다. 이틀이 지난 후 현장 잡부들이 나왔을 때 공사 현장은 말이 아니었다. 덮여 있는 비닐 틈 사이로 물이 새어 들어가 나무들 무게가 확 늘어나 있었다. 마른 나무의 체감이 달라져 있었다. 길 곳곳에 채 마르지 않은 물기가 번져 미끄러웠다. 크레인의 낡은 밧줄에서 물이 뚝뚝 떨어졌다. 아침 조회를 하기 위해 들어간 지하 역시 완전히 땅이 마르지 않아 질퍼덕거렸다. 위아래를 드나들기 위해 임시로 만들어놓은 계단은 평소보다 더 삐거덕 소리를 냈다.

각 팀별로 모여서 할 일에 대해서 이야기를 나누는 시간이 되었다. 난 슬쩍 다른 사람들 뒤로 빠졌다. 어차피 팀장이나 반장이 하자는 대로 따라 할 수밖에 없었다. 그 틈에 빨리 올라가서 얼음과 물부터 챙겨야겠다는 생각을 했다. 나는 빠른 걸음으로 계단을 올랐다. 이미 목수팀이나 철근팀이나 다른 팀도 벌써 슬금슬금 올라가고 있었다. 곧장 컨테이너 박스 안으로 들어갔다. 그다음 제빙기를 열었다. 그 안에는 우리 팀이 먹을 만큼의 얼음만 있었다. 내가 마지막이겠거니 생각하고 얼음을 한 통에 다 채웠다. 결국 양손 가득 만족할 만큼의 물과 얼음을 채우고 돌아섰다. 그 순간이었다. 덜컹 하고 문이 열림과 동시에 누군가가 들어왔다. 익숙한 얼굴이 서 있었다. 다른 사람이 아닌 수통 두 개에 얼음을 다 챙겨 간 그 중국인이었다. 그의 출현과 동시에 시궁창 냄새가 확 풍겼다. 여전히 남방은 갈기갈기 찢어진 채였다. 그는 표정 없이 뚜벅뚜벅 제빙기 앞으로 걸어가더니 제빙기 앞면을 들어올렸다. 역전된 상황에 당황해하는 그의 모습에 실소를 감출 수 없었다.

수통의 뚜껑을 다 닫고 발을 옮기려는 순간이었다.

"저기요……."

고개를 돌리자 중국인 노동자가 나를 빤히 바라보며 서 있었다. 잠시 움찔했는데 금세 어깨를 펴며 그를 똑바로 바라보았다. 만약 얼음을 나눠달라는 말을 하면 '뭘 말하려는 건지 모르겠다' '이건 제 얼음이에요'만 반복하려고 마음먹었다. "혹시 얼마 받아요?" 내 생각과는 전혀 다른 방향이라 잠시 당황했다. 이내 정신을 차리고 그를 바라보았다. "하루에 십만 원이요." 그러자 그는 짐짓 놀라는 표정을 지으며 되뇌었다.

"한 달 천만 원?" 대체 얼마나 말을 이상하게 들으면 하루에 십만 원이 한 달 천만 원으로 되어버리는 것인가. 황당해서 말이 안 나오는 상황에 나가려던 발을 멈추고 다시 한번 힘을 주어 말했다.

"하루에 십만 원, 하루 일당이요!"

"아, 하루 십만 원, 월급 받으시나요?"

이유 없이 뭔가가 울컥했다. 진짜로 월급을 받는 사람은 하청 중소업체에서 나온 사람이 아닌 본사에서 파견 온 직원 정도인 사람들이다.

"일당 받는다니까요. 하루 일한 만큼 받는 거요. 그러니까……."

짜증을 담아 말을 하던 나는 문득 말을 잇지 못하였다. 그 대신 인상을 팍 써서 그를 노려본 다음에 자리를 벗어났는데 사실 별다른 이유는 없었다. 그저 아무리 생각을 해도 그 말만큼은 하기 싫었던 것뿐이다. '당신이랑 같은 일당을 받는 사람'이라는 말.

섭씨 34도는 누구에게나 평등하게 더운 날씨다. 당시 나와 같은 공사장에서 일하는 사람에게는 조금 더 잔인한 날씨였다. 연신 돌아가는 기계와 꽉 막힌 구조가 더위를 강화시켰기 때문이다. 전신에 땀이 나고 그 위에 안전 장비를 차고 있어서 더 덥고 답답한 기분이

든다.

오후였다. 언제나처럼 위에서 폼 위에 폼을 세우고 그것을 핀으로 연결하는 장 씨 아저씨에게 폼과 잡다한 물건들을 올려주는 역할을 하던 도중이었다.

"600폼 두 개랑 400폼 네 개 좀 가져와라."

폼이 내 키보다 높게 쌓여 있는 장소에 도착했다. 높이 쌓여 있던 낑낑거리며 600폼을 꺼내어 내려놓았다. 두 개를 동시에 드는 것은 불가능하다고 생각, 우선 하나를 든 채로 아저씨의 작업 장소로 옮겼다.

가로 600mm에 세로 400mm라는 크기에 불편함을 감수하고 걸어가던 도중이었다. 각종 기계 소리에 망치질 소리로 시끌시끌한 분위기 속에서 무언가 쿵 하는 소리가 들렸다. 전혀 큰 소리라고는 할수 없는, 다른 기계음들에 비하면 오히려 작은 소리였음에도 내 귀에는 선명하게 들렸다. 고개를 돌리자 믿을 수 없는 광경이 보였다.

아침에 이상한 질문을 한 그 중국인 노동자가 내가 내려놓은 600 폼을 슬쩍 들고 가고 있었다. 그 모습에 욕이 목 위까지 올라와 소리칠 뻔했지만 이내 그만두었다. 워낙 거리가 있어 잘 들리지 않을 것이라 생각이 들었다. 대신 빠르게 움직여 장 씨 아저씨 발밑에 내려놓은 뒤에 폼을 가져왔던 장소로 다시 갔다. 아니나 다를까 방금 전 그 중국인 노동자가 벌써 와 폼을 꺼내기 위해 낑낑거리고 있었다. 키가 180센티 정도인 나보다 12, 13센티쯤 작아 보였는데 꽤 부담되는 높이였다. 슬그머니 그의 옆으로 다가가 양팔을 높게 들어 600폼을 잡았다. 발과 목에서 약간 통증이 느껴졌지만 짐짓 아무렇지 않은 척 그 폼을 내려놓았다. 약간의 우월감을 느끼며 600폼을 들고 가려는 순간 내 손이 아닌 다른 손이 내가 꺼낸 폼을 잡았다. 그였다.

"뭐예요?"

"저거……."

잘 이해하지 못할 정도로 어눌한 말투였다. 무슨 말인지 알 수가 없었다. 아마 자신의 팔이 닿지 않는 600폼을 꺼내달라는 것 같았다. 그의 손을 뿌리쳤다.

"뭐라는지 모르겠어요!"

두 번씩이나 좋지 않았던 일로 엮였기 때문인지 자동적으로 말이 튀어나갔다.

"한국말 잘못…… 저것……."

다시 그가 내 손을 잡았다. 역겨운 체취가 확 풍겼다. 좀 전보다 더 거칠게 손을 뿌리쳤다.

"직접 꺼내 가요."

그는 내 말은 듣는 둥 마는 둥 자기 말만 반복했다. 더운 열기가 짜증과 분노를 부추겼다.

"무슨 말인지 몰라요."

그처럼 나도 똑같이 말을 반복했다. 그 순간 계속해서 자신의 말을 반복하던 그의 행동이 멈추었다. 그 기회를 포착 600폼을 들고 재빠르게 그 자리를 벗어나려던 순간이었다. '꽝' 하고 무언가 강하게 내리치는 소리에 고개를 돌리자 600폼이 내 키보다 높게 쌓여 있던 자리 위로 오비끼 하나가 떨어졌다. 그 순간 내 머릿속으로 언뜻 불안한 기분이 스쳐 지나갔다. 그와 동시에 안전수칙이니 뭐니 따위는 새까맣게 잊은 채 망설이지 않았다. 손에서 폼을 내려놓은 다음 정면으로 뛰기 시작했다. 공사 현장에서는 원칙적으로 뛰는 것을 금지했다. 땅에 있는 못 같은 것을 밟을 수도, 길게 늘어선 전선이나 나무, 철근 등에 밟혀 발이 걸릴 수도 있다. 길이 좁기 때문에 누군가와 부딪치거나 추락사할 수도 있는 등 갖은 사고가 예상되기 때문이다. 아무리 바쁜 일이라도 다들 걸어서 움직인다. 하지만 모든 것을 감수하고 예외가 있다. 물건이 떨어질 때이다.

재빠르게 달리던 나는 몇 걸음 떼지 못한 채 넘어졌다. 물이 고인 자리를 밟다가 미끄러졌기 때문이다. 천만다행인 것은 아슬아슬하게 오비끼 열댓 개가 떨어진 자리에서 벗어난 것이다. 아마 조금만 늦었더라면 한두 개 정도는 몸에 맞았을지도 모른다. 하지만 놀란 마음은 진정되지 않았다. 고인 물로 옷이 젖기 시작했지만 일어날 수가 없었다.

주변 사람들이 웅성거리며 내가 있는 쪽으로 몰려왔다. 그중에서 정수 형과 반장님이 재빠르게 다가오더니 내 몸 이곳저곳을 만지며 물었다.

"야, 괜찮아? 괜찮냐고!"

"네? 아, 네, 네."

얼버무리는 나를 반장이 가만히 바라보았다.

"너무 놀라면 통증을 못 느낄 수도 있어. 진짜 괜찮아?"

"네, 맞지는 않았는데요."

"어휴, 학생 괜찮어?"

"이거 무서워서 일을 할 수 있겠나?"

"중국 놈들 밥만 처먹고 제대로 하는 게 없어. 그 새끼들 때문에, 결국."

그날도 목수 2팀이 오비끼를 제대로 꽉 죄지 않아 물기가 스며들어 더 헐거워진 오비끼가 풀려서 넘어진 사고였다.

사고 현장을 바라보며 웅성거리기 시작하자 저 멀리서 본사 직원들까지 헐레벌떡 달려와서는 한마디씩 거든다. 관심을 가지고 바라보는 뭇 시선 속에서 얼마나 위험한 상황이었는지를 알게 되었다. 같은 팀이 주는 염려와 위로 속에서 안온함을 느꼈다.

"혹시 모르는데 어딜 다쳤을 수 있으니까, 잔말 말고 일단 병원 갔다 와."

괜찮다고 하려는 순간 정수 형이 말했다. 반장님 역시 나를 바라보며 고개를 끄덕였다. 결국 소장의 부축을 받으며 발을 옮기려는 순간 같이 있었던 중국인 노동자가 생각났다.

반대편을 바라보았다. 그 사람은 오비끼에 짓눌린 채 중국인 팀장과 몇 명이 일으키려고 하는데도 움직일 수가 없는지 사람들 사이에 누워 있었다. 다쳤는지 주위가 온통 붉게 물들어 있었다. 내가 눈길을 돌리자 모든 사람들도 그쪽으로 눈이 쏠렸다. 이쪽 사람들 눈길이 쏠리자 중국 노동자들이 그 사람을 에워쌌다. 전혀 보이지 않았다. '저 사람도 같이 있었어요!' 하려는 순간 저 중국 노동자 쪽에서 소리가 들려왔다.

"괜찮으면 일어날 수 있지! 버틸 수 있지!" 하는 중국팀장의 말소리였다.

"괜찮아요?" 우리 팀장이 물었다.

"그럼요. 그럼!" 강하게 고개를 끄덕였다.

"병원에 가봐야 되지 않아요?"

"병원까지, 필요 없어요." 손까지 흔들며 강하게 부정했다. 짜증이 찬 표정으로 말하는 중국인 팀장과 다친 사람을 에워싸고 있는 사람들을 보면서 문득 머릿속에 처음 안전교육 받던 때가 떠올랐다. 안전 수칙을 가르치던 선생이 마지막에 덧붙였다. '불법체류자라도 일단 심하게 다치면 병원으로 데려가야 합니다. 그럼 우선 회사에서 돈을 내고 치료를 해줍니다. 고향으로 이송시키는 것은 다음 문제입니다.'

건설업 일용직 같은 일은 하다 보면 다치기가 쉽다. 이제 법이 바뀌어서 불법체류자도 회사에서 책임지고 치료해줘야 한다. 그렇기 때문에 다치면 바로바로 말하라고 본사 직원이나 안전요원이 누누이 강조했다. 그 생각이 들자 난 "저 사람 피……." 그 순간 말이 입 밖으로 나오지 못했다. 조그마한 틈 사이로 그 다친 중국인 노동자를 안고 있는 사람의 눈이 나를 찌르듯 쏘아보고 있었다. 그 강한 눈빛을 보는 순간 나도 모르게 말문이 막혔다. 중국인 중에는 불법체류자가 많았다. 그들은 조금이라도 더 돈을 벌기 위해 돌아가는 것을 꺼려 병원 가는 것을 무서워했다. 나는 소장을 따라 걸어가면서 몇 번을 뒤돌아보았지만 그들에 둘러싸여 그는 보이지 않고 자기네끼리 수군거리고 있었다.

병원으로 가면서 많은 생각이 교차했다. 이들의 생존은 두 가지로 이루어져 있다. 야만적 탐욕과 거짓의 기교이다. 이들은 공짜와 돈이라면 환장한다. 거짓과 뻔뻔함을 조금도 부끄러워하지 않는다. 그들에게 옳고 그름의 분별은 없다. 오직 자신의 탐욕만이 정의이다. 그들은 목숨조차 불사한다.

병원에서 하루 종일 검사했다. 검사 결과는 넘어지면서 바닥에 닿은 어깨 쪽에 근육이 좀 놀라긴 했지만 다 괜찮다고 했다. 며칠 물리치료만 받기로 하고 3일 휴가까지 받았다. 집에 있는 동안 많은 생각을 했다. 이상하게 그 건설 현장에 중국인이 많았다. 자본주의의 자기 책임하의 삶에 익숙한 한국인, 체제에 맞춰 눈치만 보며 살아온 사회주의 국가에서 살아온 중국인. 건설 현장에서의 중국인과 중국인, 한국인과 한국인 차이가 확연하게 드러나는 삶의 현장이었다.

그동안 알게 모르게 아르바이트만으로 전전해온 대학 생활에 대해 부모를 잘못 만난 흙수저 운명의 탓이라 한탄도 많이 했었다. 이 건설 현장의 실습은 그 생각을 확 날려버렸다. 제대로 된 국가가 얼마나 개인의 삶에 영향을 미치는지에 대해, 국가가 알게 모르게 나를 감싸고 있는 힘이 얼마나 대단한지 알게 되었다. 마치 팀장의 따뜻한 시선처럼 이리저리 보호해주는 것 같았다.

3일 쉰 후 출근했을 때, 다친 중국인은 보이지 않았다. 중국인 팀장이 당분간 못 나온다는 말만 했다고 한다. 그 이상은 아무도 몰랐다. 더 이상 관심을 가지는 사람도 없었다. 난 그 사람이 궁금했고, 나하고 상관없이 일어난 일이지만 마치 내가 한 것처럼 마음이 불편했다. 개학과 함께 아르바이트를 정리하는 날 난 중국인 팀장에게 갔다. 그분 전화번호라도 달라고 했다. 팀장은 당황해하며 그 사람 전화 없다고 딱 잘랐다. 학기 중에는 그 사람 생각이 스쳐 지나갔지만 밀린 학점 따느라 더 이상 생각할 여유가 없었다.

한 번 인연으로 4학년 여름 방학에도 또 그 현장에서 아르바이트를 하게 되었다. 같이 했던 분들이 그대로 있어 마치 고향집을 찾아온 것 같았다. 첫날이었다. 점심을 먹으면서 이런저런 이야기 끝에 장 씨 아저씨가 말했다.

"넌 그 사고 때 그만하기 다행이지, 큰일 날 뻔했지, 중국인 불법체류자 그놈 결국 다리 한쪽 잘라 병신 됐잖아!"

그 말에 놀라 김치를 입에 넣다 떨어뜨렸다.

"그건 사고 때문이 아니고 불법체류자라 바로 병원으로 안 데리고 가 방치하는 바람에, 패혈증으로 썩어 그런 거죠."

팀장이 끼어들었다.

"아무튼 힘들어도 지 나라에서 이렇게 벌어먹고 살 수 있다는 것이 얼마나 행복한지, 난 저들을 볼 때마다 힘이 나."

그때 전화번호라도 받았으면 방치를 막을 수 있지 않았을까, 가슴 한쪽에 통증이 지나갔다. 그는 그 몸으로 일을 하지 못할 텐데, 자기 나라로 돌아갔나, 그때 내가 좀 이해를 하고 따뜻하게 대해줄걸, 약자에게 감정적으로 대처한 자신을 나무랐다. 갖은 후회와 상념이 머릿속을 오갔다.

그해 여름은 전해와 달리 어려운 일 없이 잘 지나갔다. 그때 아르바이트 경험은 그 이후 나의 삶의 자세를 바꾸었다. 제 나라에서 일해서 먹고살 수 있다는 것이 얼마나 큰 행운인지, 그 이후 모든 것을 부정적으로 보던 시선을 교정해주었다. 또 건설 현장 경험으로 다른 중소 건설회사의 총무부에 입사했다. 건설 현장 노동자들이 편했고 그들은 모두 친형 같았고 아버지 같았다.

공항 면세점은 여전히 물건 사는 사람들로 북적거렸다. 나는 상념에서 깨어나 시계를 보았다. 아직도 탑승하려면 10분이 남았다. 나는 재킷 윗주머니에 넣은 100달러를 손으로 만져보았다. 다시 면세점 직원을 쳐다보았다. 100불은 우리가 처음 여행 온 기념으로 각자에게 선물함으로써 기억을 남기자고 아껴둔 돈이었다. 물론 기념을 꼭 그런 식으로 할 필요는 없다. 오직 이유는 한 번쯤 삶의 향유를 그런 식으로 느껴보자는 것이다. 면세점 직원 때문에 담배를 사지 못했으나 비행기 안에서 사면 된다. 면세점 직원이 괘씸하다. 어떻게 되든 돈만 벌겠다는 욕심 때문에 죽은 불법체류 노동자나 면세점 직원이나 하등 다를 바가 없다.

중국 사람들의 일상적인 모습이 그동안 중국에서 행해온 역사 왜곡의 모습과 많이 닮아 있다. 그들은 힘 있는 사람에게만 굽실거리던 습관으로 한 사람 한 사람에 대한 예의를 갖추지 못한다. 자신들이 두려워하는 권력자가 아니면 함부로 사람을 대한다. 또 근대에 와서 공산당 중심의 권위주의가 중국 사람들을 길들여온 것이다. 오랫동안 유지해온 권위주의의 삶이 사람과 사람의 부딪침을 통하여 진정으로 개인을 이해하고 배려하는 일상의 틀을 아예 없애버렸기 때문이다.

중국의 사가(史家)에 의해서 행해지는 역사 왜곡과 사회주의 체제가 가져오는 당 중심의 권위주의는 중국 사람들을 황폐화한다. 자본주의보다 더 자본의 힘을 절대화해 자본은 그들의 왕이다. 그들은 현대화 이후 돈에 환장한 사람들 같다. 돈이라 하면 뻔히 들킬 일도 불사하고 사람을 속이려고 한다. 역사 왜곡에 의한 자국우월주의, 자본과 권력만능주의에서 오는 적당주의로 인해 환경오염 못지않게 의식까지 오염되어 있다. 거짓과 무례로 제작된 괴물들을 만들어내고 있다.

비행기를 타고도 상념은 계속되었다. 나의 짧은 단견으로 몇천 년의 역사를 지닌 중국을 단정한다는 것은 극히 위험하다. 나의 선입관이 좀 더 폭넓은 지식과 경험에 의해서 교정되기를 바랄 뿐이다. 그러나 면세점에서 있었던 씁쓸한 기분은 첫 해외여행의 기분을 망친 것만은 분명하다.

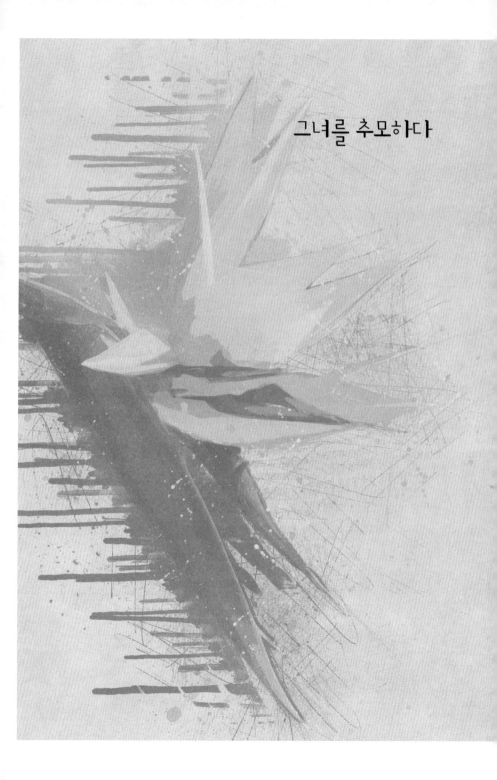

그녀를 추모하다

그녀를 추모하다

며칠간 거친 태풍 때문에 도로는 온통 낙엽 천지였다. 태풍 끝이라 바람이 쓸고 간 나뭇잎들이 도로의 여기저기 쓰레기들을 휩쓸고 다녔다. M은 어제도 거세게 불어대는 바람 소리 때문에 밤새 뒤척이다 결국 눈 한 번 붙이지 못했다. 아침 첫 수업이라 커피 한 잔을 겨우 마시고 집을 나서자 몸이 휘청, 앞으로 쏟아진다. 몸을 세우자 바로 눈앞에서 한 줄기 바람이 지나간다. 회오리치는 낙엽 속에 하늘색 바바리코트를 입은 그녀의 치렁거리는 머리카락도 제멋대로 바람에 날린다. M은 머리를 흔들면서 양손으로 눈을 비빈다. 낙엽 한 잎이 빙그르르 도로 위에 떨어진다. 그녀일 리가 없다. M은 최근 현기증으로 시시각각 보이는 그녀의 환상 때문에 더 깊어지는 불면의 밤을 보내고 있다.

어쨌든 수업은 해야 했다. 연구실에 들러 율무차를 마셨다. 책장 위에 꽂힌 교재를 뽑으려고 보니, 책장 위에 요정이 오롯이 앉아 있다. 진회색 아이섀도 눈에 분홍 입술과 까만 매니큐어를 칠한, 길어서 쇠스랑 같은 손톱이 그에게 윙크를 한다.

헉, M은 숨을 들이마셨다. 홀연 아래가 꿈틀하며 일어서기 시작했다. 그가 좋아했던, 20대의 그녀 모습이었다. 이런 모습이 갖가지의 환상을 만들어 매일 밤 몽정을 쏟아냈다. 모든 육체가 쇠락했음에도 그것만은 살아 있다. 오랫동안의 금욕 생활로 오히려 환상 속에서 다른 욕망괴 육체는 쇠락해가는데도 성욕만은 시시각각 작동한다. 어쩌겠다는 거야? 곧 수업을 해야 해. 마음을 가라앉히기 위해 몇 번 심호흡을 했다.

책상 서랍에 둔, 병원에서 처방받아 온 신경안정제를 꺼내어 물도 없이 한 알 삼키고 눈을 감았다. 정년을 1년 남겨두고 벌써 육체는 쇠락해, 앉아 있어도 몸이 흔들거렸다. 강의실에서 연행된 이후 불면 때문이었다. 불면을 치료하는 데 좋다는 방법은 다 해보았다. 아무 소용이 없었다. 잠시 눈을 감고 있었다. 아랫도리가 서서히 가라앉기 시작했다. 억지로 발걸음을 옮겨 강의실로 향했다. 계단 난간을 잡고 천천히 2층으로 올라가 복도를 따라간다. 문을 거쳐 다시 박물관 건물 지하로 내려가야 했다. M의 발걸음으로는 강의실까지의 거리가 만만치 않다.

요즈음은 강의도 귀찮았다. 아니, 이런 야만 사회에 발붙이고 있는 것조차 싫다. 야한 소설을 출판했다고 마치 현행법처럼 강의하는 도중 학생들 앞에서 연행되었다. 감옥을 다녀오고, 권고사직을 당하는 중간의 공백이 너무 길다. 올 1년을 꼬박 채워야 가까스로 연금 탈 수 있는 20년이 채워진다.

그냥 방에 누워서 그녀만 추모하고 싶다. 도무지 살아간다는 게 힘이 든다. 한때 잘 나가던 광대를 구경하려는 듯 학생들이 몰려온다.

대학원 수업만 하겠다고 학과 주임 교수에게 요청했다. 학교에서 가장 인기 강의를 폐쇄할 수 없다고 했다. 차라리 대학원 강의를 하지 말라고 한다. 이 수업만은 꼭 해야 한다고 오히려 학교 측에서 사정을 했다. 이번 학기에도 이 수업만 맡았다. 동료 교수들은 병가를 내라고 했다. 겨우 1년 남겨놓고 병가를 내는 것은 너무 얌체 같아 도저히 그렇게 할 수 없었다. 대학원 수업은 주로 학생들의 발표를 듣고 코멘트만 하면 되니까 교양 수업보다 힘은 덜 들었다. 처음에는 같은 과 동료 교수들이 마지막까지 자신을 함정에 빠뜨리려고 그러는 줄 알았다. 개강하자 100명 강의실에 200명 이상이 몰려와 어리둥절했다. 대형 강의실로 바꿔야만 했다. M은 과목명을 처음 '인문학과 상상력'에서 '상상놀이'로 바꾸었다. 이론이라는 것이 쓸데없다는 것을 수업할 때마다 느껴왔지만 인터넷의 발달로 더 이상 의미가 없어졌다. 그나마 다행인 것은 강의실에 오면 모든 상념이 사라지고 새로운 에너지가 솟아난다.

조교가 학생들 출석을 체크하는 동안 M은 학생들에게 질문을 던졌다.

"지난주에 여러분 중 어머니나 아버지께서 돌아가시거나 장기간

병원에 입원하신 몇 명에게 한 주 동안 상상 속에서 어머니나 아버지를 만나고 오라고 했습니다. 지난주 지명당한 분 중에 상상놀이에 성공한 사람 손 들어보세요. 지난번 제시한 대로 팀 구성을 짜서 한 학생이 경험한 예화를 이야기하면 그것을 여러분들이 진단을 해서 팀 과제를 작성해서 내세요. 지금, 그 예화로 발표하기로 한 학생 중 한 명이 발표를 하면 진단은 제가 하겠어요. 여러분도 팀장 중심으로 토론을 해서 제출해주세요. 누가 하겠어요?"

아무도 손을 들지 않았다.

"지난번 수업에서 제시한 것처럼 어머니 혹은 아버지가 좋아했던 음식, 노래, 취향이나 자주 입었던 옷 같은 것 기억났어요? 그리고 어머니나 아버지가 자주 가시던 장소가 기억난 사람 있어요?"

한 명이 손을 들었다.

"이야기해줄 수 있어요?"

기악과 여학생이었다. 손을 들긴 했으나 머뭇머뭇 선뜻 입을 떼지 못했다.

"말해줄 수 있어요?"

두 번 반복해서 묻자 용기를 낸 듯 목소리를 가다듬더니 차분하게 이야기를 시작했다. 음악과 학생치곤 화장도 하지 않은 맨 얼굴에 수수한 옷차림이었다. 얼굴색이 워낙 맑아 한 번 학생 옆을 지나치다가 감탄했던 기억이 난다.

"예, 어머니는 돌아가시기 전에 가요를 아주 좋아했어요. 항상 집에서 청소할 때나 설거지 할 때는 꼭 노래를 흥얼거렸어요. 그런데 어느 날 남산 1호 터널로 지나가던 중 교통사고로 돌아가셨어요. 지난주 집으로 돌아간 후였어요. 어머님이 자주 불렀던 노래, 조용필의 〈그 겨울의 찻집〉이나 이문세의 〈광화문 연가〉를 좋아하던 기억이 떠올라 그 노래를 반복해서 들었습니다. 그러니까 정말 엄마가 살아 있는 듯 엄마가 즐거워했던 표정, 그리고 우울해했던 순간이 떠오르면서 어머니와 같이 있는 기분 속에서 한 주를 보냈습니다.

엄마가 교통사고가 난 남산 1호 터널, 엄마가 돌아가신 후 한 번도 지나가지 않았던 그곳이 생각났습니다. 밤에 아빠랑 함께 지나가 보고 싶었어요. 근데 놀랍게도 그 터널에서 엄마의 노랫소리 〈그 겨울의 찻집〉이 터널을 지나는 내내 터널의 소음 속에서 들리는 거예요. 처음에는 '설마' 하고 고개를 갸우뚱거렸어요. 근데 반복해서 엄마가 흥얼거리던 목소리 그대로 분명히 들렸어요. 저도 모르게 눈물이 줄줄 끝없이 흐르는 거예요. 속으로 '이게 뭐야?' 하는 이상한 감에 사로잡혔지만, 아무리 눈물을 그치려고 해도 그치지 않아 당혹스럽기까지 했어요. 아빠는 '영아, 너 무슨 일 있니? 왜 그러니?' 하며 어쩔 줄 몰라 했어요. 터널을 빠져나와 도롯가에 차를 세워놓고 한참 울고 나서야 겨우 진정되었어요. 교수님, 이게 무슨 현상이에요?"

"정말 좋은 경험을 했어요. 학생은 어머니가 돌아가시고 그 슬픔을 어떻게 견뎌냈어요?"

"저는 그때 수능 시험을 앞두고 있어서 장례식이 끝나자 바로 수험 준비로 들어가야 했어요. 일주일밖에 시간이 없었거든요. 아버지와 할머니께서 '엄마는 더 좋은 천국에 가셨을 것이다. 이제 걱정 말고 너 할 일을 열심히 하면 엄마가 더 좋아할 거야'라고 말씀하셨어요. 우선 아버지의 슬픔에 비하면 저는 아무것도 아니라는 생각으로 아버지의 눈치를 보는 게 그 당시 상황이었어요. 대학에 들어가자 대학 생활에 적응하느라, 어머니를 한 번도 제대로 추모해본 적이 없었어요. 차츰차츰 엄마 없는 일상에 적응이 되었습니다. 가끔 욕조에 쪼그리고 앉아 추워서 벌벌 떨고 있는 엄마 꿈을 꾸긴 했지만, 그런 꿈을 꿀 때면 왠지 기분이 가라앉고 했으나 무심히 넘겼지요."

"바로 그거예요. 어머니를 그렇게 갑작스럽게 보냈지만, 학생은 어머니를 마음속에서 보내지 못한 겁니다. 매일매일 엄마 없는 생활에 익숙해져가지만, 학생의 무의식 속에는 엄마가 도사리고 있는 것입니다. 어머니가 자주 부르신 노래를 반복해서 듣다가 그제야 숨어 있던 무의식이 수면에 떠오른 것이죠. 학생 속에 있는 어머니를 다시 불러 떠나보낼 수밖에 없음을 스스로 납득하고서야, 어머니에 대한 슬픔이 밖으로 뛰쳐나온 겁니다. 이해가 되었어요, 학생?"

M이 이야기하는 중에도 그 학생의 뺨에는 눈물이 흘러내리고 있었다. 옆에 앉은 학생이 휴지를 건네줬다. 학생은 휴지를 손에 쥐고만 있을 뿐, 눈물을 훔치지 않았다. 몇몇 앞에 앉은 학생들은 심각한 얼굴로 열심히 경청하고 있었다. 학생들 대부분은 M의 강의에 아랑곳하지 않고 자기들끼리 속닥거리고 있었다. 강의실에 앉아 있는 것만으로도 신통하다고 볼 수 있다. 일류 대학생들의 맹점은 기껏 수업 시간에 장난을 치든지, 인터넷 게임 혹은 수업을 핑계 삼아 데이트하는 정도다. 말끔하게 그 세계를 벗어나는 일탈은 못 한다. M은

마이크의 볼륨을 좀 높였다.

"현대사회는 가면 갈수록 다들 취업이나 미래에 투자한다는 명목으로 무엇이든 열심히 해야 한다는 생각에 사로잡혀 있어요. 그렇게 하지 않으면 경쟁 사회에서 밀려난다는 강박관념으로 몹시 스트레스를 받죠. 피곤한 사회에 우리는 살고 있습니다. 그럴수록 자신을 잘 돌보아야 하는데 그럴 여유나 시간이 없죠. 자신을 돌볼 시간도 없는데 주위 사람들에 대한 관심과 배려는 기대할 수도 없습니다. 부모가 죽어도 친했던 친구가 죽어도, 장례식을 치르는 그 며칠뿐이죠. 심지어 장례식이 끝나면 머릿속에서 아예 지워버리고 일상 속으로 빠져버립니다."

남학생 한 명이 손을 번쩍 들었다. 떠들던 학생들이 순간 조용해졌다.

"교수님은 심리학이나 상상 이론에 밝으니 진단이 가능하시지만, 저희들은 상상력이 우리 삶과 어떻게 연결되는 줄도 모르는데요?"

"물론 여러분이 전문가는 아니지만, 인간의 보편 현상으로 설명해도 다 분석할 수 있어요. 첫째 주와 둘째 주에 설명한 내용을 중심으로 생각해보시면 가능할 거예요. 답안이 정해진 것이 아니니까요. 여러분의 사고가 어디로 흘러가고 있는가를 조용히 지켜보는 것이 중요합니다. 일상 속에서는 자기 마음의 흐름을 볼 수 없습니다. 이번 학기는 제 강의를 통해 일상 속에서 빠져나와 자신을 읽는 연습을 하는 것입니다. 이제부터 팀을 나누어서 팀별로 토론 시작합시다."

학생들이 웅성웅성 자신의 가방을 챙겨 들고 자리를 옮기기 시작했다. M은 잠시 강의실 밖으로 나갔다. 담배를 한 대 물었다. 그 순간 귀에서 윙, 하는 소리가 나면서 어지럼증이 밀려온다. 잠시 눈을 감는다. 연구실에 요염하게 앉아 있던 그녀가 그대로의 포즈로 허공에 앉아 있다. M은 자신이 그녀를 떠나보내지 못하는 것인지, 그녀가 떠나지 못하는지 헷갈린다. 그녀를 떠나보내기로 생각한 후, 일년간은 그녀를 추모하기 위해 일부러 그녀와의 추억들을 떠올리며 글을 쓰고, 그림을 그렸다. 지금은 불면증으로 모든 게 귀찮다. 자신의 몸 하나 가누기도 힘들다. 그녀를 떠나 보낸 이후 자신이 기억하고 싶은 그 모습대로 그녀를 볼 수 있기 때문이다. M은 다시 강의실로 들어갔다.

"자, 이제 준비된 팀은 시작해도 좋습니다."

학생들은 의자가 부족하자 계단까지 앉아 있다. 그 사이를 뚫고 강의실 뒤쪽으로 갔다. 어떤 팀은 벌써 시작한 팀도 있다. 그 팀에 귀를 기울이며 근처 뒷벽에 기대었다. 일어서서 발표하는 학생은 경영학도인 4학년이었다.

"저희 아버지는 IMF 때 은행에서 실직을 당했어요. 퇴직금과 대출로 목돈을 만들어 사업을 하려고 했어요. 어머니가 반대했죠. 평생 은행에만 있던 사람이 사업은 무슨 사업이냐고, 차라리 경비원이라도 하라고, 얼마 되지 않은 돈 다 잃고 가족들 오갈 데 없게 하려는 거냐고. 격렬한 몸싸움 끝에 결국 아버지가 가출했어요. 어머니가 어떻게 아버지를 수소문해 찾았는지 10일쯤 지나 아버지가 돌아왔어요. 바로 사업을 하기로 타협이 되었는지 분주한 일상이 다시 시작되었어요.

아버지가 하려는 사업은 부동산 사업이었어요. 은행 융자를 뽑고 퇴직금 등 모은 목돈으로 사무실을 얻고 부동산 중개사 자격증을 가진 사람을 직원으로 고용해, 그 당시 IMF로 넘어가는 부동산을 잡았어요. 첫 번째는 평수가 작은 아파트를 워낙 싸게 사고 바로 싸게 되파니 사업이 되는 것 같았어요. 자본이 적기 때문에 처음에는 작은 평수의 아파트를 중심으로 융자 낀 아파트를 잡았어요. 그런데 집 한 채를 산 것이 사기꾼한테 걸려들어 자금 회전이 막혀버린 것입니다. 바로 은행 이자가 쌓이게 된 것이죠. 그것을 회복하려고 여기저기 돈을 끌어다 쓴 것도 결국 회복이 불가능한 상태로 이자가 불어나자 결국 저희 사는 집까지 은행 차압에 들어간 것입니다. 아버지가 사업을 시작한 지 4년 만에 집에서 쫓겨나 지하실 방 두 개 있는 곳으로 옮겼습니다. 정말 많은 변화를 겪었습니다. 어머니가 어쩔 수 없이 가사 도우미로 나갔어요. 아버지는 그때 이후 쓰러져 몸조차 재기 불능으로 지금까지 누워 있습니다. 그때 저는 고등학교 2학년, 학교를 그만두려고 했어요. 어머니는 어떡하든 너는 대학을 가야 한다며 외가댁으로 저를 보냈어요. 그 이후 지금까지 저는 외가댁에서 지내고 있어요.

우리가 살아간다는 것은 일을 벌이고 실수하고 다시 반성해서 고치는 과정이 아닌가요? 아버지는 그런 것을 했을 뿐이고, 그것이 회복 불가능한 상황에서 시행착오를 한 거죠. 실수를 해도 다시 일어설 수 있는 사회, 그런 사회가 건강한 사회인데 우리 사회는 한 번 시행착오를 한 사람은 영원한 낙오자로 만드는 사회라 아버지는 더 이상 재기가 힘들었던 거죠. 가족들도 아버지를 대단한 죄인 취급을 한 것입니다. 그 당시 상황으로는 불가항력이었는데 말입니다.

처음에 아버지는 저를 보지 않았어요. 아버지가 얼마나 외로웠겠어요. 가족을 그렇게 만든 자신이 얼마나 원망스러웠겠어요. 그동안 저는 아버지에 대한 원망만 했지, 아버지를 이해해보려는 노력은 한 번도 한 적이 없었던 것 같아요."

학생은 울먹거리느라 말을 잇지 못했다. 다른 학생들도 고개를 숙였다. 어떤 여학생은 눈시울이 벌게졌다. 잠시 휴식을 하자고 하고 M은 앞쪽으로 갔다. 가족 간에도 얼마나 서로를 외롭게 하는가라는 생각이 들었다. 다시 담배를 꺼내며 밖으로 나갔다.

M도 그녀를 애타게 찾다가도 그녀와 함께 있을 때도 외로웠다. 헤어져 있을 때는 보고 싶어서 괴로웠다. 처음 그녀를 본 곳은 캠퍼스였다. M은 내려가고 그녀는 올라오는 중이었다. 아직 앳된 티를 벗지 않은 신입생 같은데, 짙은 화장에 연분홍색 초미니 스커트와 속옷이 훤히 내비치는 민소매 회색 블라우스 차림이었다. 긴 회색 생머리에 분홍 머리띠, 검은색 매니큐어를 한 긴 손톱도 눈길을 끌었다. 마리 로랑생의 그림 속의 소녀가 튀어 나온 것 같았다. M은 온몸에 소름이 돋았다. 그녀는 그렇게 회색과 분홍의 조화 속에서도 얼굴은 라파엘이 그렸다는 성모마리아상처럼 기품이 있었다. 그러면서도 묘한 야생성을 가지고 있었다. 그날부터 매 순간 보고 싶어

몸살이 났다. 속과 안이 철저히 야한 여자, 내숭 떨지 않는 여자. 아니, 그녀는 그 이상이었다. M은 강의실, 동아리방, 캠퍼스 깊숙이 자리를 틀고 있는 숲속 등을 훑듯이 그녀를 찾아다녔다. 그녀는 그 어느 곳에서도 모습이 보이지 않았다.

몇 달이 지난 동아리 모임에서였다. 인간문제연구소라는 동아리에서 그렇게 찾던 그녀가 기타를 치며 그 당시 유행하던 호세 펠리치아노의 노래, 〈레인〉을 부르고 있었다. 그날은 긴 하늘색 맥시 바바리 안에 몸에 딱 붙은 쫄쫄이 회색 초미니 타이트 스커트를 입고 있었다. 바바리 단추를 다 열어놓고 있어 몸에 딱 붙은 스커트 라인이 다 보였다. 다리까지 꼬고 앉아 치마를 입지 않은 듯 팬티 선이 선명하게 보였다. M이 들어가도 자기 노래에 도취되어 거들떠보지도 않았다. M은 그녀를 만난 것이 기적 같았다. 그녀의 야한 모습에 당황, 얼른 다시 동아리방을 나왔다. 후배 녀석이 '형, 회의 곧 시작인데 어디 가?' 하고 따라 나왔다.

"새 신입생 들어왔니?"

M은 일부러 담담한 어조로 말하며 주머니에서 담배를 꺼내 입에 물었다.

"아. 저 여학생. 올해 들어온 애인데 모임에는 오늘 처음 왔어. 형 취향 아니야? 쟤, 신입생으로 들어오자마자 유명해진 애인데 몰라?"

"뭐로 유명해?"

"쟤, 옷 입는 것과 멋 부리는 것 장난 아니야. 미인은 아니지만 매혹적인데 그 매혹적인 것이 어디서 오는지 알 수가 없어. 그냥 쟤만 하루 종일 보고 있고 싶어 하며 몸달아 하는 녀석들이 많아."

"왜 그렇게 복잡하니? 혹시 너까지 그런 것 아니야?"

"정말 형, 쟤에 대해 모르는구나. 남자들이 무서워 아무도 가까이 못 해. 더 웃기는 것은 쟤가 그 과의 톱으로 들어왔대."

"뭐가 웃겨?"

"공부하고는 거리가 멀게 보이지 않아?"

"항상 선입견이 문제야."

"형, 회의 준비 때문에 먼저 들어갈게."

M은 다시 그녀를 대면할 용기가 나지 않았다. 자신의 속마음이 들킬 것 같았다. 방학 때 MT 갈 장소와 날짜를 그날 정하기로 했다. 담배를 다 피우고 바로 학교를 나와 친구와 술 마시기로 한 장소로 갔다. 교정을 내려오는데, 그녀의 요염한 모습이 자꾸 아른거렸다. 그날 술 먹는 내내 M은 그녀를 외딴섬에 가두고 싶었다. 친구들이 놀렸다.

"너 오늘 왜 이렇게 심각해? 좋아하는 여자라도 생겼냐?"

"인간문제 동아리 갔다 왔다더니, 인간 문제가 생겼냐?"

겨울 동아리 MT에서 혹시 하고 기대하던 그녀를 만났다. 행사 계획 겸 회의는 술 먹는 자리에서 다 이루어지고 동아리 MT라는 게 그 당시 밥해 먹고 술 먹는 것이 다였다. 그녀는 M보다 늦게 도착해 고기 구울 숯불을 피우느라 남학생 옆에서 후후 입바람을 불고 있었다. 그날도 미니스커트를 입었다. 엉덩이 라인이 그대로 드러난 그녀를 흘낏거리면서도 그녀와는 멀리 거리를 두었다. 불안한 마음으로 취사 준비하는 여기저기를 기웃거렸다.

술자리에 앉은 것은 10시가 넘었다. 강가라 밤 추위가 장난 아니었다. 술 먹는 사람 외에는 한 사람 두 사람 안으로 들어갔다. 캠프파이어 주위에는 대부분의 남자들만 몇 명 계속 술을 마시고 있었다. 오직 여자는 그녀뿐이었다. 그녀는 옆에 앉아 있는 의대생과 추위 때문인지 서로 껴안듯 부둥켜안고 있었다. 캠프파이어 불빛 속에 그녀의 얼굴이 사라졌다 다시 나타났다를 반복했다. 다들 그녀에게 '노래, 노래' 하며 환호했다. 의대생이 일어났다. 그 당시 유행하던 기욤 아폴리네르의 「미라보 다리」시를 낭송했다.

'쟤들 뭐냐? 지네들이 마리 로랑생과 기욤 아폴리네르라도 된 것 같네.'

M은 기분이 묘하게 나빴다.

미라보 다리 아래 센 강이 흐른다
우리 사랑을 나는 다시
되새겨야만 하는가
기쁨은 언제나 슬픔 뒤에 왔었지

밤이 와도 종이 울려도
세월은 가고 나는 남는다

손에 손잡고 얼굴 오래 바라보자

우리들의 팔로 엮은
다리 밑으로
끝없는 시선에 지친 물결이야 흐르건 말건

밤이 와도 종이 울려도
세월은 가고 나는 남는다

사랑은 가비린다 흐르는 이 불처럼
사랑은 가버린다
이처럼 삶은 느린 것이며
이처럼 희망은 난폭한 것인가

밤이 울려도 종이 울려도

'나를 열광시키는 것은 오직 그림밖에 없으며 그림만이 영원토록 나를 괴롭히는 진정한 가치'라는 마리 로랑생과 시인 기욤 아폴리네르는 피카소를 위시한 전위적 화가 및 시인들과 가난한 공동 생활을 하던 그때 사생아라는 공통점 때문에 서로 사랑에 빠졌다. 두 사람 간에 이런저런 사건이 생기면서 사랑은 이루어지지 못했다. 「미라보 다리」는 그때 기욤 아폴리네르가 마리 로랑생을 생각하며 쓴 시다. 무엇보다 잊힌 여인은 가장 불쌍한 여인이라는 은유를 통하여 두 사람 관계를 회복하려는 의도의 시다.

시 낭송이 끝나자 키가 작은 그녀가 키 큰 의대생에게 깡충 뛰어 올랐다. 의대생은 얼른 그녀를 안고서 키스를 했다. 다들 손뼉을 치면서 환호성을 질렀다. 그러고는 둘은 사라졌다.

"재들 사귀는 거야?"

"쟤네들 뭐냐?"

여기저기 한마디씩 기분 나쁜 듯이 뱉었다.

그때 마침 4학년 전자공학과 학생이 노래를 부르기 시작했다. 〈한계령〉에서부터 〈칠갑산〉까지 연달아 몇 곡을 불렀다. 노래가 끝나자 술잔이 다시 돌았다. M은 씁쓰름한 기분으로 앉아 있었다. 한 후배가 M에게 술잔을 돌리며 말을 건넸다.

"형에 대해서는 동아리에서 얘기 많이 들었어요. 인사 드릴게요. 건축학과 2학년 김연철이에요. 많이 사랑해주세요"

그가 M에게 악수를 청했다.

"재하고 같은 건축학과? 쟤 잘 알겠네?"

"두 사람 사귀는 거냐?"

M 옆에 앉은 철학과 4학년 선배가 물었다.

"아, 아니에요. 쟤 누구하고나 키스 잘 해요."

"그럼 너도 해봤어?"

다들 큰 소리로 웃었다. 그는 고개를 갸우뚱거렸다.

"누구나지만, 걔 나름대로 어떤 기준은 있는 것 같아요."

"결국 넌 못 해봤다는 거지?"

M은 그녀가 의대생에게 달려들 때 심상찮은 그것이 신경이 쓰여

그 자리를 얼른 빠져나왔다. 얼굴을 식히려고 강가로 내려갔다. 옅은 얼음 아래 졸졸거리는 물소리가 들렸다. M은 그녀가 일어나며 M을 스쳐 뛰어오를 때 그녀의 짙은 향기에 아찔했던 순간을 생각하며 휴 한숨을 쉬었다. M은 담배를 점퍼 포켓에서 찾아 불을 붙였다. 강 너머 달을 숨긴 숲속이 붉게 타오르고 있었다. 다시 담배 한 대를 피웠다. 술자리에도 방에도 들어갈 수 없을 것 같다. 멀리서 들려오는 이름 모를 짐승 울음소리가 부글부글 끓고 있는 자기 속 같았다. 몸이 오싹, 소름기가 돌아 그 자리를 일어나려는 찰나, 가까이에서 이상한 신음 소리와 남자의 거친 숨소리가 들려왔다. M은 숨죽이듯 그 자리에 도로 앉았다. 겨우 잠재운 그것이 다시 섰다. M은 잠재우듯 손으로 어루만졌다. 여자의 헉 하는 소리와 함께 숨 가쁜 남자의 소리가 이어졌다. 동시에 M의 그것도 솟아올랐다.

MT에서 돌아온 이후에도 두 남녀의 교성이 귓속을 쟁쟁 울렸다. 그 두 남녀가 누구인지 궁금해하면 할수록 그녀와 의대 3년차라는 학생이 캠프파이어 앞에서 엉켜 있던 모습이 떠올랐다. 예과 2년을 끝내고 본과로 들어가기 전에 중무장을 하기 위해 MT를 왔다는 그 학생은 배우 뺨칠 정도로 훤칠한 미남이었다. 거기다 그 당시 다른 남자들은 거의 무채색의 옷을 입었다면 그 학생은 빨간 티셔츠 같은 화려한 색깔의 옷을 자주 입어 눈에 띄었다. 여학생들이 그 학생이 지나가기만 해도 수군거렸다. M은 남자지만, 그 학생과 같이 있으면 위축되는 느낌이었다. 그녀와는 MT 때 잠시 스쳐가듯 하는 인사를 끝으로 더 이상 만나지 못했다. 언제나 귓등으로 들려오는 무성한 소문만 난무했다.

어느 날 커피숍 겸 술집을 겸한 지하 룸에서 특별 공연을 한다고 친구들이 몰려와 M을 끌고 갔다. 생맥주를 시켜놓고 간이 무대의 공연을 보면서 친구들과 술을 마시는 것이었다. 팝송을 직접 불러보고 싶어 하는 학생들에게 주인은 무대를 아예 맡겨버렸다. 카페와 펍을 같이 하는 주인 입장에서는 생맥주와 안주만 많이 팔면 되었다. 낮에는 주로 카페로 밤에는 펍으로 운영하는 '캠퍼스'라는 가게였다. 그 근처가 몇 개의 대학이 몰려 있어 인기 절정이었다. 학생들은 몇 명이 번갈아 노래를 불렀다. 아마추어인데도 꽤 수준이 높았다. 그 당시 유행하던 팝송인 호세 펠리치아노의 〈레인〉이라든가 비틀즈의 〈렛잇비〉, 사이먼 앤 가펑클의 〈더 사운드 오브 사일런스〉 등이었다. 분위기 때문인지 다른 때보다 생맥주 500CC를 계속 시켜 마셨다. 수시로 화장실을 들락거리며, 분위기에 젖어들어 모두가 노래에 열광했다.

한 시간쯤 지났을까. 분홍 원피스에 발목까지 하늘색 스카프를 길게 늘어뜨리고, 하늘색 염색 머리에 흰 모자와 분홍 리본을 늘어뜨린 그녀가 등장, 바로 무대로 직행했다. '와아' 하는 함성이 울렸다. 마치 환상 속의 여자 같았다. 무대 조명 역시 옅은 하늘색으로 바닷속에 한 여인이 잠겨 있는 것 같았다. 마치 빛으로 포획된 인어공주 같았다. 그녀는 아그네스 발차의 〈기차는 8시에 떠나네〉를 기타를 치며 불렀다. 기타를 치는 손이 마치 그물을 벗어나려는 손짓처럼 애절하고 간절하게 보였다. 술에 웬만큼 취한 친구들은 기립 박수를 치며 열광했다. 노래가 끝나자 한 후배가 '저런 여자를 좋아하지 않을 남자가 있겠는가' 하며 무대를 향해 머리 위로 두 손을 모아 사랑 마크를 만들어 흔들었다. 갑자기 무대로 어떤 남자가 뛰어 올라가 그녀와 키스를 했다. 그녀 역시 키스에 응해주었다. 그러자 너도 나도 올라가 무대가 아수라장이 되었다. 결국 무대 옆에서 뛰쳐나온 몇몇 장정이 그녀를 보호하고 내려와서야 소란이 진정되었다.

그날 친구들은 키스를 한 그 남자가 미워서인지, 키스를 받아준 그녀가 미워서인지 또 모두 1000CC를 시켜 마셨다. M은 몸도 가누기 힘든 상태가 되었다. M이 비틀거리며 화장실로 향했다. 입구에서 그녀를 만났다. '선배도 이런 데 다 와요?' 하며 그녀가 M의 뺨을 꼬집고 지나갔다. M은 갑자기 화가 났다. '도대체 쟤, 뭐야?' 하는 생각이 들었다. 그것이 자극에 요동을 쳤다. M은 주위 사람들이 볼까 봐 얼른 화장실로 들어갔다. 그것은 제일 처음 그녀를 만난 이후부터 그녀를 만날 때면 안전장치가 풀리듯 요동을 쳤다. 얼른 바지를 끌어내리고 소변을 봤다. 오줌이 성난 호스처럼 이리저리 제멋대로 날아다녔다. M은 머리에 진땀이 났다.

차츰 M은 그녀를 감당하기 어렵겠다는 생각이 들었다. 전에는 행사일 외에는 들르지 않던 동아리방을 거의 매일 들렀다. 머릿속에는 끊임없는 갈등 속에서 그녀를 단념할지, 한 번만이라도 데이트를 할지에 대한 생각이 순간순간 번갈아 왔다 갔다 했다.

어느 날 수업이 끝나고 어둑어둑 밤의 찬 기운이 스며 나오는 동아리방 창문가에 서서 담배 한 대를 피우고 있었다. 담배 연기에서 퍼져 나오는 고독을 음미하며 한 번이라도 그녀와 껴안고 자보고 싶었다. 그녀가 보고 싶어 아무것도 할 수 없었다. 술과 담배만이 위로가 되었다. M은 동아리방에서 그녀를 만날 수 있다는 것을 기약하지는 않았지만, 그녀가 꼭 오리라 생각했다. 그날이 언제가 될지는 모르지만, 담배 한 대를 피우면서 이것을 다 피우면 가야지, 하는 생각에서 어떤 때는 열 대까지 피운 적도 있었다. 기적처럼 그녀가 오리라, 마치 시 구절처럼 입으로 되뇌었다. 기적처럼 오지는 않았지만 기적처럼 만났다. 그날은 담배 다섯 대를 피우고 동아리방을 나서, 그 씁쓸하고 우울한 기분으로 발걸음을 세면서 천천히 교정을 빠져나가고 있었다. 뜻밖에 그녀의 목소리가 들렸다.

"선배, 왜 이렇게 기운이 없어 보여요?"

M은 뒤를 돌아보았다. 검은 맥시코트에 분홍 얇은 스웨터에 하늘색 바지를 입고, 화장도 예의 검은색에 가까운 회색 아이섀도와 분홍색의 입술이었다. 마리 로랑생의 그림 속의 소녀가 자기 앞에 있는 것 같았다. 순간 그녀에게로 가 진한 키스를 하고 싶었다. 그러나 M은 담배를 꺼냈다. 그녀에게도 한 대 주었다. 검은 매니큐어 손톱 사이로 스며나오는 담배 연기를 보고 싶었다. 둘은 도로를 벗어나 숲 쪽으로 걸었다. 숲 안쪽으로 가 벤치에 앉았다.

"저는 저녁 먹고 다시 수업하러 들어가야 해요. 아직 작업이 남았거든요. 교수도 저녁 먹으러 간다고 잠시 휴식 시간이에요."

"참, 건축과라 했지. 재미있어?"

M은 담배 연기 사이로 그녀를 음미하며 태연한 척 물었다.

"네, 살 맛이 날 정도로 좋아요. 교수님도 좋고 작업하는 것도 좋고요. 어떤 때는 교수님과 둘이만 밤을 새울 때도 있어요."

"혁, 둘이만? 그래도 괜찮아?"

"뭐가 문제예요? 저는 유부남이 좋아요. 저 또래는 싫어요. 다들 왜 그렇게 변명이 많은지, 그들은 유치하고 솔직하지 못해요. 섹스는 정신적으로 통해야 하고, 이상형이 어쩌니 하는 진부한 이야기에 질렸거든요. 저는 몸이 시키는 대로만 해요. 그런 유치한 소리 안 하는 연상 유부남이 좋아요. 유부남이니까 결혼하자는 소리도 안 하고."

"좋아해야 하는 것 아니야?"

"물론이죠. 그러나 일편단심 민들레 부담스러워요. 저는 그냥 어떤 남자는 다리에 있는 부드러운 황금색 털이 좋아서 좋고, 또 어떤 남자는 소년 같아서 좋고, 어떤 남자는 웃는 모습이 좋아서 좋고. 공부를 잘해서 좋거든요. 그래도 또래보다는 열 살 이상의 남자들이 더 제 취향에 맞아요."

"그렇게 좋은 사람이 많아서 좋겠네."

M은 비꼬아주고 싶었다.

"근데 선배는 그 부끄러움이 좋아요. 선배 저 좋아하는 것 알아요. 근데 한 번도 만나자거나 전화 안 하잖아요."

M은 갑자기 자신을 들킨 것 같아 당황스러웠다. 담배 연기 사이로 그녀가 흩어졌다. 분홍색의 입술 주위로 연기가 모였다가 다시 회색 눈두덩 언저리에서 흩어진다. 그녀는 회색과 분홍의 연기 사이

에서 나타났다 사라졌다를 반복한다. 그녀의 꼬고 앉은 다리 아래 흰 담배 연기가 모였다가 퍼지면서 그녀의 가슴으로 올라간다. 꼬고 앉은 허벅지와 허벅지의 틈 사이에 놓여 있는 담배를 든 손가락에서 연기가 피어나듯 솟아오른다. 그리고 얼굴은 연기 속으로 사라진다. 그 어둠 속에서 마치 그녀는 곡예하듯 사라졌다 돌아오기를 반복한다. 그녀가 담배꽁초를 비비듯 밟고 일어선다.

M은 침을 꿀꺽 삼켰다. 그녀는 M에게 바투 다가와 마치 소중한 물건을 감싸듯 M의 머리를 감싸 서서히 그녀의 입술을 자신의 입술에 갖다 대었다. 그녀는 M을 끌고 더 깊이 더 깊이 숲속으로 데려갔다. 때 맞춰 까마귀가 까악까악 머리 위에서 울었다. M은 자신도 모르게 그녀를 와락 껴안았다. 그녀의 따뜻하고 부드러운 혀의 감촉이 혀뿌리까지 자극, 숨조차 쉴 수 없었다. 몸 전체가 그녀의 혀로 빨려들어가는 것 같았다. 그녀의 날카로운 손톱이 아래에서 가슴으로 그리고 목으로 스멀스멀 올라왔다. 칼끝으로 찌르듯 날카롭게 온몸을 훑고 지나가자 일제히 신경이 곤두섰다. M은 거미줄에 포획된 한 마리 벌레처럼 아무것도 할 수 없었다. 그 날카로움이 거기에 닿자 하늘에 무수한 폭죽이 쏟아지듯 끝없이 떨어졌다. 온몸이 뜨거운 열기로 불기둥처럼 확 타올랐다. M은 공중에 산화되는 기분으로 확 솟아올랐다 떨어지며 그 자리에서 쓰러졌다.

M은 그날 이후 그녀를 만나려고 몇 번을 시도했으나 만날 수 없었다. 언제나 찾아간 강의실에서 12시가 넘는 시간까지 설계 도면에 코를 박고 있는 모습만 보았을 뿐이다. M은 그날의 황홀했던 감각을

다시 한번 경험해보고 싶었다. 그녀는 졸업이 가까워지자 동아리방에도 나타나지 않았다. 소문에 의하면 안식년을 위해 미국에 간 전공 교수를 따라갔다는 것이다. 그 뒤로 몇 년의 세월이 흘렀다. M은 환상 속에서만 그녀를 만날 수 있었다. 그녀 때문에 많은 여자를 만나고 헤어지고를 반복했다. 그러나 그녀를 대신할 파트너는 없었다.

그는 30년 이상을 기다렸지만 그녀는 나타나지 않았다. 그녀가 어디에 살아 있든지 M에게는 죽은 것이다. 자신 앞에서 사라진 그녀를 죽은 사람으로 단정, 추모하기로 했다. 득히 20대의 그녀를 추모해야 한다고 생각했다. 환상 속에서 그녀와 만났던 장소와 입었던 옷을 기억하며 하나씩 하나씩 추모하기 시작했다. 그런데 정말 20대의 그녀가 다시 왔다. M은 너무 기뻤다. 하지만 시도 때도 없이 나타나 M을 당황시켰다. M은 정년퇴임을 하면 그녀를 추모하는 데 더 많은 시간을 보낼 작정이다. 자신에게 남은 일은 오직 그것뿐이다. 밖에서 담배 연기에 싸여 몽롱한 시선으로 먼 허공을 주시하고는 이 청명한 날씨에 다시 그녀를 추모해야 한다고 생각했다. 그때 학생 한 명이 강의실에서 뛰쳐나왔다.

"토론한 것 보고서 제출하고 가면 돼요?"

'아, 지금 수업 중이었지.' M은 정신이 번쩍 들었다.

"물론, 자유롭게 조교에게 제출하고 가면 돼."

다시 담배 한 대를 꺼내어 불을 지폈다. 먼 허공을 향해 담배를 깊숙이 빨았다 내뿜었다. 낙엽을 밟으며 천천히 연구실로 발을 옮겼다.

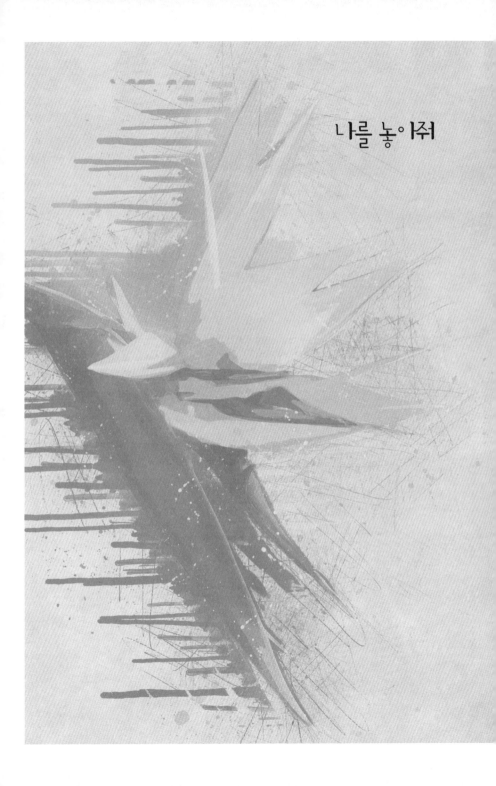

나를 놓아줘

나를 놓아줘

아버지의 법

  바닷속으로 떨어지기 직전 태양은 짓궂은 아이처럼 황금 화살을 무차별적으로 쏘았다. 아내는 아파트 거실 유리에 반사된 태양빛을 받으며 멍하니 앉아 있었다. 그러다 마치 무엇에 놀란 듯이 벌떡 일어났다. 옆 동에 사는 어머니를 위해 저녁 준비를 할 시간이 온 것이다. 아내는 거실 테이블의 핸드폰에서 흘러나오던 〈월광〉을 껐다. 뇌가 사라져버렸으면 좋겠어. 혼잣말처럼 낮게 말하며 부엌으로 향했다. 깜짝 놀라 아내를 쳐다보았다. 아내와 나 사이를 왔다 갔다 하는 귀욤이의 등을 슬슬 문지르다 마음이 심란해지기 시작했다. 저런 말을 뱉을 때에는 자신의 삶에 대한 회오나 새로운 성찰이 일어날 때였다. 그러면서 짧게는 일주일 길게는 한 달까지 저기압이었다. 다행히 아내는 더 이상 아무 말이 없다가 거친 동작으로 싱크대 밑에서 냄비를 꺼내어 던지듯 내려놓았다. 스테인리스의 마찰음이 날카롭게 울려 퍼졌다. 아내는 냄비를 내려놓은 채 한참을 멍하니 서 있었다. 폭풍 전야 같았다.

아내는 20년 이상 두 집 살림을 하고 있었다. 부모님 집과 우리 집이다. 아버지가 갑자기 뇌졸중으로 쓰러져 5년 전에 돌아가셨다. 치매 초기 증상을 보이던 어머니는 혼자 남게 되자 하루가 다르게 악화되었다. 해방 직후 이북에서 머슴들에게 당한 수모 때문에 집에 사람 들이는 것을 극히 싫어한다. 어쩔 수 없이 아내가 3년 동안 내가 퇴근하기 전까지 어머니 곁을 지켰다. 퇴근 후 저녁을 먹은 후는 대신 내가 어머니 댁으로 간다. 대학병원에서 퇴직해 병원을 개업한 지 1년도 채 안 된 시점이었다. 결국 나는 3년까지 버티다 아내의 우울증이 점점 심해져 후배에게 병원을 넘겼다. 어머니를 돌볼 사람이 나밖에 없었기 때문이다. 우리 부부는 별거 아닌 별거 생활을 거의 5년째 하고 있다. 왜 요양원에 보내지 않느냐고 장모를 비롯한 주위에서는 말들이 많았다. 타인을 싫어하다 못해 두려워하기까지 하는 어머니를 요양원에 입원시킨다는 것은 죽음으로 몰아넣는 것이다. 자식으로 차마 할 수 없었다. 결국 내가 어머니의 집에서 생활할 수밖에 없었다.

딸이 유학 간 후 아내는 혼자 지낸다. 그러면서 양쪽 집의 세 끼 밥을 도맡아 하고 있다. 아내와는 국내 여행이든 해외 여행이든 여행이라곤 전혀 꿈도 꾸지 못한다. 퇴직하면 유럽 여행을 가자고 노래를 부르던 아내였다. 나는 아내에게 자유롭게 친구들과 어울려 여행을 즐기라고 하지만, 아내는 식사 부담 때문에라도 결코 집을 벗어나지 못한다. 아침 식사를 하고 나면 점심, 점심 식사를 하고 나면 바로 저녁 준비를 해야 하는 내가 어떻게 이곳을 벗어날 수 있겠냐고 항변한다. 도우미 아줌마도 싫다, 외부 음식은 절대 금지, 한 번 이상 똑같은 음식을 먹지 않는 어머니를 두고 내가 도망가거나 당신과 이혼하지 않으면 불가능한 이야기라는 것이라는 것이다.

아내가 만들어놓은 나물과 전은 찬합에, 갈치구이와 닭조림과 미역국은 플라스틱 통에 넣어 어머니 집으로 향했다. 번호키를 누르고 현관으로 들어갔다. 텔레비전에서는 만담 프로그램을 하는지 여러 명이 떠드는 소리가 요란하다. 한 시간 전에 텔레비전을 틀어놓고 갔다. 그 사이에 어머니는 주무셨는지 머리가 부스스하다. 통에 담긴 미역국을 데우려고 냄비에 쏟았다.

"밤새 인민군이 문을 두드리지 안칸, 무서워 이불을 뒤집어쓰고 얼마나 떨었는지……."

어머니는 밤낮 구분이 없다. 치매 이후에 걸핏하면 고향에서 인민군에게 당했던 공포에 시달리고 있다.

"지금, 낮이에요. 제가 없을 때 주무시지 말고 텔레비전을 보시라고 틀어놓았잖아요."

"인민군 떠드는 소리 듣기 좋간?"

어머니에게는 가족이 아니면 모두가 인민군이고 공산당원이다. 외부인을 진저리나게 싫어하는 이유를 치매에 걸린 이후 알게 되었다. 아마 어머니가 치매에 걸리지 않았다면 어릴 때의 비정했던 아버지나 냉랭했던 어머니와 화해할 수 없었을 것이다. 평생 은행에서 근무했던 아버지는 깐깐하기 그지없었다. 언제든 전쟁이 일어날 수 있다는 절박함으로 세상과는 거의 단절하다시피 지냈다. 한 번도 손님이라곤 초대한 적이 없고, 이웃과의 교류도 없었다. 오직 두 분이 살고 있는 집이 우주였다. 누구에게 전화를 거는 법도 전화가 온 적도 없었다. 아버지는 퇴근 후에도 은행 일에 몰두했고 어머니는 요리와 뜨개질로 시간을 건져 올리곤 했다.

아버지 이머니는 남북한의 대치 상태가 언제 어느 때 전쟁으로 변할 줄 모른다고, 자신들은 언제 죽을지 모른다며 자식들에게 한 명 한 명 생존을 스스로 책임져야 한다고 가르쳤다. 당신들이 이 세상에 없더라도 각자 알아 스스로 살아갈 수 있어야 한다는 강박에 가까운 생활 철학은 자식들에게 냉혹할 정도로 비정했다.

그때는 아직 신문이 집집마다 배달되지 않던 시절이었다. 나는 초등학교에 입학하자마자 새벽이면 신촌로터리 가판대에 가서 신문을 사 와야 했다. 아버지가 시킨 심부름이었다. 당시엔 창천동에 살았다. 날씨가 영하 10도까지 내려가도 예외는 없었다. 꽤 먼 거리였다. 걸어도 걸어도 끝날 것 같지 않았다. 손을 호호 불면서 집으로 돌아왔을 때는 손이 벌겋게 얼어 있었다. 어머니조차 '추웠지?' 하는 따뜻한 말 한마디 하지 않았다. 새벽 눈 오는 날 언 손이 뻣뻣해 몇 번씩 손에서 신문이 미끄러져 내려갔다. 겨우 겨드랑이에 끼고 온 신문이 마룻바닥에 툭 떨어져도 고생했다는 말 한마디 없었다. 혼자 방에 들어가 운 적도 있었다. 겨울밤 일찍 일어나는 것이 무서워 잠을 자다 오줌을 싸기도 했다. 부모님은 그 사실도 몰랐다. 몰래 옷을 갈아입고 빨래통에 넣고 도망 나오듯 집을 나왔다. 남의 집 앞에서 서럽게 울었다. 어느 날 눈길에 미끄러져 어깨가 너무 아파 선뜻 일어나지 못했다. 동생 둘이 일으켜서야 겨우 일어날 수 있었다. 동생들이 걱정스러운 표정으로 물었다. 형 아픈데 신문 가지러 갈 거야? 그럼 니네들이 갈래? 그 말에 둘 다 도망갔다. 일어나다 다시 주저앉았다. 동생들이 어머니에게 일렀는지 어머니가 방으로 불쑥 들어왔다.

어디 아픈갼? 모르겠어요! 온몸이! 너의 아버지 들으면 뭐라 그란? 얼른 다녀와.

어머니의 그 말에 더욱더 서러움이 북받쳤다. 나도 모르게 엉엉 울음이 터졌다. 속으로 '저 사람은 우리 엄마가 아니야'를 반복하며 통곡을 했다. 아버지가 울음소리에 문을 벌컥 열었다.

이게 무언 소리야? 어머니는 아버지 앞에서 말 한마디 안 했다. 아버지는 나를 지하 창고에 가둔 것도 모자라 그날 학교까지 보내지 않았다. 나는 그날부터 매일 가출하는 꿈을 꿨다.

우리 형제들은 항상 부모들의 엄한 분위기에서 숨죽이고 살았다. 더군다나 남동생들과는 다르게 나에게는 언제나 아버지는 네가 집안을 책임져야 한다는 말을 반복적으로 하셨다. 아버지는 이북에서 혈혈단신으로 내려와 생활력이 강한, 동향 어머니와 결혼했다. 고향에서 가족처럼 지냈던 머슴들에게 당했던 배신감으로 아무도 믿지 못하고 오직 부부만 동지적 관계처럼 일심동체가 되어 자식들을 엄하게 키웠다.

두 분의 일체화된 관계로 철이 들기 전부터 어리광은 우리 사전에 없었다. 철들기 전 막내가 장난감 총을 사달라고 조르다 물건을 집어 던지며 엄마 아빠 싫어 죽어 죽어버리란 말이야 하고 집을 뛰쳐나갔다. 막내가 부모를 향해 그렇게 말할 수 있는 용기에 깜짝 놀랐다. 막내를 따라 달려 나갔으나 금세 어디로 갔는지 보이지 않았다. 막내를 찾을 수 없는 한 나도 집에 들어갈 수 없었다. 이제나 저제나 하고 기다렸지만 막내는 밤새 들어오지 않았다. 집 앞 대문 앞에서 꼬박 밤을 새웠다. 그때 아버지 어머니의 비정함이 원망스러웠다. 그 다음 날 바로 밑 동생과 함께 동네를 샅샅이 다 뒤졌다. 마침내 몇몇이 무리 지어 다니는 불량배들을 따라다니는 막내를 찾아 집으로 데려왔다. 막내는 저 형들이 엄마 아빠보다 좋단 말이야. 집에 가기 싫어, 했다. 그럼 너 평생 집 없이 떠돌이 생활하면서 저 형들 시키는 대로 도둑질이나 하고 거렁뱅이 짓을 하고 살 거냐, 그러면 그렇게 살아. 그리고 쌀쌀하게 돌아섰다. 그때야 슬그머니 손을 잡고 따라왔다. 부모들은 막내가 집에 없어도 집에 들어와도 아무 말이 없었다. 그때 부모들이 정말 섬찟했다.

그 이후 우리 형제들은 우리끼리 의논하고 의존하며 살아왔다. 아버지 어머니가 밥 주고 학비 대어주는 것만으로 만족해하기로 했다. 그렇게 생각하니 항상 분에 넘치는 식사와 학비, 용돈이 너무 소중하게 느껴지고 부모님에 대한 감사하는 마음까지 생겼다. 형제들을 다독거리는 것은 나의 몫이었다. 결국 독립하기 위해서는 죽어라고 공부 열심히 하는 방법밖에 없었다. 둘째는 내가, 셋째는 둘째가

맡아 공부를 시켰다. 부모에 대한 기대를 접었다. 무서움은 그대로였다. 오히려 동생들은 형에게 억지를 부리다가도 어머니가 오면 딱 그쳤다. 부모들의 말은 바로 법이었다.

나는 바보였다

아내는 하고 싶은 게 많은 여자였다. 유학차 미국으로 가는 비행기 속에서 아내가 주저리주저리 읊는 희망의 빛 속에서 잠시 불안의 그림자를 언뜻 보았다. 아내는 5년째 근무하던 중학교 음악 교사직을 그만두었다. 아내는 영화 〈사운드 오브 뮤직〉에 나오는 마리아 역을 맡은 줄리 앤드루스 같았다. 처음 아내를 보았을 때 끊임없이 쏟아내는 말 속에 안개가 피어나고 안개 속으로 피어오르는 무수한 꽃송이들을 보았다. 딸이 없는 삼형제뿐인 우리 가족 속으로 아내가 들어오는 순간 구름이 피어나듯 송이 지는 솜사탕의 달콤함에 모두 취해버렸다. 웃지 않는 것을 삶의 근엄함으로 착각하고 사는 아버지마저 파안대소했다. 재미있는 처자구먼, 어머니는 못마땅한지 쓴웃음을 잇사이로 보이다 금방 거두어들였다. 아내는 음악 교사를 천직으로 생각했다. 학생들과의 에피소드를 하나하나 구체적으로 쏟아낼 때는 학생들의 얼굴이 재생될 정도로 생생하게 묘사했다.

아내는 미국에서도 복직 생각만 했다. 학교에서 학생들을 어떻게 재미있게 가르칠 것인가를 이야기했다. 새로운 교수법을 개발해야 한다며 구입해 온 책들을 읽고 자신이 생각한 아이디어를 쏟아냈다. 가끔 틈을 내어 놀러 간 요세미티 국립공원, 그랜드캐니언 등에서는 한 마리 야생마처럼 뛰어다녔다. 요세미티 공원 남쪽 마리포사 숲에서 본 자이언트 세쿼이어 군락지의 울창한 숲은 상상을 초월했다. 환희의 절규가 온몸에서 퍼져 나와 마치 빛을 품어내듯 온몸에서 광채가 나는 것 같았다. 낯선 여자를 쳐다보듯 햇빛 아래 환한 웃음을 짓는 아내를 쳐다보았다. 그때 마침 새 떼들이 지지배배, 지지배배 다양한 소리를 내며 미리 위를 순회했다. 새들이 마치 서로 합창으로 수다 떠는 것 같았다. 어머, 쟤네들 합창 소리 들어봐. 화음도 기가 막히네. 마치 숲도 화답하는 것 같네. 원시 속의 까마득한 과거를 그리워하는 것 같기도 하고. 이 합창을 끝까지 기억해야지. 어떤 음악도 이렇게 어우러진 싱그러운 것을 들어본 적이 없어. 아내가 그러니 또 그런 것 같았다. 그들은 그렇게 합창하듯 지지배배, 지지배배 하다 어디론가 날아갔다. 아내는 넋없이 새 떼가 보이지 않을 때까지 눈을 떼지 못했다.

돌아오는 길에는 이 숲속에서 한 마리 야생동물로 영원히 살다 사라지고 싶다며 떠나는 것을 아쉬워했다. 그런 아내를 볼 때마다 그동안 살아오면서 한 번도 느끼지 못했던 자신 속에 아득히 먼 그리움 같은 것이 피어나면서 울컥하는 마음이 일어났다. 그 이후 아내를 볼 때 자신 속의 환희가 일어나면서 에너지가 솟아오르는 것을 느낀다. 아내를 만나기 전까지 느끼지 못했던 몸의 에너지를 경험했다. 집에 오면 무거운 분위기 속에서 공부를 하지 않으면 안 된다는 강박이 항상 목덜미를 잡았다. 그렇다고 부모들이 공부를 강요하거나 눈치를 주는 것은 아니었다. 저녁을 먹고 책상에 앉아야만 될 것 같은 분위기. 그 묵직하게 가라앉았던 무언가가 조금씩 요동치기 시작했다.

귀국 후 오매불망 학교에 다시 되돌아가기를 바랐던 아내의 소망은 이루어지지 못했다. 이미 아내의 휴직 기간이 길어서 학교에 되돌아가는 것이 어려웠다. 귀국하자마자 교육청 담당자에게 몇 번이나 전화를 했다. 번번이 신경질적인 답변만 돌아왔다. 최근 임용고시에 합격한 대기자만도 수십 명이 된다고 했다. 당시에 딸이 초등학교를 들어갈 나이였다. 아내는 어느 틈에 복직은 포기한 듯 딸에게 한글 가르치는 데 열중했다. 딸아이와 까르르 까르르거리는 소리에 처음 아내를 만났을 때가 다시 떠오르곤 했다. 딸이 학교 생활에 어느 정도 적응되자 다시 아내는 기간제 교사를 알아보고 있는지 퇴근할 때 집에 들어서면 누군가와 전화를 열심히 하다 서둘러 전화를 끊곤 했다.

공부를 끝내고 귀국한 지 3년쯤 되었을 때 부모님이 집 옆 동으로 이사를 왔다. 이미 어머니는 70대였다. 어떤 일이 생길지 모르는 불안감에 가까이서 살아야겠다고 했다. 아내도 나도 반대할 수가 없었다. 연세가 들자 마음이 약해지셨다고만 생각했다. 처음 아내에게 당신네 시장까지 봐주기를 요청했을 때 아내는 단호한 어조로 거절했다.

도우미 아줌마를 불러줄 테니 일주일에 세 번 정도 시장 보기, 청소, 반찬 등을 시키라는 것이다. 어머니가 강박적으로 남의 식구를 집에 들이는 것을 싫어한다는 것을 아내도 알고 있었다. 그러나 우리 가족 세 명 밥해주는 것도 자신의 힘에 부친다고 하소연했다. 교사로 되돌아갈 수 없다는 것을 확신한 이후 아내는 좌절감으로 거의 집에서 칩거 상태에서 매사에 의욕을 보이지 않았다. 아내는 결혼할 당시의 터질 것 같은 에너지의 여성이 이제 아니었다.

남의 식구 함부로 집에 들락거리는 것 좋간디? 어머니 또한 단호했다.

두 사람 사이에 끼어들 수가 없었다. 어머니도 아내도 설득할 재간이 없었다. 그 이후 한동안 아내는 말이 없었다. 하루 종일 딸을 학교에 보내놓고는 〈짐노페디 1번〉을 반복적으로 듣고 있는 듯 저녁 먹은 후도 계속 그 곡만 듣고 있었다. 아내가 그 곡을 틀 때는 심리적 안정이 필요하거나 위로가 필요할 때였다. 처음 귀국, 다시 교사 자리를 알아볼 때도 일주일 내내 이 곡만 틀었다. 그 곡을 다 외울 정도이다.

저녁 식사를 가져오기 위해 아내에게로 갔다. 언제부터 왔는지 함박눈이 쏟아졌다. 아파트 소나무와 사철나무에 눈꽃송이들이 활짝 피었다. 조금 전 어머니의 소란이 머리를 떠나지 않는다. 눈 오는 광경이 생경하기까지 하다. 어머니는 그날따라 피난 오다 자신의 옷을 벗기고 능욕하려던 그 인민군을 나로 착각해, 나가라고 고함을 질러 대었다. 점점 치매 증상이 심해지자 나까지도 가끔 인민군으로 오해

한다. 절망감으로 어떻게 해야 할지 망연자실, 겨우 빠져나왔다. 첫 눈인데 쏟아지듯 내리는 함박눈이다. 도로에도 제법 눈이 많이 쌓였 다. 사람들은 패딩 모자를 뒤집어쓰고 텔레비전의 슬로 모션처럼 천 천히 느린 걸음을 옮기고 있었다.

가족 여행으로 보스턴에 간 때가 생각났다. 때늦은 4월 초에 함박 눈이 쏟아지기 시작했다. 보스턴 가까이 다 와서 눈 속에 갇혔다. 아 내와 딸은 눈으로 덮인 풍경에 도취, 4월에 걸맞지 않는 탄일종 동요 를 반복해서 부르고 있었다. 중간중간 딸의 까르르 소리가 현실감을 잊게 해준 기억이 났다. 그때는 마지막 눈이었고 오늘은 올해의 첫 눈이었다. 첫눈이 올 때마다 아이들처럼 흥분하는 아내 생각에 자신 도 덩달아 흥분되었다. 그래도 미국 있을 때가 행복했다. 미국에서 느꼈던 에너지는 한국에 정착하면서 차츰 다시 가라앉기 시작했다. 더군다나 부모님이 옆동으로 이사 오고 난 후에는 자신의 목에 마치 가시 걸린 것처럼 수시로 따끔거렸다.

아내와 첫눈을 축하하기 위해 맥주라도 한잔 하고 싶다. 그러나 어머니를 오래 방치할 수가 없다. 아내가 있음에도 아내와 함께할 수 없는 그리움에 목이 멘다. 언제 아내와 오붓한 시간을 가졌는지 생각조차 나지 않는다. 부부임에도 식사조차 따로 해야 한다. 자신 은 어머니와 같이 식사를 한다. 오직 자신의 아내와 함께 있을 때는 아내가 식사를 준비하기 위해 기다리는 시간뿐이다.

집에 도착했다. 벨을 몇 번이나 눌러도 반응이 없어 고개를 갸우 뚱거리며 전화를 했다. 전원이 꺼져 있다. 식탁에는 보자기에 싼 준비된 반찬이 놓여 있었다. 불길함이 목덜미를 잡았다. 첫눈 맞이하기로 바닷가 카페에라도 가서 커피라도 한잔하겠지, 불안한 마음을 다독였다. 아내는 첫눈이 올 때마다 언제나 독특한 이벤트를 마련, 바깥이 잘 보이는 호텔 커피숍, 아니면 바닷가라도 나가야 했다. 저녁을 차려주고 다시 핸드폰을 꺼냈다. 이럴 때는 동생들까지 원망스럽다. 미국에 있는 동생들은 이런저런 핑계로 부모들을 멀리했다. 몇 번 부모들이 그들의 집에 가겠다고 비자 인터뷰, 비행기 예약까지 해놓고 결국 계획을 취소했다. 농생들은 박사 논문 집필 중이다, 급한 프로젝트다, 이런저런 핑계를 대어 부모들의 접근을 차단했다. 그렇지만 자신까지 그럴 수 없었다. 아내도 며느리 역할을 혼자 담당해야 했다. 아내는 나와 결혼하지 말았어야 했다. 아내는 나와 결혼 후 매일 조금씩 시들어갔다.

나를 놓아줘

부모님이 우리 가까이 이사 오기 전, 아내는 모든 것을 새로 시작한다며 물방울의 작가 김창열, 빛과 색채의 화가 유영국, 주로 가난한 이웃 사람들을 그린 박수근 등의 전시회를 열심히 찾아다녔다. 자신이 좋아하는 작가들의 책을 사서 읽고 지인들에게도 보내며 이전의 활기를 되찾는 듯했다. 가끔 피아노와 기타를 옆에 두고 악보를 그리고 있을 때도 있었다. 아내가 눈 오는 날이나 커피숍 등에서 자신이 좋아하는 음악을 들으면 자신 속에 알 수 없는 악상이 지속적으로 흘러나온다고 했다. 그런데 집에만 오면 딱 그친다고 했다. 집에서는 자신이 좋아하는 음악을 아무리 들어도 머릿속에 맴돌 뿐 악상이 떠오르지 않는다고.

부모님이 이사 온 후 수시로 불러대는 어머니 때문에 집중이 되지 않는다고 포기를 선언했다. 이때부터 아내는 우울증 증상이 나타났다. 아내는 미국에서의 부모님과의 갈등 이후 대화도 거의 하지 않는다. 건성으로 답하고 응했다.

미국 유학 시 아버지 어머니가 첫 방문했을 때였다. 전통처럼 지켜져왔던 식탁 차림이 문제였다. 육류는 두 가지로 쇠고기와 닭 요리, 아니면 쇠고기와 돼지고지, 생선 역시 두 가지로 굴비와 갈치조림, 아니면 갈치조림과 가자미구이, 김치는 꼭 직접 손으로 담근 김치. 아내 결혼 후 어머니가 강조하던 집안의 룰이었다. 아내는 미국에서까지는 아니겠지 하며 단순화시켜서 미역국과 갈비조림, 굴비구이, 당연히 김치는 그 당시 한인들이 많이 먹는 한국 슈퍼마켓에서 파는 김치였다. 나물들은 구할 수 없어 샐러드를 준비했다. 아내는 그 정도가 미국에서 할 수 있는 최선이라고 생각했다. 부모들이 보내주는 생활비는 최소한의 생활비였다. 그 돈으로 한국 슈퍼마켓은 갈 수 없었다. 주로 샐러드와 빵에 버터, 잼을 발라 먹었다. 기껏 계란 프라이로 단백질을 채웠다. 가끔 밖에서 사온 햄버거로 끼니를 때우곤 했다. 부모님이 오신다고 특별히 한국 슈퍼마켓에서 구입한, 한 달 생활비에 가까운 비싼 것들만 골라서 요리를 한 것이다.

그런데 아버지께서 몇 번 숟가락질을 하더니 수저를 놓았다. 그러자 표정이 험악해지기 시작했다. 어머니마저 숟가락을 놓았다. 무언가 부족하다는 뜻이다. 당황한 나머지 아내가 식탁에 앉아 첫 숟가락을 들려는 순간 내가 김을 구워 오라고 했다. 그 당시는 구운 김이 포장으로 나오지 않았다. 순간 아내의 눈꺼풀이 파르르 떨리면서 파랗게 질렸다. 아내에게 구이김은 반찬이 없을 때 꺼내는 비상식량이나 마찬가지였다. 아내가 식탁을 박차고 집 밖으로 뛰쳐나갔다.

자신이 보기에도 미국에서 더 이상의 밥상을 차릴 수는 없었다. 배고픔을 참고 음식들을 정리해서 다시 냉장고에 넣는데 알 수 없는 분노가 끓기 시작했다. 그러나 아버지 어머니에 대한 두려움은 아내를 찾아 나가지 못하게 했다. 그사이 아내가 들어오기를 초조하게 기다릴 뿐 아무 말을 할 수가 없었다. 부모님들은 주무시는 방에 들어가셔서 기척이 없었다. 아내가 들어온 것은 밤 11시 가까이였다. 아내는 아무 말 없이 세수를 하고 침실로 들어갔다. 나는 거실에서 안절부절못했다. 아버지가 나오셨다. 아내를 불렀다. 아내는 아버지의 부름에도 응하지 않고 침대에서 그대로 누워 꼼짝하지 않았다. 내가 아버지 앞에 무릎을 꿇었다. 잘못했습니다. 무엇이 잘못되었는지 모르지만 비는 수밖에 없었다. 택시를 부르라는 것이다. 당장 한국으로 돌아가겠다는 것이다. 가시려면 비행기를 다시 예약해야 한다. 그러니 내일 떠나시라고 만류했다. 아버지는 아내가 잘못을 빌때까지 자신도 거실에 그대로 있겠다고 했다. 무엇을 잘못했는지 아내도 모를 것이다. 주무시고 천천히 내일 타이르면 안 되겠냐고 했다. 그러자 아버지가 뺨을 때렸다. 그 따위로 교육을 시키니 저렇게 나오지.

그 이후 십 년이 지난 지금까지 그때 무엇이 잘못되었는지 모른다. 사 온 김치 때문인가? 갈비 맛 때문인가 등 짐작만 할 뿐이다. 지금도 아내는 아버지 어머니 얘기만 나오면 알레르기 반응을 보인다. 아내는 그 이후 아버지 어머니와 눈을 맞추지 않았다. 식사를 차려 준 후는 아예 방을 나오지 않았다. 아내는 그 이후 언제나 꿈속에서 식탁에 많은 음식을 차렸는데도 아버지 어머니가 식탁 위의 음식을 내팽개치는 꿈을 반복해서 꾼다고 했다.

아내는 그날 이후 돌아오지 않았다. 친정 쪽에서도 행방을 몰랐다. 친한 친구 전화번호도 가지고 있지 않았다. 일주일이 지났다. 결국 친정을 방문했다. 친정에서도 걱정을 하고 있었다. 장모는 어쩔 줄 몰라 하며 언젠가는 우리 집에 올 거니까 그때는 꼭 돌려보낼 테니 집에 가서 기다리라고 했다. 속수무책이었다. 카드를 추적하려고 해도 카드를 거의 쓰지 않았다. 그렇다고 핸드폰을 추적할 수는 없었다. 아내의 가출 후 집은 엉망진창이 되었다. 매끼마다 어머니의 식사를 해결하는 일도 보통 일이 아니었다. 시키는 음식은 감미료 때문인지 희한하게 알았다. 숟가락을 뜨다 말았다. 평상시 아내가 해놓은 밑반찬에 고기나 생선만 구워주었다. 두 번은 똑같은 음식은 먹지 않았다. 매끼마다 무엇을 드릴까를 고민하다 하루 종일 머릿속에 메뉴판만 돌아갔다.

아내는 꿈에서 매번 거절당한 음식을 계속 차려야 하는 고통을 당하고, 음식을 만들다가도 다 팽개치고 집을 뛰쳐나가고 싶은 악몽 같은 일상이 반복되고 있다고 했다. 거절당할지도 모르는 메뉴를 짜고 시장을 보고 요리를 했어야 하는 아내의 번뇌가 지금 자신이 겪고 있는 고통의 몇 배가 되었겠지. 요리하는 시간이 세 시간이라 해도 메뉴를 하루 종일 생각하고 시장을 봐야 하는 스트레스로 다른 일이 손에 잡히지 않는다는 말이 이제야 가슴에 와닿았다. 어머니의 치매 증상이 심해질수록 분노와 공포에 찬 폭력에 시달리느라 자신도 끼니를 제대로 이을 수가 없다.

어느 날 웬일인지 어머니가 자장면을 먹고 싶다고 해서 중국집에 배달을 시켰다. 벨 소리와 함께 문을 열자 배달원이 식사를 현관에 내려놓았다. 그때 어머니가 언제 배달원을 보았는지 달려 나가 머리를 쥐어뜯었다. 순식간이었다. 몽치, 너 이놈 어디라고 여기를 쳐들어와. 어머니는 배달원을 이북에 살던 집 머슴으로 착각했다. 평생 거두었던 머슴들이 자신의 집을 다 빼앗았다고 기억날 때마다 분통을 터트렸다. 아무도 믿을 놈이 없다. 어머니의 외부인에 대한 극도의 혐오는 이북에서 믿었던 머슴들의 행패로 집까지 빼앗긴 경험 때문이었다.

어머니를 돌보는 일과 식사 뒷바라지에 아내를 생각할 겨를도 없었다. 언젠가는 들어오겠지 하는 마음이 들다가도 불안한 마음이 없는 것은 아니지만 애써 태연하려고 했다. 오히려 아내에게 조금씩 원망하는 마음이 들었다. 미국에 있는 딸 민지에게 전화가 왔다. 엄마와 통화가 안 된다고. 그때서야 심각한 생각이 들었다. 딸의 전화까지 안 받다니. 이미 집 나간 지 10일이 지나 있었다. 가출 신고라도 해야 할 것 같다. 경찰서에서 전화를 했다. 한 시간 후에 관할 구역 내에서는 실종자를 발견하지 못했다고 한다. 휴대폰 추적을 해볼 테니 가족관계증명서를 보내달라고 한다. 휴대폰도 전원이 꺼져 있어 추적이 안 된다고 했다. 분명 아내에게 사고가 났다. 그렇지 않으면 연락 두절이 될 수 없다.

민지가 마침 크리스마스 휴가를 받는다고 해서 일주일이라도 다녀가라고 했다. 가출 일주일 전에 민지에게 전화로 정동진에 가고 싶다는 이야기를 했다는 것이다. 베토벤의 〈월광 소나타〉를 들으면서 곡 하나를 완성하고 싶어 했다고. 민지가 온 후 집 안을 다 뒤져서라도 아내의 소지품을 찾아 아내의 흔적을 찾으라고 했다. 핸드폰이 침대 사이에서 나왔다. 그때 가슴이 덜컥 내려앉았다. 카드가 든 지갑도 그대로 있었다. 의도적인 가출이라고밖에 생각할 수가 없었다. 민지는 울고불고 난리였다. 민지에게 아직 외가에 알리지 말라고 하고 경찰에 전국적으로 실종 신고를 냈다. 어머니도 잠시 치매 전문 병원에 입원을 시킬 수밖에 없었다. 초조하게 앉아서 기다릴 수 없었다. 경찰서를 수시로 들락거렸다. 그런다고 금방 나타나는 것이 아니니 집에서 기다리면 연락 오는 대로 연락을 주겠다고 했다. 민지가 키우다 미국 간 후 아내의 차지가 된 귀욤이까지 함께 사라졌다. 경찰에 아내 사진과 귀욤이 사진을 함께 보내 수배했다. 혹 몰라서 정동진과 강릉 쪽 경찰서에 실종자나 사고 신고 들어온 것이 있으면 알려달라고 의뢰했다.

병원에서 어머니를 데려가라는 연락이 왔다. 폭력과 횡포가 심해서 간호사나 간병인이 아무도 어머니 입원실을 맡으려고 하지 않는다는 것이다. 그렇지 않으면 수면제로 계속 잠을 재울 수밖에 없다는 것이다. 그렇게라도 해서 맡아달라고 사정을 해서 겨우 승낙을 얻고 수면제 주사를 놓기로 했다. 한숨이 흘러나왔다. 민지도 곧 휴가가 끝나 미국으로 돌아가야 했다. 미국에 있는 동생들에게 연락을 했지만 모두 직장을 비울 수 없고 아이들 때문에 꼼짝할 수가 없다는 것이다.

다행히 민지가 미국으로 들어가기 하루 전날 강원도 정동진 경찰서에서 연락이 왔다. 2주일 전에 정동진 앞바다 도롯가에서 귀욤이 같은 강아지가 차 사고로 즉사했다는 신고가 들어왔다는 것이다. 민지와 함께 정동진으로 향했다. 민지는 정동진으로 가는 차 안에서 내내 흐느꼈다. 귀욤이가 즉사했다는 말에 충격을 받은 것 같다. 엄마 행방에 관심이 집중되어 귀욤이에 대한 슬픔을 밖으로 드러내지는 않았다. 귀욤이 소식을 듣자 계속 차 속에서 흐느끼며 휴지로 눈물을 닦아내었다. 미국으로 가기 전 민지와 귀욤이는 실과 바늘처럼 함께 다녔다. 민지가 화장실을 가도 화장실 문 앞에서 기다리고 있었다. 귀욤이도 민지가 오면 우리 부부를 아예 모르쇠로 일관했다.

경찰서로 가서 담당 경찰과 함께 정동진 앞바다 현장으로 갔다. 목격했다는 분은 미니슈퍼 주인이었다. 토요일 10시경에 여자가 강아지를 안고 산책하는가 싶더니 갑자기 끼익 하는 소리와 함께 강아지가 차에 치였다는 것이다. 아마 파도가 높이 솟아오르자 품에 안겨 있던 강아지가 놀라서 도로로 뛰쳐나오다 차와 부딪친 모양이라고 했다. 도로가 좁아 가끔 사고를 나는 경우가 많다는 것이다. 여자도 함께 넘어져 사고 차량에 같이 싣고 떠났다고 했다. 슈퍼 주인이 도롯가로 뛰쳐나갔을 때는 이미 차는 떠나고 없었다고, 도로에는 피만 흥건히 고여 있더라는 것이다. 여자는 어떻게 된 줄 모르느냐고 민지가 물었다. 글쎄 상황이 워낙 급하게 일어나서 정확한 것은 모르지만, 강아지가 먼저 도로로 튕겨 나오듯이 떨어지고 그다음으로 여자가 뛰어나왔다는 것만 반복했다. 여자도 차에 치였는지 물었다. 그것도 잘 모르겠다는 것이다. 귀욤이의 사진을 보여주고 이 강아지가 맞냐고 물었다. 검은색 강아지는 맞다고 했다. 똑같이 생겼는지는 잘 모르겠다고 했다. 경찰이 정동진 근처 병원이나 강릉 근처 병원을 수소문, 무연고 환자를 찾아보자고 했다. 이 근처 CCTV는 없냐고 물었다. 바다에 뛰어드는 자살자 방지를 위해 10분마다 바다를 비추는 대형 서치라이트는 있지만 CCTV는 없다는 것이다.

어쩔 수 없이 경찰서로 다시 왔다. 경찰서 안에서 점심을 먹었는지 매캐한 음식 냄새와 담배 냄새까지 섞여 역겨웠다. 담당 경찰관에게 점심을 하자며 얼른 밖으로 나왔다. 그 근처 식당으로 안내하라고 했더니 순두부 집으로 안내했다. 민지도 나도 몇 숟갈 뜨다 말았다. 소식을 받고 잠을 거의 못 잤다. 음식이 전혀 받지 않았다. 식사를 하면서 이 사건은 정식으로 접수된 사건이 아니라서 자신들도 어떻게 할 수 없다는 것이다. 다행히 정동진 바닷가라고 해서 이래 저래 수소문하다 슈퍼마켓 주인의 말을 들었다는 것이다. 정동진 근처나 강릉 병원에 모두 신상과 사진을 주고 입원 환자나 혹 사고 날 전후로 병원에 들른 환자를 대상으로 한번 조사는 해보겠지만, 시간이 걸리니 집에 가 있으면 연락 주겠다고 했다. 자신들도 모르는 사건을 자꾸 물으니 곤혹스러워했다.

  돌아오는 길에 민지는 또 울었다. 왜 핸드폰이나 지갑 같은 것을 다 두고 갔을까, 물었다. 엄마는 아무것도 방해받지 않고 혼자 몰입하고 싶다고 매번 저한테 말했어요. 집에 있을 때는 시장 봐야 할 것이나 무얼 만들어줘야 하나, 그것을 싫다고 물리면 어쩌나 하는 생각이 머릿속에 계속 뱅뱅 돌아 한 가지 일에 몰입을 할 수 없다고. 아내는 미국에서 첫 상차림을 거절당한 것에 대한 트라우마가 음식 만드는 것에 스트레스로 작용하는 것 같았다. 자신의 가족들이 먹는 밥상과 전혀 다른 밥상을 차려야 하는 것도 아내에게는 견딜 수 없는 것이다. 자신들은 국 혹은 찌개에 고기나 생선을 굽고 상추쌈이나 샐러드 무침이면 되었다. 그러나 부모들에게 보내는 밥상은 찜, 조림, 전 등 손이 많이 가는 요리였다. 그리고 항상 김치를 직접 담가야 하는 것이다. 자신이 요리하는 기계 같다나요. 집중이 안 된다고 해요. 조금만 집중하려면, 아빠 올 시간이 되고 식사 준비해야 하고, 자기는 밥하는 기계처럼 살다가 죽겠다고. 조금씩 자신의 혼이 사라지고 있다고. 이전에는 자주 떠오르는 악상도 자신이 즐겨 찾는 바다, 그리고 파도치는 모래사장으로 가야 겨우 떠오르는데, 집으로 갈 생각만 하면 악상이 소리도 없이 사라진다고. 엄마는 결혼이 이런 생활이었으면 결혼을 안 했어야 한다고. 아빠의 처지가 불쌍해서 자신은 아빠 옆에는 있어줘야 할 것 같다고. 그러나 자신은 자꾸 죽어간 다고. 민지는 그러면서 통곡을 했다.

"아빠? 할머니, 요양원에 그대로 두면 안 돼?"

"너 들었지 않았니? 할머니가 간호사나 간병인에게 너무 행패를 부려 견딜 사람이 없다고. 할머니 병실은 아무도 들어가지 않으려고 한다고. 그래서 임시로 수면제 처방으로 잠을 재웠지만, 그건 할머 니를 죽게 내버려두는 것이잖아.

할머니는 이북에서 지주 집이라고 집까지 빼앗기고 아버지, 어머 니는 인민군들의 총살에 피살되고 남은 형제들이 머슴들의 행패에 뿔뿔이 흩어져 단신으로 남한에 넘어오신 분이야, 그 피해의식이 평 생 할머니를 저렇게 힘들게 한단다. 거기다 치매가 되자 그 어려울 때 경험이 되살아난 거야, 그래서 모든 사람이 인민군이고 공산당으 로 보이는 거야. 이건 할머니 개인의 잘못이 아니잖니, 그런데도 혼 자 고통을 당하고 있는 것을 보면 안쓰러워! 그런데 가장 가까운 아 들이 모른 체한다는 것은 할머니가 너무 불쌍하잖아."

민지는 더 큰 소리로 흐느꼈다.

"그럼 엄마도 저렇게 둘 거야?"

"이번에 엄마를 찾으면 너랑 당분간 미국에서 지내. 어차피 할머 니는 살아 계신 동안에는 내가 옆에 있어줘야 하니. 그 방법밖에 없 는 것 같다."

"저야 좋죠. 엄마가 가까이 있어주면, 그렇지만 할머니 식사랑 할 머니 돌보는 일을 아빠 혼자 감당할 수 있겠어요?"

"방법이 없지 않니! 네 엄마를 살리고 할머니가 살아 계시는 한 돌보아주는 것이 나의 몫 아니겠니? 그리고 정동진 그 앞바다에서 즉사한 강아지가 검은색이라는 한 가지 단서만으로 우리 귀욤이라는 보장도 없고, 그렇다면 니네 엄마는 도대체 어떻게 된 거야? 엄마가 의식을 잃어 무연고자로 신고해서 찾는다지만, 의도적으로 숨은 사람은 찾을 수 없지 않을까?"

순간 절망적인 생각이 들었다.

"전 엄마가 어디에 잘 계실 것 같은 생각이 들어요. 그러다 어느날 나타날 것 같아요."

"근데 왜 핸드폰이랑 지갑을 다 두고 갔니?"

"아마도 꼭꼭 숨고 싶은가 보죠."

민지는 좀 전에 울 때와는 다르게 멀쩡하게 말했다.

"너는 엄마에 대해서 정말 들은 것 없어?"

"정동진 앞바다 가서 해 뜨는 것 보고 싶다는 얘기 말고는 없어요."

"아무튼 너는 가서 학기 잘 마무리하고, 엄마한테 연락 오면 바로 연락 줘!"

"아빠도 저한테 바로 연락 주셔야 돼요. 좋은 소식이든 나쁜 소식이든."

"알았어."

민지를 공항에 데려다주고 집에 돌아와 아내의 노트를 모두 꺼내어 아내의 흔적을 찾았다.

민지 말대로 악보 노트에는 한 악장 겨우 쓰다가 만 곡들이 무수히 많았다. 노트에는 여기저기 낙서와 눈물 흔적이 누렇게 남아 있다. 나는 밥하는 기계다. 내 속에 흐르는 끝없는 악상, 그러나 이을 수 없다. 내 머릿속에는 파편만이 잔뜩 여기저기 굴러다닌다. 파편은 집으로 오면 돌이 된다. 집을 떠나야 한다. 꿈속에서는 계속 떠난다. 떠나야 한다. 지구 끝까지 가야 한다. 갈증, 목마름 등의 단어들이 여기저기 파편처럼 흩어져 있다. 스스로 빛을 낼 수 없는 유성. 결국 지구의 화석으로 뒹군다. 빛을 낼 수 없는 삶은 죽음이다. 아침 점심 저녁 죽은 괴물 속으로 밥이 들어간다. 시간을 죽이는 괴물들.

자기반성의 글도 보였다.

우연히 집 베란다에 버리려고 둔 박스를 보니 수십 마리의 개미가 버글거렸다. 놀라 성냥을 가져와 박스에 불을 지폈다. 순간 개미들은 우왕좌왕 흩어져 나올 줄 알았는데 처음 뛰쳐나오던 개미가 다시 불속으로 기어 들어갔다. 그다음 개미들도 마찬가지였다. 멀리 있던 개미까지도 다시 작은 불꽃들이 너울거리는 박스 쪽으로 대열을 이루며 갔다. 불 속으로 마치 투신하듯이 기어들어갔다. 그러자 피어오르던 불꽃이 사그라지고 박스 속에 갇혀 있던 개미들이 그때야 기어나오기 시작했다. 놀라운 경험이었다. 그 이후 개미에 대해 너무 알고 싶어졌다. 인터넷과 도서관에서 개미 백과사전을 다 뒤졌다. 백과사전에 개미는 다른 개미를 위한 희생 정신이 타 곤충보다 월등히 높다고 기록되어 있었다. 불이 났을 경우, 개미의 몸을 이루고 있는 키틴질이 불에 타면서 불꽃을 줄이는 소화물질로 변한다는 것이다. 결국 더 이상의 희생을 내지 않기 위해서 자신의 몸을 불사른 것이다. 충격적이었다.

매일 시어머니 밥해주는 일로 우울증을 앓고 있는 나 자신이 그 순간 부끄러웠다. 그러나 어쩌랴, 난 개미가 아니고 인간인 것을. 내 속을 휘젓고 있는 이 정체 모를 바람을. 이 광풍을 잠재워다오. 한 마리 개미로 살게. 그리고 불 속으로 뛰어들자!

아내의 글에 불 속으로 뛰어들자고 되어 있지만 아내는 절대 자신을 포기할 수 없는 여사다. 아내는 불 속으로 뛰어 들어가 자신을 불사르기 전에 미쳐버릴 것이다. 어머니의 간병은 나 혼자만의 몫이다. 같이 불 속으로 뛰어들 수는 없다. 아내를 놓아주어야 한다.

예술이 나에게로 왔다

이경재

1. '유령'의 정체를 찾아

이덕화는『김남천 연구』,『박경리와 최명희, 두 여성적 글쓰기』,『한 말숙 연구』,『아시아 정체성과 혼종성』,『일제하 작가들 간의 관계를 통해서 본 문학적 대응』등의 책을 출간한 원로 국문학자이자 평론가 이다. 대학에서 정년 퇴직한 지금도『문학수첩』기획위원장과 작가포 럼 대표 등을 지내며, 활발한 사회 활동을 이어가고 있다. 가야트리 스피박의 '서발턴은 말할 수 있는가?'라는 명제를 굳이 떠올리지 않더 라도, 자기만의 의견이나 생각을 공적으로 발화할 수 있는 기회는 아 무에게나 주어지지 않는다. 그러나 이덕화는 국문학자이자 평론가로 서 다양한 방법을 통하여 자신의 뜻을 충분히 이 세상에 펼칠 수 있 는 우리 사회의 원로이다. 그럼에도 그는 그 어떤 작가에게도 뒤지지 않는 뜨거운 창작열을 불태우고 있다. 그 결과 소설집『은밀한 테러』,

『블랙 레인』,『하늘 아래 첫 서점』,『흔들리며 피는 꽃』,『아웃사이더』 등을 발표하였으며, 그 노력이 인정받아 혼불학술상, 노근리문학상, 자랑스런 이화인상, 남촌문학상까지 수상하였다.

그렇다면 이덕화의 내면에는 논문이나 평론 혹은 사회적 활동으로는 표현할 수 없는, 오직 소설이라는 형식만으로 표현할 수 있는 무언가가 존재한다고 보는 것이 상식일 것이다. 그렇지 않고서야 천형에 비유되는 그 고단한 창작의 길을 그리도 맹렬하게 걸을 리가 없기 때문이다. 조지 오웰의 표현을 빌린다면, 이덕화의 내면에는 무척이나 집요하고 강력한 '유령'이 웅크리고 있는 것이다. 그 '유령'은 한시도 이덕화를 가만두지 않고, 그녀를 원고지 앞으로 내몰고 있는 것이다. 이 웅크린 '유령'의 정체야말로 독자에게는 가장 큰 관심사가 아닐 수 없다. 아마도 이 해설의 가장 큰 의도는, 소설집『그가 나에게로 왔다』를 통해 이덕화를 원고지 앞으로 내모는 '유령'의 정체를 찾는 것이 될 것이다.

2. 세대를 초월한 여성의 고통

「나를 놓아줘」와 「하얀 죽음」은 세대를 뛰어넘어 존재하는 여성 차별의 적나라한 현실을 거의 직접적으로 드러낸 작품이다. 「나를 놓아줘」는 사적 영역에 갇혀 가부장제의 온갖 고통과 억압에 시달린 며느리이자 아내의 삶을 직접적으로 보여준다. '나'의 아내는 20년 이상 부모님 집과 자신의 집을 돌보는 "두 집 살림"(190쪽)을 하였다. 치매 증상을 보이는 어머니는 "타인을 싫어하다 못해 두려워하기까지"(190쪽) 하기에 요양원에 갈 수도 없고, '나'와 아내가 직접 돌봐야만 한다. 어머니는 도우미도 싫어하며, "외부 음식은 절대 금지"(191쪽)에, "한 번 이상 똑같은 음식을 먹지 않는"(191쪽)다. 결국 아내는 양쪽 집의 세 끼 밥을 도맡아 하고 있으며, 여행이라고는 꿈도 꾸지 못한다.

본래 아내는 하고 싶은 것이 많은, "영화 〈사운드 오브 뮤직〉에 나오는 마리아 역을 맡은 줄리 앤드루스 같"(195쪽)은 활기 차고 꿈 많은 여자였다. 그러나 '내'가 유학을 가는 바람에, 아내는 5년째 근무하던 중학교 음악 교사직을 그만두었다. 아내는 음악 교사를 천직으로 생각하며, 미국에서도 복직 생각만 하며 학교에서 학생들을 어떻게 재미있게 가르칠 것인가만을 고민하고는 하였다. 귀국 후 오매불망 학교에 되돌아가기를 바랐던 아내의 소망은 이루어지지 못한다. 귀국한 지 3년쯤 되었을 때 시부모님이 '나'의 집 앞 동으로 이사를 온다. 이 무렵 이미 아내는 교사로 되돌아갈 수 없다는 것을 확신한 이후, 좌절감으로 매사에 의욕을 보이지 않았다. 이런 아내를 보며, '나'는 "아내는 나와 결혼하지 말았어야 했다. 아내는 나와 결혼 후 매일 조금씩 시들어갔다."(200쪽)고 생각한다. 부모님이 이사 온 후 수시로 불러대는 어머니 때문에 자신의 어떤 일에도 집중하지 못하던 아내는 "우울증 증상"(201쪽)까지 보이게 된다. 결국 참지 못한 아내는 가출하여 돌아오지 않는다.

「나를 놓아줘」는 아내를 극한의 고통으로까지 몰아넣기 위해, 시부모 역시 극단적인 성격으로 설정하였다. 이 작품의 시부모는 평소에 식탁 차림과 관련해, "육류는 두 가지로 쇠고기와 닭 요리, 아니면 쇠고기와 돼지고기, 생선 역시 두 가지로 굴비와 갈치조림, 아니면 갈치조림과 가자미구이, 김치는 꼭 직접 손으로 담근 김치"(201쪽)를 "집안의 룰"(201쪽)로 삼고 있다. 그렇기에 미국을 방문한 시부모에게 미역국, 갈비조림, 굴비구이, 슈퍼마켓에서 파는 김치, 샐러드를 대접했을때, 시부모는 험악한 표정으로 수저를 내려놓을 정도이다.

이 작품의 제목 '나를 놓아줘'에서 해방을 원하는 '나'는 일차적으로 '나의 아내'를 의미한다. 그러나 동시에 가부장제 사회에서 부모를 외면할 수 없는 장남인 '나'를 의미하기도 한다. 남편은 엄한 분위기에서 효도와 가부장제를 철저히 내면화한 대한민국 남자이기에, 아내의 이러한 고통스러운 상황을 해결할 뾰족한 의지도 능력도 없다. 본래 가부장제는 여성만 고통스럽게 하는 것이 아니라, '왕자'가 되기를 강요받는 남성도 고통스럽게 하는 시스템이기도 한 것이다. 미국에서 부모가 반찬 투정을 할 때, '나'는 아내의 입장을 조금 설명했다가 아버지에게 뺨을 얻어맞기도 한다. 부모님이 앞 동으로 이사 온후, 자신은 어머니와 식사를 하느라고 아내와는 식사도 함께 하지 못한다. 작품은 '내'가 "어머니의 간병은 나 혼자만의 몫이다. 같이 불속으로 뛰어들 수는 없다. 아내를 놓아주어야 한다."(212쪽)고 결심하는 것으로 끝난다. 결국 '어머니 간병'이라는 과업은 '내'가 전담하는 것으로 결론이 나는 것이다.

「나를 놓아줘」가 가부장제 사회에서 기성세대가 겪은 고통을 보여주었다면, 「하얀 죽음」은 우리 시대 젊은 여성이 겪는 고통과 절망이 얼마나 심각한지를 보여주는 소설이다. 현이와 오피스텔에서 동거하는 K는 "대학에 사무직원으로 근무하면서 대학원에 진학했기 때문에 무척 바쁘"(117쪽)게 지냈다. K는 박사 학위를 따서 교직원이 아닌 교수가 되겠다고 공부에 매진했다. 얼마나 열심히 공부를 했는지, 동거인인 현이가 보기에 "공부 기계"(119쪽)로 보일 정도이다. 그러던 어느 날 현이는 열심히 살던 K가 출산에 따른 과출혈로 병원에 실려갔다는 소식을 듣게 된다.

병원에서 듣게 된 소식은 그야말로 한 편의 막장극이다. K는 대학교 총장의 비서로 일하고 있었는데, 직장을 다니면서 대학원에 다닌다는 것이 약점이 되었다. K는 다른 부서로 옮기고 싶었지만, 그때마다 총장은 "다른 부서에 가면 대학원을 다닐 수 없다"(134쪽)며 말린다. K는 칠십이 넘은 총장에게 수차례 성폭행을 당한 후에, 아이까지 임신하게 된다. 결국 K는 "박사과정에 들어가면 좋은 남자와 결혼해서 행복한 가정을 이루는 꿈"(128쪽)을 포기하게 되고, "아이를 낳아서 성폭행한 것을 폭로하자"(136쪽)는 생각으로 혼자 출산까지 감행한다. 이 모든 일을 고백한 다음 날 K는 자살한다. 「나를 놓아줘」는 권력 있는 남성의 폭력이 한 젊은 여성의 꿈을 어떻게 파멸시키는지를 너무나도 적나라하게 보여주는 작품이다.

3. 여성의 고통스런 삶에 출구를 만들어내는 여성들

「나를 놓아줘」와 「하얀 죽음」에서 알 수 있듯이, 남성 중심 사회에서 여성은 나이와 시대를 가리지 않고, 다양한 고통에 노출되어 있다. 그러나 이덕화의 『그가 나에게로 왔다』는 단순히 여성의 고통을 박진감 있게 보여주고, 그것을 통해 가부장제 사회의 문제를 고발하는 것으로만 시종하는 것은 아니다. 이덕화가 창조해낸 여성들은 「나를 놓아줘」의 아내나 「하얀 죽음」의 K와 같이 극단적인 상황에서 결국 파괴되어버리기도 하지만, 자신의 방식으로 가부장제 사회에 균열을 내거나 나아가 출구를 만들어내기도 하기 때문이다.

「달려라 토끼」의 재인은 고급 빌라 단지로 청소를 하러 다닌다. 남편이 폐암으로 5년간 투병하느라 재산은 모두 날아갔지만, 재인은 딸을 위해서 연금은 한 푼도 쓰지 않고 저축한다. 그 결과 친구 소개로 빌라에서 청소 일을 하게 된 것이다. "그러나 오히려 지금이 살아 있는 것 같다."(78쪽)고 느끼며, 열심히 살아간다. 교수의 아내였던 재인이 청소부가 된 지금이 오히려 살아 있는 것 같다고 느끼는 이유는, 여자라는 이유로 겪어온 그동안의 고통이 너무나 컸기 때문이다. 재인은 남편이 죽은 이후, "남편을 보낸 슬픔보다는 시댁에서의 해방감이 더 컸다."(72쪽)고 느낀다. 그럴 만도 한 것이, 남편이 죽자 시어머니는 "갑자기 아들 골 파먹고 살더니 결국 생생한 아들 죽음으로 내몰았다"(90쪽)는 폭언까지 할 정도이다.

「달려라 토끼」에서도 고단한 여성의 삶이 상세하게 그려진다. 재인은 "남편이 유학길에 오르면서 지옥 같은 직장이라도 직장을 버린 것이 큰 실수"(77쪽)라고 생각한다. 그러나 젊은 시절 재인의 직장 생활은 "매일이 악몽"(77쪽) 같은 것으로서, "조그마한 중소기업에 그래픽 디자이너로 취직을 했음에도 디자인보다 커피 심부름, 담배 심부름, 은행일 등 잔심부름이 더 많았"(77쪽)다. 이때의 괴로웠던 경험은, 당당한 디자이너로 취직했지만 "디자인이 아닌 사장 심부름꾼으로 전락하자 차츰 인간으로서의 자존감을 잃어갔다."(83쪽)고 다시 한번 언급된다. 또한 "그때나 지금이나 전문직이 아니면 여성들이 직장을 다닌다는 것은 여성으로서의 자존감을 모두 버려야 하는 것"(77쪽)이었다는 생각에서 알 수 있듯이, 여성 차별은 지금도 그대로 이어지는 특성으로 설명된다.

"교수 부인이었던"(82쪽) 재인이 "청소 아줌마"(82쪽)로 일하는 그 빌라에서는 다툼이 이어지고 있는데, 이유는 빌라 복도에서 오줌이 발견되는 일이 계속되고 있기 때문이다. 오랜 다툼 끝에, 그것은 치매에 걸린 501호 할머니가 복도에서 실수를 하는 바람에 벌어진 해프닝임이 드러난다. 그러나 이 작품에서는 그 해프닝이 남성 중심 사회에서 억압된 여성의 욕망이 간접화되어 표출된 것으로 암시된다. 재인은 "결혼 후 해독하기 어려운 꿈이 항상 자신을 흔들어대곤 했"(68쪽)는데, 그 꿈은 "확 터진 시퍼런 들판에 나가서 쏴 소리를 내며 오줌을 누는"(68쪽) 것이었다. 오줌 사건의 진상이 밝혀지기 전에, 재인은 끝없이 펼쳐진 초록색 보리밭에서 항상 얌전히 인사하는 501호 할머니와 서로 마주 앉아 쏴 소리를 내며 소변을 보는 꿈을 꾸기도 했던 것이다. 그 꿈에서 소변을 다 본 재인은, "지금껏 질러보지 않은 고함소리"(87쪽)를 내며 501호 할머니와 손을 잡고 끝없이 들판을 내달렸던 것이다. 이것은 501호 할머니의 실수가 단순한 치매 노인의 돌발행동이 아니라, 오랜 시간 여성을 옭아매온 가부장제 질서에 상징적인 방식으로나마 균열을 내는 행동에 해당하는 것임을 보여준다.

「메타버스 홈」에서도 여성은 남성 중심 사회의 억압에 시달리는 피해자이다.* S대학 전자공학 박사과정을 다니던 소령은, 주부가 적성에 맞는다며 느닷없이 대학원을 그만둔다. 나중에야 소령이 학업을 그만둔 이유가 남성 대학원생들의 따돌림 때문이었음이 밝혀진다. 남자 학우들은 "넌 아버지가 대기업 임원에 엄마까지 교수이니 돈이 필요 없는 애잖아?"(49쪽)라며, 프로젝트를 할 때마다 소령을 배제시키고는 했다. 그러고서는 교수한테 소령이 "아기 땜에 못 하겠다고 했다"(49쪽)고 거짓말을 하며 소령을 왕따시켜왔던 것이다.

한동안 소령은 살림에 집중해 집 안이 "고급 호텔"처럼 "반짝반짝 빛을 내고"(43쪽) 있었다. 그런데 자식이 중학교에 입학하면서부터 "소령의 성"(46쪽)은 무너지기 시작한다. 자식은 소령의 손길을 더 이상 필요로 하지 않았던 것이다. 자식이 반발한 이후에는 남편마저 소령을 못 견뎌하기 시작한다. 또한 게임 프로그래머인 소령의 남편은 새 프

---

* 「달려라 토끼」에서도 재인의 딸 은교는 프리랜서로 번역일을 하는데, "아직도 남성 우월주의가 지배하는 직장에서 알게 모르게 남자들에게 희롱당하면서 수모를 견디지 않아서 다행"(71쪽)이라고 생각한다.

로그램을 개발할 때마다 항상 바빠 가정에 소홀하다. 소령은 어머니인 진주의 지극한 보살핌을 통해서야 간신히 피폐해진 심신을 회복한다.

「메타버스 홈」은 해피엔딩을 보여준다. 나중에 소령은 자신이 개발한 게임을 통해 남편의 회사에서 정식 직원으로 활동하게 된다. 소령은 "게임의 온라인 플랫폼"(59쪽)을 운영하게 되는데, 그것은 쉽게 말해 "옛날에 집에 초대해서 밥 먹고 담소 나누던 것을 이제는 인터넷상으로 하는 것"(61쪽)이다. 메타버스 홈을 통해서 소령은 평소 사이가 멀었던 미진과도 화해할 수 있는 계기를 마련한다. 메타버스 홈을 통해, 소령은 "박사과정 때 너무 쇼크를 먹어"(62쪽) 생긴 컴퓨터와 관련한 트라우마와, 남편을 사이에 두고 생긴 미진과의 트라우마를 모두 해결하는 것이다. 소령은 자신의 재능과 새로운 첨단기술의 능숙한 활용을 통해 여성 억압을 극복하고, 새로운 삶을 열어나가게 된 것이라고 할 수 있다.

이덕화의 『그가 나에게로 왔다』에서 모든 여성들이 우호적인 시선의 대상이 되는 것은 아니다. 「빨간 원피스」에서는 빨간 원피스를 입은 한 여성에 대한 강렬한 적의마저 느껴진다. 고통 받고 소외 받는 여성의 삶에 대해 민감한 공감과 연대의 정신을 발휘하는 이덕화지만, 그런 그녀에게도 용납되지 않는 여성이 존재하는 것이다.

교수인 연은 "모 잡지사 신인상 수상자, 신간 출간한 작가들을 위한 축하연"(93쪽)이 열리는 '두부사랑'을 찾아가고 있다. 그곳에서 자신의 시집에 서명을 하여 사람들에게 나눠주고 있는 '빨간 원피스'를 발견한다. 연은 이미 그녀와 두 번의 인연이 있는 상태이다. 첫 번째로 유라시아 문학 세미나로 네팔에 갔을 때, '빨간 원피스'와 룸메이트로 지낸 적이 있다. 그 당시 '빨간 원피스'는 문예창작학과 대학원생으로 함께 온 지도교수를 비서처럼 따라다니며 일거수일투족을 챙겨주었는데, 연은 그러한 '빨간 원피스'의 모습을 맘에 들어하지 않았다. 이후에는 로스앤젤레스 교포 펜 문학 초청 강연회에 같이 초대된 적이 있다. 강연회 전날, 공항에서 '빨간 원피스'가 행방불명되는 바람에 행사에 큰 차질이 빚어진다. 본래 '빨간 원피스'는 "초청 강사로 올 정도의 군번이 아니"(97쪽)었는데도, "남자 P 교수"(97쪽)의 간청으로 미국에 오게 된 것이다. '빨간 원피스'는 이란에 다녀온 것을 속이고 입국하다가 행패까지 부려 "공무집행방해로 하루 동안 감금당했다가 병원에 입원까지"(105쪽) 하고 결국은 강제 출국당한 것이다. 연은 '빨간 원피스'의 이야기를 들으며, "한국에서 억지가 통한다고 미국에서도 통할 줄 알았을까?"(106쪽)라며, '빨간 원피스'를 이해하지 못한다. 이후에도 연은 '빨간 원피스'가 "미국의 철저함과 엄격함을 이해하지 못"(107쪽)한 것과 "어떻게 되겠지라는 생각으로 들어온 것"(107쪽)을 비판적으로 되새긴다.

현재 축하연에서도 '빨간 원피스'는 행사 내내 "몇몇 남성 시인들"에 둘러싸여 있는 모습을 보여준다. 무엇보다 '빨간 원피스'는 교수인 연을 모른다고 부인하는 것이다. 그렇기에 행사가 끝나고 돌아오는 길에서도, 교수인 연은 "빨간 원피스의 상념으로 머리가 혼란"(100쪽)스럽다. '나'는 "빨간 원피스를 입을 수밖에 없고 화려한 화장을 할 수밖에 없게 하는 사회"(107쪽)로 비판의 시선을 잠시 돌리기도 한다.

결국 「빨간 원피스」는 '빨간 원피스'가 만취한 상태로 차를 몰다 교통사고가 크게 나는 것으로 끝난다. '빨간 원피스'가 ○○혁명재단의 이사장임이 밝혀지고, "하필 만취 상태에서 사고가 났으니, 도민들이 가만히 있지 않을 텐데 빨간 원피스는 역시 재수가 없구나."(110쪽)라며, 연은 '빨간 원피스'를 동정한다. '빨간 원피스'처럼 남성에 의존하며, 미국의 철저함과 엄격함을 이해하지 못하는 여성은 우호적인 긍정의 대상이 될 수는 없는 것이다. 그런데, 교수인 연도 '빨간 원피스'처럼 이란을 다녀온 적이 있었다. 다만 연은 대사관에 근무했던 지인의 도움을 받아 순조롭게 미국에 입국할 수 있었을 뿐이다. 무엇보다도 연 자신은 "확실한 교수라는 직업과 어느 정도의 영어 소통 능력을 갖추었기 때문에 미국 같은 신용을 중시하는 사회에서는 쉽게 통과할 수 있었"(106쪽)던 것이다. 그렇다면, 연도 '빨간 원피스'에게 조금은 너그러워도 되는 것은 아닌지 작은 의문이 들기도 한다.

4. 남성 응시가 아닌 여성 응시

「그녀를 추모하다」는 매우 독특한 작품이다. 남성 중심 사회에서 오랫동안 여성은 응시의 대상이었다. '본다라는 행위'에는 권력관계가 내재하는데, 이때 권력을 지닌 자는 당연히 '보는 자'이고 권력으로부터 벗어난 자는 '보여지는 자'이다. 가부장제 사회에서는 오랫동안 '보는 자'는 남성에 할당되어 있었다. 주지하다시피 수많은 예술 작품이나 담론들에서도 '보여지는 자'는 늘 여자의 몫인 경우가 많았다.

「그녀를 추모하다」에서도 팜므 파탈(femme fatale)에 해당하는 매력적인 그녀가 등장한다. "속과 안이 철저히 야한 여자"(175쪽)인 그녀는 "그날은 긴 하늘색 맥시 바바리 안에 몸에 딱 붙은 쫄쫄이 회색 초미니 타이트 스커트를 입고 있었다. 바바리 단추를 다 열어놓고 있어 몸에 딱 붙은 스커트 라인이 다 보였다. 다리까지 꼬고 앉아 치마를 입지 않은 듯 팬티 선이 선명하게 보였다."(175쪽), "그날도 미니스커트를 입었다. 엉덩이 라인이 그대로 드러난 그녀를 흘낏거리면서도 그녀와는 멀리 거리를 두었다."(176쪽), "그녀의 꼬고 앉은 다리 아래 흰 담배 연기가 모였다가 퍼지면서 그녀의 가슴으로 올라간다."(185쪽)와 같이 성적으로 묘사된다.

그러나 「그녀를 추모하다」에서 보다 중요한 것은 정년을 앞둔 M교수의 성(욕)이다. 대학 시절에 그녀로 인해 "솟아올"(180쪽)랐던 M교수는, 노년에 이른 지금도 대학 시절 만난 "그녀의 환상"(165쪽) 때문에 "매일 밤 몽정을 쏟아"(166쪽)낸다.** 육체는 쇠락해 "앉아 있어도 몸이 흔들거"(166쪽)릴 지경이지만, 대낮의 연구실에서도 "요염하게 앉아 있던 그녀"(172쪽)의 모습을 떠올린다. 강의를 앞두고도 눈을 감아 "아랫도리가 서서히 가라앉기 시작"(166쪽)한 후에야, 억지로 발걸음을

***

** 「달려라 토끼」에서 재인의 남편은 폐암 투병을 하는 와중에도, "동물적 욕구가 일어나는지, 통증이 좀 가라앉으면 막무가내로 재인을 끌어안"(72쪽)으려고 했다.

옮겨 강의실로 향할 정도이다. 대학 시절 M이 그녀와 육체적으로 관계를 맺었던 어느 밤의 모습은 다음처럼 감각적으로 그려진다.

> M은 침을 꿀꺽 삼켰다. 그녀는 M에게 바투 다가와 마치 소중한 물건을 감싸듯 M의 머리를 감싸 서서히 그녀의 입술을 자신의 입술에 갖다 대었다. 그녀는 M을 끌고 더 깊이 더 깊이 숲속으로 데려갔다. 때 맞춰 까마귀가 까악까악 머리 위에서 울었다. M은 자신도 모르게 그녀를 와락 껴안았다. 그녀의 따뜻하고 부드러운 혀의 감촉이 혀뿌리까지 자극, 숨조차 쉴 수 없었다. 몸 전체가 그녀의 혀로 빨려 들어가는 것 같았다. 그녀의 날카로운 손톱이 아래에서 가슴으로 그리고 목으로 스멀스멀 올라왔다. 칼끝으로 찌르듯 날카롭게 온몸을 훑고 지나가자 일제히 신경이 곤두섰다. M은 거미줄에 포획된 한 마리 벌레처럼 아무것도 할 수 없었다. 그 날카로움이 거기에 닿자 하늘에 무수한 폭죽이 쏟아지듯 끝없이 떨어졌다. 온몸이 뜨거운 열기로 불기둥처럼 확 타올랐다. M은 공중에 산화되는 기분으로 확 솟아올랐다 떨어지며 그 자리에서 쓰러졌다.(185쪽)

위의 묘사는 그 자체로도 매우 정밀하며, 박진감이 넘친다. 이처럼 뛰어난 묘사의 대상이 남성이라는 것은 그 자체로 의미가 있는 것으로 판단된다. 그것은 그동안 여성을 향한 남성 응시가 너무나도 집요하고도 폭력적이었기 때문이다. 그렇기에 「그녀를 추모하다」에서 발견되는 이러한 묘사는 페미니즘적 관점에서 나름 '되구부리기'의 효과가 있는 것으로 판단된다.

5. 예술이라는 꿈

　표제작이기도 한「그가 나에게로 왔다」의 종수는 편의점에서 알바를 하면서 토익 공부를 한다. 그러는 동안 "세상은 저 멀리 가 있는 것 같"(15쪽)은 열패감을 느낀다. 종수가 대학에 온 이후, 그를 "채찍질하는 것은 자신이 아니라 정체 모르는 불안"(16쪽)이다. 이처럼 어려운 상황이지만, 종수는 차말을 돕는다. 차말은 몇 달 전에 오른쪽 다리에 깁스를 하고 편의점에 처음 나타난 스리랑카인이다. 차말은 공사 현장에서 일을 하다가 굴러떨어져 오른쪽 다리가 골절된 것이다. 거기다 "엄마 입원비와 할머니, 할아버지 생활비"(25쪽)까지 책임져야 하는 어려운 처지이다. 종수는 갈 곳도 없어진 차말을 자신의 원룸에 살게 한다.

　종수는 차말에게 거의 맹목적으로 끌린다. 무엇보다도 차말은 종수에게 "스리랑카에서 경험했던 맑고 편안한 느낌을 상기시켜"(15쪽)주는 것이다. 차말 역시도 종수를 믿고 따르며, 그렇기에 차말은 "사람 가까이 있고 싶어 하는 강아지 같다."(19쪽)고 비유될 정도로, 늘 "종수와 같이 있으려고"(19쪽) 한다. 종수에게 스리랑카는 현재의 비참한 삶과는 다른 의미를 지니고 있다. "대학 생활의 마지막이자 첫 여행"(20쪽)이었던 스리랑카 여행은 종수에게 다음과 같은 의미를 지닌 것이었다.

　다 같이 목적도 모르는 골을 향해 달려가는 것 같애. 출세가 목적인 것처럼, 왜 돈을 벌어야 하고 출세를 해야 돼? 그 길 외에는 방법이 없어? 우선 난 나에게 일어나기 시작하는 질문을 해결해야 하는 것이 우선인 것 같애. 무조건 달리지만 말고. 한 학기 끓더라도 이번 방학에는 여행을 가려고 해.(20쪽)

종수에게 스리랑카행은 '삶의 진정한 의미를 찾는 여정'에 해당했던 것이다. 이러한 마음으로 시작된 여행인 만큼 스리랑카는 종수에게 매우 특별한 공간일 수밖에 없다. 차말은 바로 그 스리랑카에 이어지는 존재이다. "차말의 기뻐하는 눈동자가 그때 리조트에서 만났던 소녀의 눈망울"(21쪽)을 떠올리게 하기도 한다. 종수의 차말을 향한 애정은 거의 맹목적인 것이라고 할 수 있다. "차말이 집으로 온 이후, 종수는 하루 종일 바깥에 나가 있을 때도 어딘가 훈훈한 바람이 불어오듯 마음이 따뜻했다."(24쪽)고 느끼고, "자신에게보다 더 차말에게 집중하는 자신에 놀라"(24쪽)며, "차말에게로 흐르는 마음을 멈출 수가 없다."(24쪽)고 느끼기까지 하는 것이다.

마지막에 종수는 차말을 자신의 고향인 포항으로 데려간다. 귀향하는 기차 안에서 종수는 차말의 어머니가 폐암으로 입원한 지 한 달도 되지 않아, 차말의 아버지가 심장마비로 돌아가셨다는 이야기를 듣는다. 그때 차말은 대학 입시 준비생이었고, 대학도 포기해야 했음을 말한다. 나중에 종수는 "차말의 아픔이 자신에게도 전이된"(32쪽) 것 같다고 느끼기까지 한다. 차말은 엄마가 돌아가셨다는 연락을 받고 실신하며, 이후 열흘간 포항에 머무른다.

종수는 차말에게 메타버스 갤러리 팀에서 애도의 선물로 만든 영상을 보내준다. 그것은 "사진의 엄마, 아빠를 복원해서" 차말의 "행복했던 시절을 영상으로 재구성"(36쪽)한 것이다. 그리고 작품은 다음과 같은 낭만적인 모습으로 끝난다.

> 비실비실 차말이 종수에게로 왔다. 이제 잘 살 수 있을 것 같아, 네가 있기 때문에. 차말의 눈시울이 붉어지며 말했다. 마음속에 네가 흐르고 있어. 넌 나의 죽은 형이야. 종수가 깜짝 놀랐다. 그럼 정말 형이 있었구나. 차말은 손으로 사랑 표시를 했다. 둘은 서로의 몸을 의지했다. 영원히 떨어지지 않을 것처럼 몇 시간을 그러고 있었다.(36쪽)

국적도 인종도 달랐던 종수와 차말은 남남에서 시작해, 친구가 되고, 나중에는 형제가 되었다가, 결국에는 하나가 된다. 외국(인) 차말을 향한 맹목적인 끌림과 우호적인 감정, 이에 따른 행복한 삶과 결말은 「지워지지 않는 기억」과는 정반대이다. 「지워지지 않는 기억」은 서술자의 우려처럼, "짧은 단견으로 몇천 년의 역사를 지닌 중국을 단정"(162쪽)하는 "극히 위험"(162쪽)한 모습이 없다고 말하기 힘든 작품이다. 그리하여 이 소설은 독자를 향해 "나의 선입관이 좀 더 폭넓은 지식과 경험에 의해서 교정되기를 바랄 뿐이다."(162쪽)라는 서술자의 진솔한 고백으로 끝나고 있다. 「그가 나에게로 왔다」와 「지워지지 않는 기억」에서 한국(인)과 외국(인)이 관계 맺는 모습은 매우 상반된 것으로 보이기도 한다. 전자가 공감과 연대감으로 가득하다면, 후자는 불신과 거리감으로 가득하기 때문이다. 그러나 두 가지 감정 모두 막연한 추상성에 바탕한다는 점에서는, 비슷하게 보이기도 한다.

　소설집『그가 나에게로 왔다』에 등장하는 인물들은 모두가 예외 없이 꿈을 꾼다. 앞에서 논의하며 등장했던 꿈들 이외에, 작중 인물들이 꾼 꿈을 소개하면 다음과 같다. 「그가 나에게로 왔다」의 차말은 "악몽이 반복되고 피도 빠져나가는 것 같"(25쪽)은 상태이다. 「메타버스 홈」에서도 진주는 소령의 꿈을 자주 꾸고, 소령은 미진의 꿈을 꾸면 불안해지고는 한다. 마지막에 진주는 "꿈속에서도 하늘과 땅이 맞붙은 광활한 대지에서 끝없이 별이 쏟아지는 꿈"(64쪽)을 꾼다. 「달려라 토끼」에서 재인은 청계산 기슭으로 이사 온 후, "밤새 무엇인가에 짓눌려 새싹을 틔우지 못하는 씨앗들의 아우성이 엄청난 공명을 일으키며 들려"(67쪽)오는 꿈을 꾸기도 한다. 「빨간 원피스」에서 연은 '빨간 원피스'로 불리는 여성이 공항에서 행방불명이 되는 바람에 밤새 "악몽"(95쪽)에 시달린다. 이후 미국에서의 행사 중에도 "밤새 빨간 원피스 때문인지 어두운 동굴 속으로 쫓기는 꿈"(101쪽)을 꾼 것으로 소개된다. 「하얀 죽음」의 마지막은 온통 꿈으로만 되어 있다. "차츰 삶의 무게가 어깨를 짓누르는 악몽이 계속"(138쪽)되는 것이다. 「그녀를 추모하다」에서 M교수의 강의를 듣는 학생은, 많은 시간이 지났지만 여전히 "엄마 꿈을 꾸"(170쪽)고는 한다. 「나를 놓아줘」에서도 부모에게 강박된 삶을 살아온 '나'는 "매일 가출하는 꿈"(193쪽)을 꾼다. 미국에서 음식과 관련해 억울한 일을 당한 이후, 아내는 "언제나 꿈속에서 식탁에 많은 음식을 차렸는데도 아버지 어머니가 식탁 위의 음식을 내팽개치는 꿈"(203쪽)을 반복해서 꾸기도 한다. 이들 인물이 꾸는 꿈은, 그들이 현실 세계에서 겪는 해소되지 않는 갈등을 보여주기도 하고, 그들의 억압된 소망이 실현되는 순간을 보여주기도 한다.

　이덕화에게 예술(소설)은 일종의 꿈과 같은 역할을 한다. 그것은 우리 시대를 살아가는 사람들의 고통스런 삶을, 그 실제보다 더한 리얼함으로 전달하는 하나의 상상적 실제이기도 하다. 동시에 그것은 현실 너머의 새로운 가능성을 암시하는 것이기도 하다. 이덕화의 소설에서 새로운 삶의 가능성은 주로 예술을 통해서 가능하다. 「달려라 토끼」에서도 교수였던 남편을 폐암으로 잃고 "청소 아줌마"(82쪽)로 살아가는 재인은 디자인과 회화를 섞어서 "작품을 하고 싶"(84쪽)어 한다. 「메타버스 홈」에서도 소령은 전통적인 예술은 아니지만 새로운 창조를 통하여 자신의 현실적 곤란을 뛰어넘는 모습을 보여주었다. 표제작인 「그가 나에게로 왔다」에서 '나'의 여자 친구인 지혜도 대학을 졸업하자 그림을 그리겠다고 선언한다. 여러 가지 어려움을 겪지만, 지혜는 새로운 방식의 예술을 통하여 자신의 미래를 열어 나간다. "메타버스 갤러리를 열어 플랫폼을 만드는"(14쪽) 것에 관심이 있던 지혜는, 선배가 마련한 메타버스 갤러리 작품전에 몇 점의 작품을 출품하는 것이다. 나중에는 주부들 중에 그림을 그리다 그만둔 사람들이 모여서 전시회를 여는데, 그것을 이야기와 함께 메타버스 갤러리와 연결하는 일을 하기도 한다. 한국이라는 이국 땅에서 고생하는 차말 역시 그림을 그리며, 차말은 그림을 그리면 마음의 안정을 얻는다. 종수는 지혜의 작업에 차말의 그림이 활용되도록 노력한다. 그 결과 메타버스 갤러리 플랫폼이 만들어지고, 그것을 통해 다양한 배경 속에 배치된 차말의 그림이 펼쳐지기도 한다. 이러한 차말의 그림은 거의 다 팔리기까지 하며, 차말은 "화가"(34쪽)로 다시 태어난다. 예술이야말로 새로운 삶과 세계를 열어내는 비상구였던 것이다. 이덕화의 소설집 『그가 나에게로 왔다』 역시 하나의 예술(꿈)로서 우리 앞에 오롯이 놓여진 귀중한 선물임에 분명하다.

李京在 | 문학평론가, 숭실대학교 교수

푸른사상 소설선